Mr. Holmes

Mr. Holmes

Mitch Cullin

Traducción de
Eva González Rosales

Rocaeditorial

Título original: *A Slight Trick of the Mind*

© Mitch Cullin, 2005

Primera edición: febrero de 2015

© de la traducción: Eva González Rosales
© de esta edición: Roca Editorial de Libros, S. L.
Av. Marquès de l'Argentera 17, pral.
08003 Barcelona
info@rocaeditorial.com
www.rocaeditorial.com

Fuente de las ilustraciones: las tres imágenes de *Mr. Holmes* fueron publicadas originalmente en *New Observations on the Natural History of Bees*, de Francis Huber (W. & C. Tait, and Longman, Hurst, Rees, Orme, and Brown. Londres, 1821).

Impreso por LIBERDÚPLEX, s.l.u.
Crta. BV-2249, km 7,4, Pol. Ind. Torrentfondo
Sant Llorenç d'Hortons (Barcelona)

ISBN: 978-84-9918-918-5
Depósito legal: B-26.943-2014
Código IBIC: FA

RE89185

Para mi madre, Charlotte Richardson, aficionada a los misterios y a las rutas pintorescas de la vida, y para el desaparecido John Bennet Shaw, quien me dejó a cargo de su biblioteca.

«Estaba seguro, al menos, de que finalmente había visto un rostro que desempeñaba un papel esencial en mi vida, y de que era más humano e infantil que en mi sueño. Solo sé eso, pues ya ha desaparecido de nuevo.»

MORIO KITA, *Fantasmas*

* * *

«¿Qué extraña voz callada es esa que habla a las abejas y nadie más puede oír?»

WILLIAM LONGGOOD, *La reina debe morir*

PRIMERA PARTE

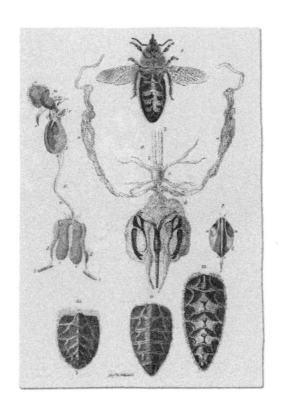

1

Aquella tarde de verano, tras llegar de su viaje por el extranjero, entró en su caserón de piedra y dejó el equipaje junto a la puerta delantera para que su ama de llaves se ocupara de él. Enseguida se retiró a la biblioteca, donde se sentó tranquilamente, feliz de encontrarse por fin rodeado por sus libros y por la familiaridad de su hogar. Había estado fuera casi dos meses, durante los cuales había atravesado la India en un tren militar, había navegado con la Armada Real hasta Australia y después había puesto pie, por fin, en las costas de un Japón ocupado tras la guerra. Para volver había tomado las mismas interminables rutas de la ida, normalmente en compañía de rudos hombres del ejército, de entre los cuales pocos conocían al anciano caballero que comía o se sentaba junto a ellos (ese vejestorio de lento caminar que buscaba en sus bolsillos una cerilla que nunca encontraba y que mascaba sin cesar un puro jamaicano sin encender). Aquellos rudos rostros solo lo miraban con sorpresa en las raras ocasiones en las que un oficial informaba sobre su identidad, y era entonces cuando se percataban de que, aunque usaba dos bastones, su cuerpo permanecía erguido, y de que el paso de los años no había apagado la inteligencia de sus ojos grises. Su cabello, del color blanco de la nieve, era tan fino y largo como su barba, que siempre llevaba arreglada al estilo inglés.

—¿Es cierto? ¿Es usted de verdad?

—Mucho me temo que aún gozo de tal distinción.

—¿Es usted Sherlock Holmes? No, no me lo creo.

—No pasa nada. Apenas puedo creerlo yo mismo.

Pero al final el viaje había concluido, y le resultaba difícil recordar los detalles de sus días de travesía. Sus vacaciones, aunque lo habían llenado como una comida saciante, parecían indescifrables *a posteriori*, salpicadas de vez en cuando por breves recuerdos que pronto se convertían en vagas impresiones y eran invariablemente olvidados de nuevo. Incluso así, tenía las intactas habitaciones de su granja, los rituales de su ordenada vida campestre, la fiabilidad de su colmena. Para esas cosas no necesitaba tirar de memoria; simplemente habían ido arraigando en su vida a lo largo de décadas de aislamiento. Allí estaban sus abejas: el mundo seguía cambiando, como lo hacía él mismo, pero ellas permanecían inmutables. Y después de que cerrara los ojos y su respiración se relajara, sería una abeja la que le daría la bienvenida a casa; una obrera que se materializó en su pensamiento, lo encontró en alguna otra parte, se posó sobre su garganta y le picó.

Por supuesto, sabía que, cuando una abeja te pica en la garganta, lo mejor es beber agua con sal, para evitar males mayores. Obviamente, el aguijón debería haber sido extraído de la piel antes, si podía ser segundos después de la instantánea inyección del veneno. En sus cuarenta y cuatro años como apicultor en la ladera sur de Sussex Downs, en los que había vivido entre Seaford y Estarbourne, con la pequeña Cuckmere Haven como población más próxima, había recibido siete mil ochocientas dieciséis picaduras de abejas obreras, la mayoría en las manos y en la cara, a veces en los lóbulos de las orejas, el cuello o la garganta. Las causas y consecuencias de cada una de aquellas picaduras habían sido estudiadas concienzudamente y más tarde registradas en uno de los muchos libros de notas que tenía en el despacho del ático. Esas apenas dolorosas experiencias, con el tiempo, le habían hecho dar con una variedad de remedios en función de en qué partes del cuerpo hubiera sufrido la picadura y cuán profunda fuera. Por ejemplo, sal con agua fría, jabón líquido mezclado con sal y después media cebolla cruda sobre la zona irritada. Cuando la sensación era especialmente desagradable, arcilla o barro húmedo podían solucionar el problema, siempre que se repitieran las aplicaciones cada hora hasta la desaparición de la hinchazón. Sin embargo, para paliar el dolor y prevenir la inflamación, la solución más efectiva era, cuanto antes, frotar tabaco húmedo sobre la piel.

Sin embargo, en aquel momento (sentado en la biblioteca, durmiendo en su butaca junto a la chimenea apagada), mientras soñaba, entró en pánico y fue incapaz de recordar lo que tenía que hacer tras la súbita picadura sobre su nuez de Adán. Se vio a sí mismo allí, en el sueño, de pie en un extenso campo de caléndulas, agarrándose la garganta con sus largos y artríticos dedos. La inflamación ya había comenzado y sobresalía bajo sus manos como una pronunciada vena. El miedo lo paralizó y se quedó petrificado mientras la hinchazón crecía hacia fuera y hacia dentro; mientras la abultada protuberancia separaba sus dedos, y su garganta se cerraba sobre sí misma.

Y allí también, en aquel campo de caléndulas, se vio contrastando entre el rojo y el amarillo dorado bajo sus pies. Desnudo, con su pálida piel expuesta sobre las flores, parecía un reluciente esqueleto cubierto por una fina capa de papel de arroz. Había desaparecido la lana y el *tweed* del uniforme de su retiro, la solvente ropa que había llevado a diario desde antes de la Gran Guerra, durante la segunda Gran Guerra y hasta su nonagésimo

15

tercer cumpleaños. Llevaba el cabello tan corto que dejaba ver el cuero cabelludo; su barba había quedado reducida a un bozo sobre su prominente mandíbula y sus demacradas mejillas. Los bastones que lo ayudaban en su caminar (los mismos que estaban sobre su regazo en la biblioteca) también habían desaparecido en el interior de su sueño. Pero él permanecía en pie, a pesar de que su constreñida garganta bloqueaba el paso y le imposibilitaba respirar. Solo se movían sus labios, que tartamudeaban en silencio en busca de aire. Todo lo demás (su cuerpo, las flores, las nubes del cielo) parecía inmóvil, todo se mantenía estático, excepto aquellos temblorosos labios y una solitaria abeja obrera que deambulaba con sus atareadas patitas negras sobre su frente arrugada.

16

$\mathcal{H}$olmes despertó con un jadeo. Abrió los párpados y miró la biblioteca mientras se aclaraba la garganta. Entonces se percató de la inclinación de los menguantes rayos de sol que entraban por una ventana orientada al oeste e inhaló profundamente: las luces y las sombras sobre las enceradas lamas del suelo, que reptaban como manecillas de reloj justo lo suficiente para rozar el borde de la alfombra persa que se extendía bajo sus pies, le dijeron que eran exactamente las cinco y dieciocho de la tarde.

—¿Ya se ha despertado? —le preguntó la señora Munro, su joven ama de llaves, de espaldas a él.

—Así es —le contestó Holmes, con la mirada fija en su delgada silueta, en el cabello largo que llevaba recogido en un moño del que caían tirabuzones castaños, sobre su esbelto cuello, y en el nudo trasero de su delantal.

La mujer cogió la correspondencia (cartas con sellos extranjeros, pequeños paquetes, sobres grandes) de una cesta de mimbre que había sobre la mesa de la biblioteca y, tal y como hacía una vez por semana, empezó a ordenarlos en montones según su tamaño.

—Estaba haciéndolo mientras dormía, señor. Ese sonido estrangulado… Estaba haciéndolo de nuevo, igual que antes de marcharse. ¿Le traigo un vaso de agua?

—No creo que sea necesario —le dijo, y agarró casi sin darse cuenta los dos bastones.

—Como desee, señor.

La mujer siguió ordenando la correspondencia: las cartas a la izquierda, los paquetes en el centro, los sobres grandes a la derecha. Durante la ausencia de Holmes, la mesa, que normalmente estaba vacía, se había llenado de inestables montones de correspondencia. Él sabía que habría regalos, objetos extraños enviados desde muy lejos. Habría peticiones de entrevistas para alguna revista o para la radio, y súplicas de ayuda (una mascota extraviada, un anillo de bodas robado, un niño desaparecido, un surtido de otras nimiedades desesperadas que era mejor no contestar). También estarían los manuscritos en busca de publicación: engañosas y escabrosas obras de ficción basadas en sus aventuras pasadas, idealistas tratados de criminología, recopilaciones de misterio junto a lisonjeras cartas en busca de promoción, de un comentario positivo para una futura portada o, tal vez, una introducción al texto. Rara vez respondía a alguna de ellas, y nunca se dejaba enredar por periodistas, escritores o gente que buscaba publicidad.

Aun así, examinaba concienzudamente cada carta que recibía y revisaba el contenido de cada paquete que le enviaban. Ese único día de la semana, sin importar el calor o el frío propio de la estación, trabajaba ante la mesa al calor de la chimenea, abriendo sobres y examinando la carta en cuestión antes de hacer una bola de papel y tirarla a las llamas. Los regalos, sin embargo, los apartaba y los depositaba cuidadosamente en la cesta de mimbre para que la señora Munro los donara a aquellos que organizaban obras benéficas en el pueblo. Pero, si una misiva abordaba un tema concreto, si evitaba los halagos serviles y aludía inteligentemente a una fascinación mutua por aquello que más le interesaba (el proyecto de producir una reina a partir de un huevo de obrera, los beneficios para la salud de la jalea real, quizás una nueva perspectiva sobre el cultivo de una hierba aromática autóctona como el pimentero japonés, rarezas de la naturaleza procedentes de lugares remotos que, como creía que ocurría en el caso de la jalea real, tenían la capacidad de apaciguar la atrofia que azotaba las mentes y los cuerpos ancianos) la carta tenía bastantes posibilidades de salvarse de la incineración. En lugar de eso, terminaba en el bolsillo de su chaqueta y se quedaba allí hasta que volvía a examinarla con más atención en su escritorio del despacho del ático. A veces, esas «cartas afortunadas» lo llevaban a alguna parte: a un herbario junto a una abadía en ruinas cerca de Worthing, donde crecía un extraño híbrido de lampazo y acedera; a una explotación apícola a las afueras de Dublín que había producido por azar una miel ligeramente ácida, aunque no desagradable, producto de la humedad que había cubierto los bastidores en una estación especialmente cálida; hacía poco a Shimonoseki, una aldea japonesa cuya especialidad era la cocina en la que se empleaba pimienta de Sichuan, una especia que, junto a una dieta de pasta de miso y soja fermentada, parecía prolongar la vida de los lugareños. La necesidad de conocer y documentar de primera mano esos extraños alimentos que posiblemente alargarían la vida era el objetivo principal de sus años de soledad.

—Se va a pasar un buen rato entre todo este desorden —dijo la señora Munro, señalando con la cabeza los montones de correspondencia. Después de dejar la cesta vacía en el suelo, se dirigió de nuevo a él—: Hay más, ¿sabe? En el armario del vestíbulo principal. Esas cajas me tenían toda la casa desordenada.

—Muy bien, señora Munro —le contestó con sequedad, intentando evitar cualquier colaboración por su parte.

—¿Traigo el resto? ¿O espero a que haya terminado con esto?

19

—Espere.

Miró hacia la puerta y le indicó con los ojos que podía retirarse. Pero ella ignoró su mirada y se detuvo para alisar su delantal antes de continuar:

—Hay un montón enorme... En ese armario del vestíbulo, ¿sabe? No se puede imaginar el montón tan enorme que es.

—Eso he entendido. Creo que, por el momento, me concentraré en lo que tengo aquí.

—Yo diría que intenta usted abarcar demasiado, señor. Si necesita ayuda...

—Puedo hacerlo solo, gracias.

Miró hacia la puerta, fijamente esta vez, e inclinó la cabeza en su dirección.

—¿Tiene hambre? —le preguntó la mujer, y dio un paso vacilante hacia el haz de luz que iluminaba la alfombra persa.

El ceño fruncido de Holmes la detuvo en seco, pero relajó un poco la expresión contrariada cuando la mujer suspiró.

—En absoluto —le contestó.

—¿El señor cenará esta noche?

—Si no queda más remedio, supongo que sí. —Por un momento, la imaginó trabajando atolondradamente en la cocina, derramando asaduras sobre las encimeras o tirando migas de pan y unas buenas rebanadas de queso Stilton al suelo—. ¿Pretende cocinar su insulso pudin de salchichas?

—Usted me dijo que no le gustaba —le respondió, sorprendida.

—Y no me gusta, señora Munro, de verdad que no me gusta... Al menos no su versión del plato. Su pastel de cordero y puré, por otra parte, es excepcional.

El rostro de la joven se iluminó. Entonces frunció el ceño, pensativa.

—Bueno, veamos, tengo algo de ternera del asado del

domingo. Podría usar eso, pero sé que usted prefiere el cordero.

—La ternera es aceptable.

—Pastel de ternera y puré, entonces —dijo, con una repentina urgencia en la voz—. Ya he deshecho su equipaje. No sabía qué hacer con ese cuchillo tan extraño que ha traído, así que lo he dejado junto a su almohada. Tenga cuidado de no cortarse.

El hombre suspiró exageradamente y cerró los ojos para hacerla desaparecer de su vista.

—Se llama *kusun-gobu*,[1] querida, y le agradezco su preocupación. No me gustaría que me apuñalaran en mi propia cama.

—¿Quién querría?

Buscó en un bolsillo del abrigo con la mano derecha y tanteó con los dedos los restos de un jamaicano a medio fumar. Pero, para su consternación, había perdido el puro en alguna parte. Tal vez lo extravió al bajarse del tren, cuando se inclinó para recuperar un bastón que se le había resbalado... Es posible que el jamaicano hubiera escapado de su bolsillo entonces, que hubiera caído al andén para terminar aplastado bajo algún pie.

—Quizá —masculló—. O quizá...

Buscó en otro bolsillo mientras escuchaba las pisadas de la señora Munro desde la alfombra hasta la puerta: siete pasos, suficiente para sacarla de la biblioteca. Sus dedos se cerraron alrededor de un tubo cilíndrico casi de la misma longitud y circunferencia que el reducido jamaicano, aunque por su peso y firmeza se dio cuenta inmediatamente de que no era el puro. Y cuando abrió los párpados contempló un vial de cristal transparente sobre su palma abierta. Al acercarlo a sus ojos, mientras la

21

---

1. Un *tanto*, o arma de mano japonesa, de veintitrés centímetros de largo (*Todas las notas son de la traductora*).

luz del sol se reflejaba en el tapón metálico, vio a las dos abejas muertas selladas en su interior, una sobre la otra, con sus patas entrelazadas, como si ambas hubieran sucumbido durante un íntimo abrazo.

—Señora Munro...

—¿Sí? —le contestó ella, dando media vuelta en el pasillo y volviendo apresuradamente—. ¿Qué pasa?

—¿Dónde está Roger? —le preguntó, y volvió a guardar el vial en su bolsillo.

La mujer entró en la biblioteca y cubrió los siete pasos que habían señalado su partida.

—¿Perdón?

—Su hijo, Roger. ¿Dónde está? Todavía no lo he visto.

—Pero, señor, si fue él quien metió su equipaje. ¿No lo recuerda? Usted le dijo que le esperara en las colmenas, que lo necesitaba allí para una inspección.

Una expresión confusa se extendió a través de su pálido rostro barbudo; también lanzó su sombra sobre él ese desconcierto que ocupaba los momentos en los que notaba la pérdida de control sobre su propia memoria. ¿Qué más estaba olvidando? ¿Qué más se escurriría como la arena entre sus puños cerrados? ¿De qué podría estar seguro a partir de entonces? Aun así, intentaba desechar sus preocupaciones buscando una explicación razonable a lo que le confundía de vez en cuando.

—Por supuesto, tiene razón. Ha sido un viaje agotador, ya ve. No he dormido mucho. ¿Hace mucho que espera?

—Un buen rato. No ha tomado el té, aunque no creo que a él le importe. Desde que se fue, se ha preocupado más por las abejas que por su propia madre, se lo aseguro.

—¿En serio?

—Sí, por desgracia, sí.

—Bueno —dijo, asiendo de nuevo sus bastones—,

entonces supongo que no puedo hacer esperar más al chico.

Se levantó de la butaca, ayudándose de los bastones, y se dirigió a la puerta contando en silencio cada paso (uno, dos, tres) mientras ignoraba las preguntas de la señora Munro a su espalda.

—¿Quiere que lo ayude, señor? ¿Puede usted solo?

Cuatro, cinco, seis. No vio cómo fruncía el ceño mientras él avanzaba lentamente, ni tampoco cómo encontró su cigarro jamaicano segundos después de que él abandonara la habitación. Se inclinó ante la butaca, cogió con dos dedos el maloliente puro del cojín del asiento y lo tiró a la chimenea. Siete, ocho, nueve, diez. Once pasos lo llevaron hasta el pasillo; cuatro pasos más de lo que había necesitado la señora Munro y dos más que su media personal.

Por supuesto, concluyó mientras recuperaba el aliento en la puerta delantera, cierta lentitud por su parte no sería inesperada; había viajado por medio mundo y había vuelto, y había renunciado a su habitual desayuno de pan frito untado de jalea real. La jalea, rica en vitamina B, contenía una importante cantidad de azúcares, proteínas y ácidos orgánicos, y era indispensable para mantener su energía y bienestar. Estaba seguro de que, sin este nutriente, su cuerpo había sufrido de algún modo, y también su memoria.

Una vez fuera, la visión de la tierra bañada por el sol de la tarde estimuló su mente. La flora no le planteaba ninguna disyuntiva, las sombras no señalaban los vacíos donde residían los fragmentos de su memoria. Todo se mantenía como había sido durante décadas, y también él. Paseó despreocupadamente por el sendero del camino junto a los lechos de hierbas y de narcisos silvestres, junto a las buddlejas púrpuras y los cardos que se alzaban en espiral. Una suave brisa mecía los pinos y Holmes disfrutaba de los crujidos que producían sus pies y

23

sus bastones en la gravilla. Si mirara atrás sobre su hombro justo ahora, sabía que la hacienda estaría oculta tras cuatro enormes pinos. La puerta delantera y los marcos de las ventanas adornados con rosales trepadores, los toldos sobre las ventanas, los montantes de ladrillo expuesto de los muros exteriores…, la mayor parte de ello apenas visible entre aquel denso tejido de ramas y agujas de pino. Más adelante, donde terminaba el camino, se extendía una pradera enriquecida por una abundancia de azaleas, laureles y rododendros tras la que se cernía un bosquecillo de robles. Y, bajo estos, dispuesto en línea recta en grupos de dos colmenas, estaba su abejar.

En poco tiempo comenzó a caminar por el colmenar mientras el joven Roger, deambulando de colmena en colmena sin velo y con las mangas subidas, ansioso por impresionarle con lo bien que habían sido atendidas las abejas en su ausencia, le explicaba que después de que el enjambre se asentara a primeros de abril, apenas un par de días antes de que Holmes se marchara a Japón, habían sacado totalmente la cera base del interior de los bastidores, habían construido sus panales y habían llenado cada celda hexagonal. De hecho, para su deleite, el chico ya había reducido el número de bastidores a nueve por colmena, por lo que las abejas tenían espacio de sobra para prosperar.

—Excelente —dijo Holmes—. Has cuidado de estas criaturas de un modo admirable, Roger. Estoy muy satisfecho con la diligencia que has mostrado. —Entonces, para recompensar al chico, sacó el vial de su bolsillo y se lo mostró entre un dedo encorvado y el pulgar—. Esto es para ti —dijo, y observó cómo Roger aceptaba el envase y miraba su contenido con apacible sorpresa—. *Apis cerana japonica…* O quizá podríamos llamarlas, sencillamente, abejas japonesas. ¿Qué te parece?

—Gracias, señor.

El chico le ofreció una sonrisa y Holmes se la devolvió, mirando sus perfectos ojos azules y revolviéndole ligeramente el cabello rubio. A continuación, inspeccionaron las colmenas juntos, sin decir nada durante un tiempo. Un silencio así, en el colmenar, siempre le satisfacía; por el modo en el que Roger se mantenía a su lado, creía que el muchacho compartía su satisfacción. Y aunque rara vez disfrutaba de la compañía de los niños, no podía evitar los sentimientos paternales que el hijo de la señora Munro despertaba en él. «¿Cómo era posible que aquella dispersa mujer hubiera parido a un joven tan prometedor?», se preguntaba a menudo. Pero, a pesar de su avanzada edad, le era imposible expresar su verdadero afecto, especialmente a un chico de catorce años cuyo padre había sido una de las bajas del ejército británico en los Balcanes y cuya presencia, sospechaba, extrañaba profundamente. De cualquier forma, siempre era prudente mantener cierta distancia emocional con las amas de llaves y sus hijos; era suficiente, sin duda, estar con el chico mientras el silencio lo decía todo, mientras examinaban las colmenas y estudiaban el balanceo de las ramas de los robles y contemplaban la tarde dando paso sutilmente al anochecer.

25

No pasó mucho tiempo antes de que la señora Munro llamara a Roger desde el camino del jardín para que la ayudara en la cocina. Entonces, a regañadientes, el chico y él atravesaron la pradera ociosamente. Se detuvieron a observar una mariposa azul que revoloteaba alrededor de las fragantes azaleas y, momentos antes del atardecer, entraron en el jardín. La mano del chico había estado sujetándolo con suavidad por el codo, y esa misma mano lo condujo a través de la puerta de la hacienda y se mantuvo a su lado mientras subía las escaleras y entraba en su despacho del ático. Y aunque subir las escaleras difícilmente podría considerarse una labor complicada, agradecía que Roger se mantuviera a su lado como una muleta humana.

—¿Vengo a por usted cuando la cena esté lista?

—Por favor.

—Sí, señor.

Así que se sentó ante su escritorio a esperar a que el muchacho lo ayudara de nuevo a bajar las escaleras. Durante un rato, se entretuvo examinando las notas que había escrito antes de su viaje, mensajes crípticos garabateados en trozos de papel («La levulosa predomina, es más soluble que la dextrosa») cuyo significado se le escapaba. Miró a su alrededor y se dio cuenta de que la señora Munro se había tomado ciertas libertades en su ausencia. Los libros que había esparcido por el suelo estaban ahora apilados. Había barrido el suelo, pero, tal y como Holmes había indicado expresamente, no había quitado el polvo a nada. Sentía cada vez más la necesidad de fumar, así que cambió de sitio libros y abrió cajones con la esperanza de encontrar un jamaicano o, al menos, un cigarrillo. Después de que sus esfuerzos resultaran inútiles, se resignó a revisar la correspondencia que había escogido. Cogió una de las muchas cartas que el señor Tamiki Umezaki le había enviado semanas antes de embarcarse en su viaje al extranjero:

> Apreciado amigo:
>
> Me complace que haya recibido mi invitación con tanto interés y que haya decidido ser mi huésped aquí, en Kobe. No es necesario decir que estoy impaciente por mostrarle los muchos jardines que albergan nuestros templos en esta parte de Japón, así como…

Esto también resultó ser difícil: tan pronto como se puso a leer, sus ojos se cerraron y su barbilla se hundió gradualmente hacia su pecho. Una vez dormido, no notó que la carta resbalaba de sus dedos ni oyó la estrangulada emanación de su garganta. Y, al despertar, no pudo recordar el campo de caléndulas en el que había estado, ni el sueño que lo había llevado hasta allí de nuevo. En lugar de eso, se sobresaltó al ver a Roger inclinado sobre él; se aclaró la garganta y miró fijamente el rostro irritado del muchacho.

—¿Me he quedado dormido? —preguntó con incertidumbre y voz ronca.

El chico asintió.

—Entiendo...

—La cena se servirá pronto.

—Sí, la cena se servirá pronto —murmuró el anciano, buscando sus bastones.

Como antes, Roger lo ayudó cuidadosamente a levantarse de la silla y se mantuvo junto a él cuando salieron del despacho. El chico caminó por el pasillo a su lado, bajaron las escaleras y entraron al comedor, donde Holmes se soltó de su mano y se dirigió por su propio pie al único sitio de la enorme mesa victoriana de roble donde la señora Munro había puesto cubiertos.

—Cuando termine —dijo Holmes, dirigiéndose al chico sin mirarlo—, me gustaría discutir contigo todo lo referente al colmenar. Quiero que me pongas al día de todo lo que ha ocurrido en mi ausencia. Espero que puedas ofrecerme un informe detallado al respecto.

—Lo intentaré —respondió el chico desde la puerta mientras Holmes apoyaba sus bastones en la mesa antes de sentarse.

—Muy bien —dijo Holmes finalmente, mirando a Roger—. Nos reuniremos en la biblioteca dentro de una hora, ¿de acuerdo? Suponiendo, por supuesto, que el pastel de ternera de tu madre no haya acabado conmigo para entonces.

—Sí, señor.

Holmes cogió la servilleta doblada y la sacudió para abrirla y meter una esquina bajo su cuello. Se irguió en la silla y se tomó un instante para alinear la cubertería y disponerla en perfecto orden. Entonces resopló a tra-

27

vés de las fosas nasales y apoyó las manos pulcramente a cada lado del plato vacío.

—¿Dónde está esa mujer?

—Ya voy —exclamó de repente la señora Munro. Apareció un instante después detrás de Roger con una bandeja de comida humeante.

—Aparta, hijo —le dijo al chico—. Así no ayudas a nadie.

—Perdón —dijo Roger, y movió su delgada figura para que ella pudiera entrar.

Cuando su madre pasó apresuradamente, retrocedió un paso, poco a poco, luego otro paso, y otro más, hasta que hubo salido del comedor. Sabía que no podía seguir holgazaneando o su madre lo enviaría a casa o, como mínimo, lo obligaría a limpiar la cocina. Para evitarlo escapó silenciosamente mientras ella servía a Holmes, antes de que pudiera salir del comedor para gritar su nombre.

Pero el chico no se dirigió hacia el colmenar, tal y como su madre hubiera supuesto, ni tampoco fue a la biblioteca para preparar las respuestas a las preguntas que Holmes iba a hacerle sobre el abejar. En lugar de eso, volvió a subir las escaleras y entró en esa habitación en la que solo Holmes tenía permitido enclaustrarse: el despacho del ático. A decir verdad, durante las semanas que Holmes había estado de viaje en el extranjero, Roger había pasado largas horas explorando el despacho. Al principio había cogido de los estantes algunos viejos libros, polvorientas monografías y publicaciones científicas y lo había leído todo atentamente, sentado en el escritorio. Cuando su curiosidad quedaba satisfecha, colocaba los ejemplares de nuevo en la estantería y se aseguraba de que pareciera que nadie los había tocado. En una ocasión había fingido ser Holmes, reclinado en la silla del escritorio con las puntas de los dedos unidas, mirando por la ventana e inhalando un humo imaginario.

Obviamente, su madre no tenía ni idea de sus incursiones, porque de haberlo sabido lo habría echado de la casa de inmediato. Aun así, cuanto más exploraba el despacho (tímidamente al principio, con las manos en los bolsillos) más temerario se volvía, y husmeaba en el interior de los cajones, sacaba cartas de sobres ya abiertos y cogía respetuosamente la pluma, las tijeras y la lupa que Holmes solía utilizar. Pasado un tiempo empezó a escudriñar las montañas de folios escritos a mano que había sobre la mesa e intentó descifrar las notas y los párrafos incompletos de Holmes procurando no dejar ninguna marca identificativa en las páginas. Casi todo escapaba a su entendimiento, ya fuera por la naturaleza de los apuntes de Holmes, que a menudo no tenían sentido, o porque el asunto tratado era demasiado clínico o complicado. Aun así, había estudiado cada página deseando aprender algo único o revelador sobre el célebre hombre que ahora reinaba en el colmenar.

Roger apenas descubrió nada que arrojara nueva luz sobre Holmes. Parecía que el mundo de aquel hombre era un universo de evidencias y hechos incontestables, de observaciones detalladas sobre asuntos externos, y rara vez había encontrado una frase referente a sí mismo. Aun así, entre los muchos montones de notas y escritos aleatorios, enterrado bajo todo aquello, como si lo hubieran escondido, el chico se había topado finalmente con un artículo de verdadero interés: un breve manuscrito sin terminar titulado *La armonicista de cristal*. El puñado de páginas se mantenía unido por una goma elástica. A diferencia del resto de los escritos de Holmes que había sobre el escritorio, el chico se dio cuenta de inmediato de que este manuscrito había sido elaborado con sumo cuidado: las palabras eran fácilmente distinguibles, no había tachaduras, ni anotaciones en los márgenes, ni borrones de tinta. Lo que leyó entonces atrajo su atención, ya que era de fácil lectura y de naturaleza personal. Era el relato de una época anterior de la vida de Holmes. Pero, para desdicha de Roger, el manuscrito terminaba abruptamente tras solo dos capítulos. Su conclusión era un misterio. A pesar de ello, el muchacho lo sacaba una y otra vez para releerlo con la esperanza de descubrir algo que se le hubiera escapado anteriormente.

Y ahora, como había hecho durante las semanas en las que Holmes no había estado, Roger se sentó con nerviosismo ante el escritorio del despacho y sacó metódicamente el manuscrito de debajo de aquel organizado desorden. Quitó la goma elástica y colocó las páginas cerca del resplandor de la lámpara de mesa. Examinó el manuscrito; esta vez comenzó por el final y revisó rápidamente las últimas páginas, aunque estaba seguro de que Holmes no había tenido la oportunidad de continuar con el texto. A continuación, empezó por el principio; se encorvó para leer y pasó página tras página. Si conseguía no distraerse, estaba seguro de que terminaría el primer capítulo aquella misma noche. Solo cuando su madre lo llamó por su nombre levantó un momento la cabeza. Estaba fuera, buscándolo en el jardín de atrás. Cuando su voz se alejó, bajó la cabeza de nuevo y se recordó a sí mismo que no le quedaba mucho tiempo; al cabo de menos de una hora, lo esperaban en la biblioteca y tendría que esconder el manuscrito. Hasta entonces, deslizó un dedo por las palabras de Holmes, sus ojos azules parpadearon repetidamente sin perder la concentración y sus labios se movieron sin sonido mientras las frases comenzaban a conjurar aquellas conocidas escenas en la mente del muchacho.

3

La armonicista de cristal

Preludio

Una noche cualquiera, un intruso podría subir la empinada escalera que conduce a este ático y deambular durante unos instantes en la oscuridad antes de llegar a la puerta cerrada de mi despacho. Incluso en esa negrura absoluta, una tenue luz escaparía bajo la puerta cerrada, justo como lo hace ahora, y el intruso se detendría ahí, pensando, preguntándose: «¿Qué clase de preocupación mantiene despierto a un hombre hasta bien pasada la medianoche? ¿Qué es exactamente lo que persiste en su interior, mientras la mayoría de sus vecinos duermen?». Y si intentara girar el pomo para satisfacer su curiosidad, descubriría que la puerta está cerrada y que no puede entrar. Y si, al final, se resignara a escuchar a través de la madera, llegaría hasta él un leve rasguñar, representación del rápido movimiento de la pluma sobre el papel, de las palabras que ya están secándose mientras llegan los siguientes símbolos, acuosos, de la más negra de las tintas.

Sin embargo, por supuesto, no es un secreto que en este momento de mi vida permanezco voluntariamente ilocalizable. Las crónicas de mis aventuras pasadas, aunque al parecer resultan fascinantes para los lectores, nunca han sido gratificantes para mí. Durante los años en los que John escribió sobre nuestras muchas experiencias juntos, siempre consideré sus habilidosas (aunque a veces limitadas) descripciones excesivamente recargadas. En ciertas ocasiones, condené su predilección por los gustos del populacho y le solicité que fuera más diligente con los hechos y las personas, sobre todo desde que mi nombre se convirtió en sinónimo de sus a menudo mundanas cavilaciones. En respuesta, mi viejo amigo y biógrafo me pidió que escribiera un relato propio.

—Si cree que he cometido alguna injusticia con nuestros casos —recuerdo que me dijo en al menos una ocasión—, le sugiero que pruebe a hacerlo usted mismo, Holmes.

—Puede que lo haga —le dije yo—, y quizá leerá usted entonces un relato preciso, uno sin los habituales ornamentos del autor.

—Pues le deseo suerte —se burló—. Va a necesitarla.

Tras mi retiro, tuve por fin la oportunidad y la inclinación para, finalmente, emprender la tarea que John me había sugerido. Los resultados, aunque no impresionantes, me resultaron reveladores, ya que me enseñaron que incluso una historia fidedigna ha de ser presentada de una manera que entretenga al lector. Al adquirir tal certeza, abandoné el estilo narrativo de John después de haber publicado solo dos relatos y, en una breve nota que envié al buen doctor más adelante, le ofrecí una disculpa sincera por las burlas que había vertido sobre sus primeras historias. Su respuesta fue rápida y concisa: «Sus disculpas no son necesarias, viejo amigo. Los *royalties* lo absolvieron hace años y continúan haciéndolo, a pesar de mis protestas. J. H. W.».

Como John vuelve a estar en mis pensamientos, me gustaría aprovechar esta oportunidad para señalar algo que me molesta sobremanera. Me he dado cuenta de que dramaturgos y supuestos novelistas de misterio han colocado recientemente a mi antiguo ayudante bajo una luz injusta. Estos individuos de dudosa reputación, cuyos nombres no merecen ser mencionados aquí, han intentado retratarlo como poco más que un zafio, un torpe lerdo. No puede haber nada más alejado de la realidad. Es posible que la idea de que yo aceptara la carga de un compañero de poco seso sea cómica en un contexto teatral, pero considero esas insinuaciones como un serio insulto hacia John y hacia mí. Es posible que de sus escritos pueda surgir algún error interpretativo, ya que él fue siempre generoso al subrayar mis habilidades y modesto respecto a las suyas. Incluso así, el hombre con el que trabajé mostraba una sagacidad y una astucia innatas que fueron valiosísimas para nuestras investigaciones. No niego su esporádica incapacidad para captar una conclusión obvia o para elegir el mejor curso de acción, pero rara vez se mostró poco inteligente en sus opiniones y conclusiones. Además, fue un placer pasar mi juventud en compañía de alguien que podía sentir la aventura en los casos más mundanos y quien, con su acostumbrado sentido del humor, paciencia y lealtad, consintió las excentricidades de un amigo que, frecuentemente, era desagradable. Por tanto, si los expertos tienen que escoger al más idiota de los dos, creo que, sin duda, deberían concederme a mí esa deshonra.

Por último, debo señalar que no existe en mí la nostalgia que los lectores parecen sentir por mi antigua dirección de Baker Street. No echo de menos el bullicio de las calles de Londres ni el discurrir por los laberínticos lodazales obra de ciertos criminales. Más aún: me satisface la vida que llevo aquí, en Sussex, y la mayor parte de las horas del día las paso en la tranquila soledad de mi despacho o entre las metódicas criaturas que habitan mis colmenas. Debo admitir, sin embargo, que mi avanzada edad ha disminuido mi capacidad de retentiva, aunque todavía soy bastante ágil tanto física como mentalmente. Casi todas las semanas doy un paseo de sobremesa hasta la playa. Por las tardes siempre se me puede encontrar deambulando por mis jardines, donde atiendo mis lechos de flores y hierbas. Últimamente, he consumido gran parte de mi tiempo revisando la última edición de mi *Guía práctica de apicultura* y dando los últimos toques a mis cuatro volúmenes de *El arte de la deducción*. Esta última ha sido una tediosa y laberíntica tarea, aunque será una colección indispensable cuando se publique.

Sin embargo, he necesitado dejar mi obra maestra apartada por un tiempo para empezar a transferir el pasado al papel, no sea que olvide los detalles de un caso que, por alguna inexplicable razón, ha vuelto a mi mente esta noche. Es posible que parte de lo relatado o descrito difiera de cómo se dijo o se vio en realidad, de modo que me disculparé de antemano por las licencias que usaré para rellenar los vacíos o las zonas grises de mi memoria. Aunque añada cierto grado de ficción, garantizo que retrataré tanto el relato como los individuos que se vieron implicados tan fielmente como me sea posible.

34

I

El caso de la señora Ann Keller, de Fortis Grove

Recuerdo que fue en la primavera de 1902, justo un mes antes del histórico vuelo en globo de Robert Falcon Scott sobre la Antártida, cuando recibí la visita del señor Thomas R. Keller, un joven encorvado y estrecho de hombros que vestía elegantemente. El buen doctor aún no se había mudado a Queen Anne Street, pero en aquel momento estaba de vacaciones, relajándose a la orilla del mar con la mujer que pronto se convertiría en la tercera señora Watson. Por primera vez en muchos meses, nuestro apartamento de Baker Street era todo mío. Como era mi costumbre, me senté de espaldas a la ventana e invité a mi visitante a que se sentara en la silla opuesta. Desde su punto de vista, yo quedaría oscurecido por la luz del exterior, pero desde el mío él estaría perfectamente iluminado. En un principio, el señor Keller parecía incómodo en mi presencia y no encontraba las palabras. No hice nada para aliviar su incomodidad, pero usé aquel desagradable silencio como una oportunidad para observarlo más detenidamente. Creo que siempre viene bien que los clientes se sientan vulnerables y, por eso, tras llegar a una conclusión sobre su visita, exploté aquel sentimiento.

—Veo que está muy preocupado por su esposa.

—Así es, señor —me contestó, visiblemente sorprendido.

—Sin embargo, su esposa suele mostrarse atenta con usted. Supongo, por tanto, que no es un problema de infidelidad.

—Señor Holmes, ¿cómo sabe todo eso?

Me miró con los ojos entrecerrados y una expresión perpleja, intentando distinguirme. Y mientras mi cliente esperaba una respuesta, me dediqué a encender uno de los estupendos cigarrillos Bradley de John (había robado un buen número del alijo que escondía en el cajón superior de su escritorio). Después de que el joven hubiera meditado lo suficiente, exhalé deliberadamente el humo a los rayos del sol para revelar lo que era tan evidente a mis ojos.

—Cuando un caballero entra en mi despacho en tal estado de ansiedad y después se sienta ante mí y juega de forma inconsciente con su alianza, no es difícil imaginar la naturaleza de su problema. Su ropa es nueva y a la moda, pero no ha sido cortada a medida. Seguramente, habrá notado una ligera desigualdad en sus puños o, quizá, que lleva el dobladillo de la pernera izquierda cosido con hilo marrón, y el de la derecha cosido con hilo negro. Pero ¿se ha dado cuenta de que el botón central de su camisa, aunque es de color y diseño muy similar, es ligeramente más pequeño que los demás? Esto sugiere que es obra de su esposa y que ha sido concienzuda, a pesar de carecer del material necesario. Como he dicho, su esposa es atenta con usted. ¿Por qué creo que es una labor de costura de su esposa? Bueno, usted es un hombre joven, de posibles modestos, obviamente casado, y he visto en su tarjeta que trabaja como contable en Throckmorton & Finley's. Sería raro encontrar a un joven contable con criada y ama de llaves, ¿no cree?

—No se le escapa nada, señor.

—Le aseguro que no tengo poderes secretos, pero he aprendido a prestar atención a lo que es obvio. Aun así, señor Keller, no creo que haya concertado una cita conmigo para evaluar mi talento. ¿Qué sucedió el martes pasado, pues es lo que le ha traído hasta aquí desde su hogar en Fortis Grove?

—Esto es increíble... —dejó escapar y, una vez más, una expresión sorprendida dominó su demacrado rostro.

—Mi querido amigo, cálmese. La carta que usted mismo me envió llegó a mi puerta ayer miércoles. En ella figuraba su dirección, y tenía fecha del martes. No hay duda de que la carta la escribió durante la noche; de otro modo, la habría enviado el mismo día. Como solicitaba una cita urgente para hoy jueves, es obvio que ocurrió algo preocupante el martes por la tarde.

—Sí, escribí la carta el martes por la noche, después de llegar al límite con la señora Schirmer. No solo pretende entrometerse en mi matrimonio, sino que ha amenazado con hacerme arrestar.

—¿Con hacerlo arrestar? ¿De verdad?

—Sí, esas fueron las últimas palabras que me dirigió. Esta señora Schirmer es una mujer avasalladora. Tiene un gran talento para la música y es una buena profesora, pero sus maneras son muy intimidatorias. Yo mismo hubiera llamado a la policía de no haber sido por mi querida Ann.

—Entiendo que Ann es su esposa.

—Efectivamente. —El hombre sacó una fotografía de uno de los bolsillos de su chaleco y me la ofreció para que la inspeccionara—. Esta es ella, señor Holmes.

Me incliné hacia delante en la butaca. Con una mirada rápida vi las facciones de una mujer de veintitrés años con una ceja levantada y una sonrisa reticente. Su rostro era severo, lo que hacía que aparentara más edad de la que tenía.

—Gracias —dije, y aparté la mirada de la fotografía—. Tiene unos rasgos extraordinarios. Ahora le suplico que me explique, desde el principio, qué es lo que debo saber exactamente sobre la relación de su esposa con esta señora Schirmer.

El señor Keller frunció el ceño con tristeza.

—Le contaré lo que sé —dijo, y se guardó la fotografía en el bolsillo del chaleco—, y espero que logre encontrarle sentido. Verá, llevo desde el martes sin dejar de darle vueltas a este problema. No he dormido demasiado bien los últimos dos días, así que sea paciente si mis palabras no resultan lo suficientemente claras.

—Intentaré ser tan paciente como sea posible.

Fue muy inteligente al avisarme con antelación, ya que, si no hubiera esperado que el relato de mi cliente fuera, en su mayor parte, inconexo y confuso, me temo que mi irritación lo habría interrumpido. Así que me recliné en la butaca, uní las yemas de los dedos y miré el techo para escuchar con la mayor atención.

—Puede empezar.

El joven inhaló profundamente antes de comenzar.

—Mi esposa Ann y yo nos casamos hace dos años. Ella era la única hija del coronel Bane, que había muerto cuando era todavía una niña, abatido en Afganistán durante el alzamiento de Ayub Khan. Su madre la crio en East Ham, donde nos conocimos cuando todavía éramos unos niños.

No podía imaginarse una muchacha más encantadora, señor Holmes. Ya entonces estaba prendado de ella y, con el tiempo, nos enamoramos… Ese tipo de amor que está basado en la amistad, el compañerismo y un deseo de compartir la vida. Nos casamos, por supuesto, y pronto nos mudamos a la casa de Fortis Grove. Durante un tiempo, parecía que nada podría alterar la armonía de nuestro pequeño hogar. No exagero al afirmar que formábamos una pareja ideal. Obviamente, pasamos por algunos periodos duros, como la prolongada enfermedad de mi padre y la muerte inesperada de la madre de Ann, pero nos teníamos el uno al otro y aquello marcaba la diferencia. Nuestra felicidad se incrementó cuando nos enteramos de que Ann estaba embarazada. Seis meses después, el embarazo se malogró. Tras cinco meses más, se quedó encinta de nuevo, pero volvió a perder al bebé. Esta segunda vez, sufrió una fuerte hemorragia que casi me la arrebató. En el hospital, nuestro médico nos informó de que seguramente sería incapaz de llevar a término un nuevo embarazo; además, otro intento podría matarla. A partir de entonces, Ann empezó a cambiar. Se le agrió el carácter y empezó a obsesionarse con los abortos que había sufrido. En casa se mostraba taciturna, señor Holmes, abatida y apática. Según me dijo, perder a esos dos hijos era su mayor trauma.

»Mi antídoto para tal mal fue que cultivara una nueva afición. Tanto por razones mentales como emocionales, pensé que sería bueno que llenara así el vacío que había en su vida, vacío que temía que estuviera acrecentándose día a día. Entre las posesiones de mi padre, que había fallecido recientemente, se encontraba una antigua armónica de cristal. Había sido un regalo de su tío abuelo, que, según decía mi padre, había comprado el instrumento a Étienne-Gaspard Robertson, el famoso inventor belga. En cualquier caso, llevé la armónica a casa para Ann y, si bien en un principio se mostró reticente, finalmente accedió a darle al instrumento una oportunidad. Nuestro ático es bastante espa-

38

cioso y cómodo, habíamos hablado de convertirlo en la habitación de nuestro hijo, así que era el lugar perfecto para una pequeña sala de música. Incluso pulí y restauré el marco de la armónica: reemplacé el viejo eje, de modo que el cristal girara con mayor seguridad, y arreglé el pedal, que se había roto algunos años antes. Pero el poco interés que Ann había mostrado por el instrumento desapareció rápidamente. No le gustaba estar sola en el ático y le resultaba difícil tocar el instrumento. Tampoco le gustaban las extrañas notas que producían sus dedos al deslizarse por el borde del cristal. Su resonancia, según me explicó, hacía que se sintiera todavía más triste.

»Pero no me rendí. Verá, yo creía que lo extraordinario de la armónica eran sus notas, que superaban en belleza el sonido de cualquier otro instrumento. Tocada adecuadamente, su música aumentaba o disminuía a voluntad con la presión de los dedos, y sus asombrosos tonos podían sostenerse todo el tiempo que se quisiera. No, no me rendí; sabía que, si Ann escuchaba el instrumento tocado por otra persona, alguien con experiencia y habilidad, cambiaría de opinión. Resultó que uno de mis socios recordaba haber asistido a un recital público del *Adagio y rondo para armónica, flauta, oboe, viola y violonchelo*, de Mozart, pero solo sabía con seguridad que la representación había tenido lugar en un pequeño apartamento sobre una librería de Montague Street, cerca del Museo Británico. Por supuesto, no necesité la ayuda de un detective para encontrar el lugar, y así, sin tener que darme una gran caminata, entré en Libreros y cartógrafos Portman. El propietario me dirigió a un tramo de escaleras que conducía al mismo apartamento donde mi amigo había asistido al recital de armónica. No sabe cuánto me arrepiento de haber subido aquellas escaleras, señor Holmes. Sin embargo, en aquel momento estaba ansioso por saber quién me recibiría cuando llamara a la puerta.

El señor Thomas R. Keller parecía el tipo de hombre al

que resulta tentador intimidar, por diversión. Se mostraba tímido y titubeante, y ceceaba ligeramente al hablar.

—Y es aquí donde, presumo, entra en escena la señora Schirmer —dije antes de encenderme otro cigarrillo.

—Exacto. Fue ella la que abrió la puerta. Era una mujer recia, de maneras hombrunas, aunque no era demasiado corpulenta. Y aunque es alemana, mi primera impresión de ella fue bastante buena. Me invitó a entrar en su apartamento sin preguntarme qué quería. Me ofreció asiento en su sala de estar y me sirvió té. Creo que había dado por sentado que quería tomar clases de música, ya que en la habitación había instrumentos musicales de todo tipo, incluidas dos armónicas totalmente restauradas. Fue entonces cuando supe que había dado con el lugar correcto. Estaba embelesado por la elegancia de la señora Schirmer y su evidente amor por el instrumento, así que le hice saber la razón de mi visita. Le hablé de mi esposa, de la tragedia de los abortos; le conté que había llevado la armónica a casa para aliviar el sufrimiento de Ann y que el encanto de los cristales no había tenido influjo alguno en ella. La señora Schirmer me escuchó pacientemente y, cuando terminé, me sugirió que llevara a Ann a sus clases. Yo no podía estar más complacido, señor Holmes. Lo único que había deseado, en realidad, era que Ann escuchara a alguien tocando bien el instrumento, así que su sugerencia excedía lo que había esperado. En un principio, acordamos que tomaría diez lecciones: dos por semana, los martes y los miércoles por la tarde. El pago se realizaría por adelantado, pero la señora Schirmer nos hizo un precio mejor debido a, tal y como me dijo, la situación especial de mi esposa. Todo esto sucedió un viernes. El martes siguiente, Ann comenzaría sus lecciones.

»Montague Street no está demasiado lejos de donde vivo. En lugar de tomar un carruaje, decidí volver a casa caminando para dar a Ann la buena noticia. Pero terminamos discutiendo, y habría cancelado las clases aquel mismo día si no hubiera creído que serían beneficiosas para ella. Llegué a casa y me la encontré en silencio y con las cortinas cerradas. Llamé a Ann, pero no respondió. Después de buscar en la cocina y en nuestro dormitorio, me dirigí al estudio y allí fue donde la encontré, vestida toda de negro, como si estuviera de luto, de espaldas y mirando fijamente la estantería mientras permanecía inmóvil. La habitación estaba en penumbra y ella parecía una sombra. Cuando pronuncié su nombre, no se giró para mirarme. Estaba muy preocupado, señor Holmes. En aquel momento, pensé que su estado mental estaba empeorando rápidamente. «Ya estás en casa —me dijo con voz cansada—. No te esperaba tan pronto, Thomas.» Le expliqué que había salido antes del trabajo por motivos personales. Después le dije adónde había ido, y le conté lo de las clases de armónica. «Pero no deberías haber hecho eso sin tener en cuenta mi opinión. Desde luego, no me has preguntado si yo deseo tomar esas lecciones», me dijo. «Creí que no te importaría. Solo puede hacerte bien, estoy seguro de ello. No será peor que estar todo el día aquí encerrada.»

»Me miró y, en la oscuridad, apenas pude vislumbrar su rostro: «Supongo que no tengo opción. ¿No se me permite decir nada al respecto?». «Por supuesto que sí, Ann. ¿Cómo podría obligarte a hacer algo que no deseas? Pero ¿asistirás al menos a una lección y dejarás que la señora Schirmer toque para ti? Si después no quieres continuar, no insistiré.»

»Guardó silencio durante un momento. Se giró lentamente hacia mí y después bajó la cabeza para mirar el suelo. Cuando, por fin, levantó la mirada, vi la expresión de alguien que ha sido derrotado por completo, de alguien que accedería a cualquier cosa, a pesar de sus verdaderos sentimientos.

»Me dijo: «De acuerdo, Thomas. Si quieres que asista a una clase, no discutiré contigo, pero no quiero que esperes demasiado de mí. Es a ti, a fin de cuentas, a quien le gusta el sonido del instrumento, no a mí». «Te quiero, Ann, y quiero que vuelvas a ser feliz. Ambos nos merecemos al menos eso», le dije. «Sí, sí, lo sé. Últimamente, estoy causando muchas molestias. Debo decirte, sin embargo, que no creo que pueda volver a experimentar algo parecido a la felicidad. Creo que todos tenemos una vida interior, con sus propias complicaciones, que a veces no puede expresarse por mucho que lo intentemos. Así que lo único que te pido es que seas tolerante conmigo y que me des el tiempo que precise para entenderme a mí misma. Mientras tanto, asistiré a esa clase, Thomas, y rezaré para que eso me satisfaga tanto como sé que te satisfará a ti.»

»Afortunadamente, o desafortunadamente, yo tenía razón, señor Holmes. Después de recibir la primera lección de la señora Schirmer, mi esposa empezó a ver la armónica de cristal de un modo más positivo. Estaba encantado con su nueva actitud respecto al instrumento. De hecho, en la tercera o cuarta lección ya se había obrado una maravillosa transformación en su estado de ánimo. Había desaparecido su aspecto decaído, así como la apatía que a menudo la había mantenido postrada en cama. Lo admito: durante aquellos días, veía a la señora Schirmer como un ángel enviado por Dios, y la tenía en gran estima. Así, cuando, meses después, mi esposa me pidió incrementar las clases de una a dos horas, acepté sin dudarlo, sobre todo porque estaba mejorando mucho. Es más, estaba encantado por las muchas horas, tardes y noches, a veces el día entero, que dedicaba a dominar los variados tonos de la armónica. Además de aprender el *Melodrama*, de Beethoven, desarrolló una increíble habilidad para improvisar sus propias piezas. Sin embargo, estas composiciones suyas eran las más melancólicas e inusuales que jamás había oído. Estaban cargadas de una tristeza que, mientras practicaba a solas en el ático, impregnaban toda la casa.

—Todo esto es muy interesante, de una manera indirecta —dije, interrumpiendo su relato—. Pero ¿cuáles, si no le importa que le insista, son las razones exactas por las que ha venido a verme hoy?

Pude percibir que mi cliente se sentía abatido por la rudeza de mi interrupción. Lo miré fijamente y después me serené de nuevo; volví a entornar los ojos y a unir las puntas de los dedos para escuchar los hechos relevantes de su problema.

—Si me lo hubiera permitido —tartamudeó—, estaba a punto de llegar a eso, señor. Como he dicho, desde que comenzó sus clases con la señora Schirmer, el estado mental de mi esposa mejoró... O eso parecía al principio. Empecé a notar cierto distanciamiento en sus maneras, una especie de ensimismamiento e incapacidad para entablar una conversación prolongada. En resumen, pronto me di cuenta de que, aunque superficialmente parecía estar mejorando, algo no iba bien en su interior. Creí que lo que la distraía era su afición por la armónica, nada más, y mantuve la esperanza de que al final volviera en sí. Pero eso no ocurrió.

»Al principio, solo me percaté de algunos detalles: los platos sin lavar, las comidas a medio cocinar o quemadas, nuestra cama sin hacer. Después, Ann empezó a pasar la mayor parte del día en el ático. A menudo me despertaba con el sonido de la armónica de cristal, y el mismo ruido me daba la bienvenida a casa cuando volvía del trabajo. A aquellas alturas había empezado a detestar las notas de las que en el pasado había disfrutado. A excepción de las comidas, que tomábamos juntos, había días en los que apenas la veía; se metía en la cama cuando yo ya me había quedado dormido y se marchaba al amanecer, antes de que yo despertara. La música estaba siempre presente, esos tonos quejumbrosos e interminables. Estaba a punto de volverme loco, señor Holmes. Aquella afición se había convertido en una obsesión malsana, y culpo a la señora Schirmer de ello.

—¿Por qué cree que ella es responsable? —le pregunté—. Seguramente no está al corriente de los problemas domésticos de su hogar. Después de todo, no es más que la profesora de música.

43

—No, no, es más que eso, señor. Mucho me temo que es una mujer con creencias peligrosas.

—¿Creencias peligrosas?

—Sí. Peligrosas para aquellos que buscan con desesperación un atisbo de esperanza y que tienden a creer en falacias absurdas.

—¿Y su esposa entra en esa categoría?

—Siento decir que sí, señor Holmes. Ann siempre ha sido una mujer extremadamente sensible y confiada. Es como si hubiera nacido para sentir y experimentar el mundo más intensamente que los demás. Esa es su mayor virtud y, también, su mayor defecto; alguien de intenciones perversas podría explotar con facilidad esta delicada característica, y eso es lo que ha hecho la señora Schirmer. Por supuesto, no me di cuenta de ello durante mucho tiempo; lo desconocía, de hecho, hasta hace poco.

»Verá, era una noche normal. Como solíamos hacer, Ann y yo cenamos tranquilamente. Después de probar apenas un par de bocados, ella se excusó de repente para ir a practicar al ático. Esto también se había convertido en una costumbre. Pero, poco después, ocurrió algo más. Antes, aquel mismo día, un cliente me había enviado a la oficina una valiosa botella de vino Comet como regalo por haber resuelto algunas complicaciones de su cuenta. Mi intención había sido sorprender a Ann con el vino durante la cena, pero, como le he dicho, se levantó de la mesa, antes de que pudiera sacar la botella. Así que decidí tomarlo con ella arriba. Subí las escaleras del ático con la botella y dos copas en la mano. Ella ya había comenzado a tocar la armónica y su sonido, sus notas graves, monótonas y sostenidas, parecían penetrar en mi cuerpo.

»Cuando me aproximé a la puerta del ático, las copas que tenía en la mano empezaron a vibrar y los oídos comenzaron a dolerme, aunque podía oír claramente. No estaba ejecutando una pieza musical ni estaba experimentando ociosamente con la armónica. No, aquello era un ejercicio deliberado, señor... Una brujería de algún tipo. Y digo «brujería» por lo que escuché a continuación: la voz de mi esposa dirigiéndose a alguien, hablando de un modo casi tan grave como las notas que estaba creando.

—¿Debo entender que lo que usted oyó no fue una canción?

—Ojalá, señor Holmes, pero le aseguro que estaba hablando. No entendí muchas de sus palabras, pero lo que oí fue suficiente para horrorizarme. Decía: «Estoy aquí, James. Grace, ven a mí. Estoy aquí. ¿Dónde os habéis escondido? Deseo veros de nuevo...».

Levanté una mano para silenciarlo.

—Señor Keller, mi paciencia es algo muy limitado y está a punto de llegar a su fin. En un intento de dar viveza y color a su relato está prolongando continuamente la llegada al asunto que desea resolver. Si es posible, le agradecería que se centre en los hechos importantes: son los únicos que me serán de utilidad.

Mi cliente se quedó mudo durante unos segundos. Frunció el ceño y apartó la mirada.

—Si nuestro hijo hubiera sido varón —dijo finalmente—, su nombre hubiera sido James. Si hubiera sido una mujer, se habría llamado Grace.

Se detuvo, sobrecogido por una fuerte emoción.

—Bueno, bueno —le dije—, no hay necesidad de hacer exhibiciones sentimentales en este momento. Le ruego que continúe donde lo dejó.

Asintió y apretó los labios. A continuación, se pasó un pañuelo por la frente y clavó la mirada en el suelo.

—Después de dejar la botella y las copas en el suelo, abrí la puerta de golpe. Sobresaltada, Ann dejó de tocar inmediatamente y me lanzó una mirada oscura, con los ojos muy abiertos. El ático estaba iluminado por unas velas dispuestas en círculo alrededor de la armónica de cristal. La mortal palidez de su piel, bajo aquella parpadeante luz, hacía que pareciera un fantasma. Había algo sobrenatural en ella, se-

45

ñor Holmes. Pero no fue solo el efecto de las velas lo que me dio tal impresión. Fueron sus ojos; el modo en el que me miraban, sugiriendo la ausencia de algo esencial, de algo humano. Me habló con un susurro falto de emoción alguna. «¿Qué pasa, cariño? Me has asustado», me dijo.

»Me acerqué a ella. «¿Por qué estás haciendo esto? —le pregunté—. ¿Por qué estás hablando como si ellos estuvieran aquí?» Se apartó lentamente de la armónica y, cuando me acerqué a ella, vi una ligera sonrisa en su blanco rostro. «Todo va bien, Thomas. Ahora, todo va bien.» Le respondí: «No lo entiendo. Estabas diciendo los nombres de nuestros hijos nonatos. Has hablado como si estuvieran vivos y en esta misma habitación. ¿Qué es todo esto, Ann? ¿Cuánto tiempo llevas haciendo esto?».

»Ella me tomó suavemente del brazo y empezó a caminar, para que nos alejáramos de la armónica de cristal. «Debo estar sola mientras toco. Por favor, respeta eso.» Me estaba llevando hacia la puerta, pero yo quería respuestas. «Oye, no voy a marcharme hasta que me des una explicación —le dije—. ¿Desde cuándo viene ocurriendo esto? Insisto. ¿Por qué lo haces? ¿La señora Schirmer sabe lo que estás haciendo?»

»No pudo seguir mirándome a los ojos. Era como si la hubieran pillado en una terrible mentira. Al final, una inesperada y fría respuesta traspasó sus labios: «Sí —me contestó—, la señora Schirmer sabe perfectamente lo que estoy haciendo. Me está ayudando, Thomas... Tú mismo te aseguraste de que lo hiciera. Buenas noches, cariño».

»Y, dicho esto, cerró la puerta y echó la llave por dentro.

»Estaba furioso, señor Holmes. Como puede imaginar, bajé las escaleras bastante alterado. La explicación de mi esposa, aunque había sido ambigua, me condujo a una conclusión: la señora Schirmer estaba enseñando a Ann algo más que música o, al menos, estaba animándola a realizar aquel antinatural ritual en el ático. Era una situación desconcertante, especialmente si mis sospechas eran correctas,

así que deduje que la única manera de conocer la verdad era
a través de la propia señora Schirmer. Mi intención fue diri-
girme a su apartamento aquella misma noche para discutir
el asunto. Sin embargo, intentando calmar mis nervios bebí
demasiado vino, casi toda la botella de Comet. Por tanto, no
pude ir a visitarla hasta la mañana siguiente. Pero cuando
llegué a su apartamento, señor Holmes, estaba tan sobrio y
decidido como es posible estar. La señora Schirmer apenas
había abierto la puerta cuando la abordé con mis preocupaciones. «¿Qué sandeces ha estado enseñando a mi esposa?
—exigí saber—. Quiero que me diga ahora mismo por qué
está hablando con nuestros hijos muertos... Y, por favor,
no simule que no sabe nada, porque Ann ya me lo ha contado todo.» Ella me contestó: «Su esposa, *herr* Keller, es una
mujer infeliz y desgraciada. Las clases que le he impartido
no le interesan en absoluto. Piensa continuamente en los niños, no importa de qué se trate, siempre son los niños, y ese
es el problema, ¿no? Pero, por supuesto, lo único que usted
desea es que ella toque, y ella lo que quiere es a sus hijos, así
que lo que he hecho es satisfacer los deseos de ambos, ¿no
es cierto? Su esposa toca ahora maravillosamente. Y creo
que es más feliz que antes, ¿usted no?». «No lo entiendo.
¿Qué es lo que dice que ha hecho para satisfacernos a ambos?» «Nada demasiado difícil, *herr* Keller. Esa es la naturaleza de los cristales, ¿sabe? Los ecos de la divina armonía.
Eso es lo que le he enseñado.» No puede imaginar los sin-
sentidos que esgrimió al explicarse.

—Oh, por supuesto que puedo —le dije—. Señor Keller, conozco superficialmente la inusual historia que rodea
a este particular instrumento. Hubo una época en la que se
atribuyeron ciertas alteraciones a la música de cristal. Esto
provocó el pánico entre los europeos y propició la pérdida
de popularidad de la armónica de cristal. Por esa razón, encontrar uno de estos instrumentos, por no hablar ya de alguien que sepa tocarlo, es una oportunidad única.

—¿A qué tipo de alteraciones se refiere?

—Desde problemas nerviosos a depresiones, así como disputas domésticas, partos prematuros y cierto número de afecciones mortales. Incluso hubo casos de convulsiones entre los animales domésticos. No hay duda de que la señora Schirmer debe conocer el decreto policial que existió en el pasado en varios estados germánicos, según el cual se prohibía la utilización de este instrumento por el bien del orden y la salud pública. Naturalmente, ambos sabemos que la melancolía de su esposa precedía a la utilización de este instrumento, por lo que podemos descartar que sea el origen de sus males.

»Sin embargo, hay otro cariz en la historia de la armónica, uno que apuntó la señora Schirmer al mencionar los «ecos de la divina armonía». Hay algunos, los partidarios de las reflexiones idealistas de hombres como Franz Mesmer, Benjamin Franklin y Mozart, que creen que la música de cristal promueve la armonía de la humanidad. Otros tienen la ferviente creencia de que escuchar los sonidos que produce el cristal puede curar males sanguíneos, mientras que otros, y sospecho que la señora Schirmer se encuentra entre ellos, sostienen que las firmes y penetrantes notas viajan de este mundo al más allá. Creen que un músico extremadamente dotado podría invocar a los muertos y que, como resultado, los vivos podrían comunicarse de nuevo con sus seres queridos fallecidos. Fue eso lo que le explicó, ¿verdad?

—Fue exactamente eso —me contestó mi cliente con expresión de sorpresa.

—Y, en aquel momento, decidió prescindir de sus servicios.

—Sí, pero ¿cómo...?

—Amigo mío, era previsible, ¿no? Usted creía que ella era responsable del comportamiento ocultista de su esposa, así que la intención de despedirla, seguramente, ya estaba presente en su pensamiento antes de ir a verla aquella mañana. En cualquier caso, si hubiera estado aún cobrando de su bolsillo, difícilmente le hubiera amenazado con llamar a las autoridades. Ahora, por favor, disculpe estas ocasionales interrupciones. Son necesarias para agilizar lo que de otra manera sería redundante para mi mente. Continúe.

—¿Qué otra cosa podría haber hecho? No tenía opción. Siendo como soy, justo y educado, no insistí en que me devolviera lo abonado por las lecciones que restaban, ni ella se ofreció a hacerlo. Sin embargo, me quedé perplejo por su compostura. Cuando le dije que no seguiríamos necesitando sus servicios, ella sonrió y asintió. Me dijo: «Mi querido señor, si usted cree que esto es lo mejor para Ann, entonces yo también lo creo. Después de todo, usted es su marido. Espero que tengan una feliz y larga vida juntos».

»Debería haber desconfiado de su palabra. Creo que, cuando me marché de su apartamento aquella mañana, ella ya sabía que Ann estaba bajo su influencia y que no iba a alejarse de ella. Ahora me doy cuenta de que es una mujer muy manipuladora. Todo esto lo he visto después: el descuento que me ofreció al principio por las lecciones, la sugerencia de incrementar las horas de clase para obtener más dinero de mi bolsillo cuando la pobre Ann ya había caído en su influjo. Me preocupa que haya puesto el ojo en la herencia que Ann recibió de su madre, la cual, si bien no es sustanciosa, sigue siendo una suma considerable. Estoy totalmente seguro de esto, señor Holmes.

—¿Y no se le ocurrió en aquel momento? —le pregunté.

—No —me contestó—. Mi única preocupación era saber cómo respondería Ann a la noticia. Me pasé todo el día inquieto, sopesando la situación y meditando las palabras apropiadas con las que contárselo. Tras volver a casa del trabajo aquella noche, llamé a Ann a mi despacho, le pedí que se sentara y tranquilamente le expliqué lo que pensaba. Señalé que había estado descuidando sus labores y responsabilidades últimamente, y que su obsesión por la armónica de cristal estaba poniendo en peligro nuestro matrimonio. Fue la primera vez que lo catalogué así: obsesión. Le dije que ambos teníamos obligaciones para con el otro: las mías eran proporcionarle un entorno seguro y cómodo; las suyas eran el cuidado y el mantenimiento de la casa. Además, le dije, estaba muy preocupado por lo que había descubierto en el ático, pero no la culpaba por sentir la pérdida de nuestros hijos. A continuación, le conté mi visita a la señora Schirmer. Le expliqué que no habría más lecciones de armónica y que la señora Schirmer había estado de acuerdo en que seguramente era lo mejor. Tomé su mano y miré directamente su inexpresivo rostro. «Te prohíbo que veas a esa mujer de nuevo, Ann —le dije—, y, mañana, sacaré la armónica de esta casa. No quiero ser cruel o irracional en este asunto, pero necesito que mi esposa vuelva a mi lado. Quiero que vuelvas, Ann. Quiero que todo sea como antes. Necesitamos poner en orden nuestras vidas.»

»Empezó a llorar, pero eran lágrimas de remordimiento, no de ira. Me arrodillé a su lado. «Perdóname», le dije, y la rodeé con mis brazos. «No —susurró en mi oreja—. Soy yo la que debería pedirte perdón. Estoy muy confusa, Thomas. Me siento como si ya no pudiera hacer nada bien, y no entiendo por qué.» «No debes pensar eso, Ann. Confía en mí; todo va a salir bien.»

»Entonces me prometió, señor Holmes, que intentaría ser una buena esposa. Y parecía dispuesta a cumplir su palabra. De hecho, nunca antes había visto un cambio tan radical en ella. Por supuesto, había momentos en los que sentía aquellas profundas corrientes propagándose en su interior. A veces su humor se tornaba melancólico, como si algo opresivo se hubiera colado en sus pensamientos y, durante un tiempo al menos, dedicó una atención desorbitada a la limpieza del ático. Pero para entonces la armónica de cristal ya no estaba allí, así que no me preocupé demasiado. ¿Por qué hubiera debido? Cuando volvía del trabajo, ella ya había terminado todas sus tareas. Después de cenar, disfrutábamos de la compañía del otro, tal como hacíamos en los buenos tiempos; nos sentábamos juntos y hablábamos durante horas. Parecía que la felicidad había vuelto a nuestro hogar.

—Me alegro por usted —dije de manera insípida mientras encendía mi tercer cigarrillo—, pero aún desconozco por qué ha decidido venir a hablar conmigo. Está claro que es una historia intrigante, pero parece intranquilo por algo más y no entiendo la razón. Creo que se puede ocupar de sus propios asuntos.

—Por favor, señor Holmes, necesito su ayuda.

—No podré ayudarle sin conocer la verdadera naturaleza de su problema. En lo que me ha contado no hay ningún puzle sin resolver.

—¡Pero mi esposa sigue desapareciendo!

—¿Sigue desapareciendo? Entiendo, entonces, que también sigue reapareciendo.

—Sí.

—¿Cuántas veces ha sucedido?

—Cinco veces.

—¿Y cuándo comenzaron estas desapariciones?

—Hace dos semanas.

—Entiendo. Un martes, seguramente. A continuación, el jueves siguiente. Corríjame si me equivoco, pero la semana siguiente sucedió lo mismo... Y este martes, por supuesto.

—Exactamente.

—Perfecto. Ahora empezamos a avanzar, señor Keller. Es evidente que su historia termina ante la puerta de la señora Schirmer, pero cuéntemelo, de todos modos. Podría haber uno o dos detalles que aún tengo que deducir por mí mismo. ¿Sería tan amable de empezar con la primera desaparición? Aunque, en realidad, es inexacto describir su veleidad de esa manera.

El señor Keller me miró con tristeza. A continuación, dirigió su atención hacia la ventana y agitó la cabeza con solemnidad.

—He pensado mucho en esto —me indicó—. Verá,

51

como a mediodía suelo estar bastante ocupado, el chico de los recados es el que me trae la comida. Pero aquel día tuve menos trabajo, así que decidí ir a casa para almorzar con Ann. Cuando descubrí que no estaba, tampoco me preocupé demasiado. De hecho, últimamente la había animado a salir de casa con regularidad. Así pues, siguiendo mi consejo, había empezado a dar paseos. Creí que eso era lo que estaba haciendo, así que le dejé una nota y volví a la oficina.

—¿Y adónde solían llevarla esos paseos?

—A la carnicería o al mercado. También disfrutaba yendo al parque público de la Sociedad de Física y Botánica, donde decía que pasaba horas leyendo entre las flores.

—Efectivamente, sería un lugar ideal para ese tipo de actividad. Continúe con su relato.

—Aquella noche, cuando volví a casa, descubrí que aún no había vuelto. La nota que dejé en la puerta principal todavía estaba allí, y no había ningún signo de que hubiera vuelto a casa. En aquel momento, empecé a preocuparme. Mi primer pensamiento fue salir en su búsqueda, pero, tan pronto como traspasé el umbral, Ann atravesó la verja. Qué cansada parecía, señor Holmes. Al verme dudó un momento. Le pregunté por qué volvía tan tarde, y me explicó que se había quedado dormida en la Sociedad de Física y Botánica. Era improbable, pero posible, así que no insistí más. Sinceramente, me sentía aliviado por tenerla en casa de nuevo.

»Dos días después, sin embargo, volvió a ocurrir lo mismo. Regresé a casa y Ann no estaba. Llegó poco después y me contó que una vez más se había quedado dormida bajo un árbol del parque. La semana siguiente ocurrió exactamente lo mismo, solo los martes y los jueves. Si los días hubieran sido diferentes, no habría empezado a dudar tan rápido, ni habría intentado verificar mis sospechas el pasado martes. Como sabía que sus antiguas clases de armónica empezaban a las cuatro y terminaban a las seis, me marché del trabajo temprano y me oculté en la calle de la librería Portman. A las cuatro y cuarto, empecé a sentirme aliviado, pero, cuando estaba a punto de abandonar mi puesto de vigilancia, la vi. Caminaba despreocupadamente por Montague Street, en la acera contraria, con una sombrilla abierta que yo le había regalado por su cumpleaños. Mi corazón se hundió en aquel momento. Me quedé allí, sin llamarla ni ir tras ella, mirando cómo cerraba la sombrilla y entraba en la librería.

—¿Su esposa suele llegar tarde a las citas?

—Al contrario, señor Holmes. Ella siempre ha creído que la puntualidad es una virtud… Hasta hace poco, por supuesto.

—Entiendo. Siga, por favor.

—Puede imaginar lo alterado que estaba. Segundos después, subí corriendo las escaleras hasta el apartamento de la señora Schirmer. Ya podía oír a Ann tocando la armónica de cristal… Esas horribles y desagradables notas. Aquel sonido alimentó mi ira y aporreé la puerta con furia. «¡Ann! —grité— ¡Ann!»

»Pero no fue mi esposa la que apareció, sino la señora Schirmer. Abrió la puerta y me miró con la expresión más venenosa que he visto nunca. Exclamé: «¡Quiero ver a mi esposa, inmediatamente! ¡Sé que se encuentra aquí!».

»Justo entonces, la música cesó abruptamente en el interior del apartamento. «¡Vuelva a casa si quiere ver a su esposa, *herr* Keller! —me dijo con voz grave. Dio un paso al frente y cerró la puerta a su espalda— ¡Ann ya no es mi alumna!» Tenía una mano en el pomo y su corpulenta figura bloqueaba la puerta para evitar mi entrada. «Usted me ha engañado —le dije, lo suficientemente alto para que Ann pudiera oírme—. Ambas lo habéis hecho, ¡y no lo voy a consentir! ¡Es usted una persona vil y ruin!»

»La señora Schirmer se puso hecha una furia y, de hecho, yo mismo estaba tan enfadado que las palabras que salían de mi boca eran puro veneno. Ahora me doy cuenta de que mi comportamiento fue irracional, a pesar del engaño de aquella horrible mujer y de mi preocupación por mi esposa. «Yo solo hago mi trabajo —me dijo—, pero usted no deja de causarme problemas. Es usted un borracho y, cuando se acuerde de todo esto mañana, se sentirá abochornado. No voy a hablar más con usted, *herr* Keller, así que no se le ocurra volver a llamar a mi puerta.»

»En ese momento, perdí los nervios, señor Holmes, y me temo que elevé la voz más allá de lo debido. «¡Sé que ha estado viniendo aquí, y estoy seguro de que usted la sigue confundiendo con sus demoniacas supercherías! ¡No tengo ni idea de lo que espera ganar con todo esto, pero, si lo que busca es su herencia, le aseguro que haré todo lo humanamente posible para evitarlo! Le advierto, señora Schirmer, que hasta que mi esposa sea completamente libre de su influencia se encontrará conmigo en cada esquina. ¡No voy a dejar que me engañe de nuevo!»

»La mujer apartó la mano del pomo y apretó el puño. Parecía a punto de golpearme. Como ya he dicho, es una mujer grande y robusta y no dudo que podría tumbar con facilidad a la mayor parte de los hombres. Sin embargo, reprimió su hostilidad y me dijo: «La advertencia se la hago yo, *herr* Keller. Váyase y no vuelva jamás. ¡Si vuelve a aparecer por aquí dando problemas, haré que lo arresten!».

»Entonces se giró y entró en su apartamento, cerrándome la puerta en las narices.

»Estaba muy alterado. Me marché de allí inmediatamente y volví a mi casa con la intención de reprender a Ann cuando volviera. Estaba seguro de que me había oído discutir con la señora Schirmer y me molestaba que se hubiera quedado escondida en la sala de estar de esa mujer, en lugar de salir a mi encuentro. Por mi parte, no podía negar que había estado espiándola; desde aquella tarde, debió de ser totalmente consciente de ello. Sin embargo, para mi sorpresa, ella ya estaba en casa cuando llegué. Y eso es lo que no me explico: era imposible que se hubiera marchado del apartamento de la señora Schirmer antes que yo, ya que se trata de una segunda planta. Incluso si lo hubiera conseguido de algún modo, difícilmente podría haber tenido la cena preparada cuando llegué. Estaba, y todavía lo estoy, perplejo ante tal hecho. Esperaba que mencionara mi discusión con la señora Schirmer durante la cena, pero no dijo una sola palabra al respecto. Y cuando le pregunté qué había hecho aquella tarde, me contestó: «He empezado a leer una nueva novela, y antes di un breve paseo por los jardines de la Sociedad de Física y Botánica». «¿Otra vez? ¿No te cansas de ir siempre al mismo sitio?», le pregunté. «¿Cómo podría? Es un lugar precioso.» «No te has encontrado con la señora Schirmer en tus paseos, ¿verdad, Ann?» Ella lo negó: «No, Thomas, por supuesto que no».

»Le pregunté si cabía la posibilidad de que se estuviera equivocando, y ella, visiblemente enojada por mi insinuación, insistió en que no la había visto.

—Entonces le está mintiendo —dije—. Algunas mujeres tienen un extraordinario talento para conseguir que los hombres crean lo que ya saben que es falso.

—Señor Holmes, no me entiende. Ann es incapaz de pronunciar una mentira conscientemente. No es natural en ella. Y si lo hubiera hecho, yo me habría dado cuenta y se lo hubiera dicho en aquel momento. Pero, no, no estaba mintiéndome. Lo vi en su rostro; estoy convencido de que no sabía nada de mi trifulca con la señora Schirmer. No sé cómo es posible, pero estoy seguro de que mi esposa estaba allí, tan seguro como estoy de que me dijo la verdad, y soy incapaz de encontrarle sentido. Por eso le escribí con tanta premura aquella noche, y por eso le pido su consejo y ayuda.

Este fue el enigma que mi cliente me presentó. Insignificante y, sin embargo, interesante. Comencé a eliminar conclusiones opuestas usando mi conocido método de análisis lógico hasta que solo quedó una solución posible, ya que parecía que muy pocas posibilidades podían resolver el caso.

—En esa tienda de libros y mapas —le pregunté—, ¿vio usted a algún empleado, aparte del propietario?

—Solo recuerdo al propietario, a nadie más. Creo que lleva el negocio él mismo, aunque no parece desenvolverse muy bien.

—¿Qué quiere decir?

—Me refiero a que no tiene pinta de gozar de buena salud. Sufre una incesante tos que suena a veces muy grave, y es evidente que le falla la vista. La primera vez que entré allí y le pregunté dónde estaba el apartamento de la señora Schirmer, usó una lupa para verme la cara. Y esta última vez ni siquiera se percató de que había entrado en la tienda.

—Demasiados años encorvado sobre los libros bajo una lámpara, sospecho. De todos modos, aunque conozco bien Montague Street y sus inmediaciones, debo admitir que esta tienda en particular me es muy poco familiar. ¿Sabe si está bien abastecida?

—Sí, señor Holmes. Es un lugar pequeño que creo que en el pasado fue una casa familiar, pero cada habitación contiene hilera tras hilera de libros. Los mapas, según parece, los guardan en otra parte. En la entrada de la tienda hay un cartel que indica que las consultas sobre cartografía deben hacerse al señor Portman personalmente. De hecho, no recuerdo haber visto un solo mapa en la tienda.

—Por casualidad, ¿no le preguntó al señor Portman, suponiendo que ese sea el nombre del propietario, si había visto a su esposa entrando en la tienda?

—No fue necesario. Como he dicho, el hombre tiene muy mala vista. En cualquier caso, yo mismo la vi entrar allí, y mi vista es buena.

—No lo pongo en duda, señor Keller. El caso no tiene nada de especial, aunque hay un par de cosas que debería resolver en persona. Iremos ahora mismo a Montague Street.

—¿Ahora mismo?

—Es jueves por la tarde, ¿no?

Tiré de la cadena de mi reloj y vi que eran casi las tres y media.

—Si salimos ahora mismo, podríamos llegar a la librería Portman antes de que lo haga su esposa. —Me levanté para coger mi gabán y añadí—: A partir de ahora debemos ser prudentes, ya que estamos tratando con los problemas emocionales de, cuando menos, una mujer trastornada. Esperemos que su esposa sea tan fiable y coherente con sus acciones como mi reloj. Aunque podría jugar a nuestro favor que, una vez más, decida llegar tarde.

Entonces, con cierta prisa, salimos de Baker Street y nos sumergimos en el bullicio de las abarrotadas calles londinenses. Mientras nos dirigíamos a la librería Portman, me di cuenta de que el problema que el señor Keller me había planteado tenía, tras meditar sus detalles, poca o ninguna importancia. De hecho, el caso ni siquiera provocaría las reflexiones literarias del buen doctor. Era, supe, el tipo de caso menor que me habría entusiasmado durante mis años de formación como detective, pero que, en el crepúsculo de mi carrera, veía más apropiado para otros. A menudo desviaba ese tipo de peticiones a alguno de los jóvenes nuevos talentos (normalmente a Seth Weaver, Trevor de Southwark o Liz Pinner) que ya habían demostrado su buen hacer ante el gremio de detectives.

Sin embargo, debo confesar que mi interés en el caso del señor Keller no estaba en la conclusión de su aburrido y largo relato, sino en dos puntos que, a pesar de no tener relación entre ellos, me fascinaban: la admiración que sentía por la infame armónica de cristal, un instrumento que a menudo había deseado aprender a tocar, y el atractivo y extraño rostro que había visto en la fotografía. Baste mencionar que puedo explicar el atractivo de uno mejor que el del otro, y que desde entonces he decidido que mi breve predilección por el bello sexo nació de lo mucho que John insistía en los beneficios para la salud que se derivaban de la compañía femenina. Aunque admito tales irracionales sentimientos, sigo sin comprender la atracción que sentí por la ordinaria fotografía de una mujer casada.

4

Cuando Roger le preguntó cómo había conseguido las dos abejas japonesas, Holmes se mesó la barba y, después de pensarlo un poco, mencionó el colmenar que había descubierto en el centro de Tokio.

—Lo encontré por casualidad… Si hubiera ido en coche con mi equipaje, no habría dado con él, pero después de haber estado enjaulado en el barco necesitaba ejercitar mis extremidades.

—¿Caminó mucho?

—Eso creo… Sí, efectivamente, estoy seguro de que así fue, aunque no recuerdo la distancia exacta.

Estaban en la biblioteca, sentados uno frente al otro. Holmes estaba recostado y tenía una copa de brandi en la mano; Roger estaba inclinado hacia delante con el vial de las abejas entre las manos.

—Era el momento perfecto para un paseo, ¿sabes? El clima era ideal, muy agradable, y yo estaba ansioso por ver la ciudad.

Holmes estaba relajado y animado, y miraba al chico con atención mientras le relataba aquella mañana en Tokio. Omitiría, por supuesto, los detalles embarazosos, como el hecho de que se hubiera perdido en el distrito comercial de Shinjuku mientras buscaba la estación de trenes y que, mientras deambulaba por las estrechas calles, su normalmente infalible sentido de la orientación lo abandonó por completo. No había razón para contarle que casi había perdido el tren a la ciudad portuaria de Kobe o que, hasta que encontró el colmenar, fue testigo de los peores aspectos de la sociedad japonesa de posguerra: hombres y mujeres viviendo en chozas improvisadas y en cobertizos construidos con cajas y chapa en las zonas más concurridas de la ciudad; amas de casa con sus bebés cargados a las espaldas, formando interminables colas para comprar arroz y batatas; individuos apiñados en coches a rebosar, sentados sobre el techo de los autobuses, agarrados al rastrillo de las locomotoras; los incontables asiáticos hambrientos que pasaban junto a él por la calle, cuyos voraces ojos miraban de vez en cuando a aquel inglés desorientado que caminaba entre ellos, apoyado en dos bastones y con su confusa expresión imposible de leer bajo el largo cabello y la barba.

En definitiva, Roger solo se enteró del encuentro con las abejas urbanas. El chico parecía totalmente fascinado por lo que estaba oyendo y sus ojos azules no se apartaban de Holmes. Su rostro permanecía tranquilo y tolerante, con las pupilas fijas en aquellos venerables y reflexivos ojos, como si estuviera viendo las distantes luces que titilaban a lo largo de un horizonte opaco, un atisbo de algo parpadeante y vivo que estaba fuera de su alcance. Y, a cambio, los ojos grises que estaban concentrados en él, penetrantes y amables al mismo tiempo, se esforzaban por establecer un nexo entre los años que los separaban. Mientras bebía el brandi a sorbos y el cristal del vial se calentaba entre las suaves palmas de las manos del niño, aquella veterana voz hacía que Roger se sintiera, de algún modo, mayor y mucho más cosmopolita.

Mientras se adentraba cada vez más en Shinjuku, le explicó Holmes, unas obreras que forrajeaban y zumbaban alrededor de los lechos de flores bajo los árboles de la calle y en las macetas junto a las casas atrajeron su atención. Entonces intentó seguir la ruta de las obreras; a veces perdía el rastro de una, pero pronto veía a otra, y enseguida lo condujeron a un oasis en el corazón de la ciudad: veinte colonias, según pudo contar, capaces de producir una cantidad de miel anual considerable. «Qué criaturas tan inteligentes», pensó. La zona de forrajeo de las colonias de Shinjuku variaba, seguramente, de estación en estación. Quizá volaban mayores distancias en septiembre, cuando había pocas flores, y recorrían una distancia mucho menor en verano y primavera porque, cuando los cerezos florecieran en abril, estarían rodeadas de alimento. Mejor aún, le dijo a Roger, pues un radio pequeño incrementaría la eficacia en la búsqueda de comida de las colonias; así, teniendo en cuenta la mermada competencia por el néctar y el polen de los pobres polinizadores urbanos, como los sírfidos, las moscas, las mariposas y los escarabajos, las fuentes de alimento más rentables eran evidentemente las que estaban ubicadas a poca distancia de Tokio, en lugar de las periféricas.

Sin embargo, la pregunta que Roger había hecho sobre las abejas japonesas no recibió respuesta, y el chico era demasiado educado para insistir. Aunque Holmes no había olvidado la pregunta, la respuesta se hizo esperar, como un nombre atrapado de repente en la punta de la lengua. Sí, había traído las abejas de Japón. Sí, eran un regalo para el muchacho. Pero el modo en el que habían llegado hasta Holmes no estaba claro: quizás en el colmenar de Tokio (aunque no era probable, ya que en aquel momento estaba más preocupado por encontrar la estación de ferrocarril), o quizá durante sus viajes con el señor Umezaki (ya que habían cubierto mucho terreno desde su llegada a Kobe). Temía que aquel evidente lapsus fuera el resultado de los cambios que estaba produciendo la edad en su lóbulo frontal. ¿De qué otro modo podía explicarse que algunos recuerdos se mantuvieran

61

intactos mientras otros sufrían importantes daños? Era extraño, también, que pudiera recordar con total claridad momentos aleatorios de su infancia, como la mañana en la que entró en la sala de esgrima de *maître* Alphonse Bencin, aquel enjuto francés que no paraba de atusarse el bigote mientras miraba al tímido y delgaducho chico que tenía frente a él. Sin embargo, ahora, a veces, podía mirar su reloj de bolsillo y le resultaba imposible narrar lo que había ocurrido las anteriores horas del día.

Aun así, a pesar del conocimiento perdido, creía que todavía conservaba la mayoría de sus recuerdos. Y en las noches tras su regreso a casa se había sentado en su escritorio del ático y, alternando el trabajo en su obra maestra inacabada, *El arte de la deducción,* y en la revisión de la nueva edición de Beach & Thompson de su *Guía práctica de apicultura,* que había sido publicada treinta y siete años antes, su mente volvía de forma invariable a los lugares en los que había estado. Entonces no era imposible que se encontrara allí, esperando en el andén de la estación de Kobe después del largo trayecto en tren, buscando al señor Umezaki y mirando a los que pasaban a su lado. Algunos oficiales y soldados norteamericanos deambulaban entre los lugareños, hombres de negocios y familias japonesas; la cacofonía de voces diferentes y de rápidos pasos resonaba en el andén hasta desaparecer en la noche.

—¿Sherlock-*san*?

Como si hubiera aparecido de la nada, un hombre delgado con un sombrero tirolés, una camisa blanca de cuello abierto, pantalones cortos y zapatillas deportivas apareció a su lado. Iba acompañado de otro hombre algo más joven que vestía exactamente igual. Los dos hombres lo miraban a través de unas gafas de montura metálica, y el mayor de los dos (de unos cincuenta años, supuso Holmes, aunque en el caso de los hombres

62

asiáticos era difícil decirlo), se detuvo ante él e hizo una reverencia. El otro lo imitó de inmediato.

—Sospecho que usted es el señor Umezaki.

—Así es, señor —dijo el mayor, aún inclinado—. Bienvenido a Japón, y bienvenido a Kobe. Es un honor conocerlo por fin. Nos honra tenerlo como invitado en nuestro hogar.

Y aunque las cartas del señor Umezaki le habían revelado su dominio del inglés, Holmes quedó gratamente sorprendido por el acento británico del hombre, rasgo que sugería que había recibido una extensa educación más allá de la Tierra del Sol Naciente. Aun así, lo único que sabía de él era que compartían una pasión por el pimentero japonés o *hire sansho*, el nombre con el que se lo conoce en Japón. Era este interés común el que había dado inicio a una extensa y continuada correspondencia; el señor Umezaki le escribió una carta después de leer un monográfico que Holmes había publicado años antes: *El valor de la jalea real y los beneficios de la pimienta de Sichuan*. Además, en su juventud nunca había aprovechado la oportunidad de visitar Japón. Cuando recibió la invitación del señor Umezaki se dio cuenta de que quizá no tendría otra ocasión para explorar esos magníficos jardines sobre los que tanto había leído o para, por una vez en su vida, contemplar y probar la inusual planta que lo había fascinado durante tanto tiempo, un remedio vegetal que sospechaba que podía prolongar la vida del mismo modo que su adorada jalea real.

—El honor es mutuo.

—Por supuesto —dijo el señor Umezaki, incorporándose—. Por favor, señor, permítame presentarle a mi hermano. Este es Hensuiro.

Hensuiro seguía inclinado, con los ojos medio cerrados.

—*Sensei...* Hola, usted es muy grande detective, muy grande.

—Hensuiro, ¿verdad?

—Gracias, *sensei*, gracias, usted es muy grande.

Qué desconcertante le resultaba aquella pareja de repente: un hermano hablaba inglés sin esfuerzo mientras que el otro apenas se defendía. Poco después, cuando salían de la estación, Holmes notó un movimiento peculiar en las caderas del hermano menor, como si el peso del equipaje con el que cargaba Hensuiro le hubiera proporcionado de algún modo un contoneo femenino. Concluyó que era algo natural y no una pose, ya que el equipaje, después de todo, no era tan pesado. Cuando llegaron por fin a la parada del tranvía, Hensuiro dejó las maletas en el suelo y le ofreció un paquete de cigarrillos.

—*Sensei...*

—Gracias —dijo Holmes, que cogió uno y se lo llevó a los labios.

Iluminado por la luz de las farolas, Hensuiro encendió una cerilla y cubrió la llama con la mano. Al inclinarse hacia la cerilla, Holmes vio las delicadas manos salpicadas de pintura roja, la suave piel, las uñas cortas aunque un poco sucias: las manos de un artista, decidió, y las uñas de un pintor. A continuación, miró la oscura calle mientras saboreaba el cigarrillo, las siluetas a lo lejos de la gente que paseaba por el barrio iluminado por las luces de neón. En alguna parte, sonaba música de jazz, suave pero animada, y entre las caladas de cigarrillo inhaló el fugaz aroma de la carne quemada.

—Imagino que estará hambriento —dijo el señor Umezaki, que se había mantenido en silencio desde que salieron de la estación.

—Efectivamente —dijo Holmes—. También estoy bastante cansado.

—En ese caso, ¿por qué no se instala en casa? Esta noche, si lo desea, cenaremos allí.

—Una sugerencia perfecta.

Hensuiro comenzó a hablar en japonés con el señor

Umezaki. No paraba de gesticular con sus delicadas manos mientras el cigarrillo saltaba en sus labios: rozaron un instante su sombrero tirolés y después señalaron repetidamente una zona cerca de su boca. Hensuiro sonrió de oreja a oreja, asintió a Holmes e hizo una ligera reverencia.

—Mi hermano se pregunta si ha traído con usted su famoso sombrero —dijo el señor Umezaki con cierta vergüenza—. La gorra orejera, creo que se llama así. Y su pipa, ¿la ha traído?

Hensuiro, que seguía asintiendo, señaló su sombrero tirolés y su propio cigarrillo.

—No, no —contestó Holmes—. Me temo que nunca me he puesto una gorra orejera ni he fumado en pipa. Esto no fueron más que adornos de un ilustrador que pretendía darme prestancia, supongo, y vender revistas. No tuve mucho que ver en el asunto.

—Oh —dijo el señor Umezaki con expresión desilusionada, expresión que enseguida contagió a Hensuiro cuando su hermano se lo contó.

El joven hizo una reverencia rápidamente. Parecía avergonzado.

—De verdad, esto no es necesario —dijo Holmes, que estaba acostumbrado a tales preguntas y, la verdad sea dicha, obtenía cierta satisfacción perversa al disipar el mito—. Dígale que no pasa nada, no tiene ninguna importancia.

—No lo sabíamos —le explicó Umezaki antes de calmar a Hensuiro.

—Pocos lo saben —dijo Holmes lentamente, mientras exhalaba el humo.

Al poco tiempo llegó el tranvía, traqueteando hacia ellos desde la zona de las luces de neón. Mientras Hensuiro cogía el equipaje, Holmes volvió a mirar la calle.

—¿Eso que suena es música? —le preguntó al señor Umezaki.

—Sí. De hecho, durante la noche, suele haber música en esta zona. No hay muchos puntos turísticos en Kobe, así que intentamos compensarlo con algo de vida nocturna.

—¿De verdad? —preguntó Holmes. Entornó los ojos para intentar distinguir, sin conseguirlo, los brillantes clubs y bares cuya música se había perdido ante la clamorosa llegada del tranvía.

Al final subieron y se alejaron del neón. Atravesaron un distrito de tiendas cerradas, aceras vacías y esquinas oscuras. Segundos después, el tranvía entró en un reino en ruinas de edificios incinerados y devastados durante la guerra; un paisaje desolado que carecía de farolas y cuyas derruidas siluetas solo estaban iluminadas por la luna llena sobre la ciudad.

Entonces, como si las abandonadas avenidas de Kobe hubieran acentuado su propio agotamiento, los párpados de Holmes se cerraron y su cuerpo se derrumbó en el asiento del tranvía. Finalmente, aquel largo día había podido con él. Minutos después, usaría la poca energía que le quedaba para despertar y subir una calle en pendiente. Hensuiro iba en cabeza y el señor Umezaki lo sostenía por el codo. Mientras sus bastones golpeaban el suelo, el cálido viento del mar que traía con él la esencia del agua salada lo golpeó. Inhalando el aire nocturno, visualizó Sussex y la hacienda a la que llamaba La Paisible («Mi lugar de sosiego» lo había llamado una vez en una carta dirigida a su hermano Mycroft), y la costa de acantilados de piedra caliza que se veía a través de la ventana del despacho del ático. Quería dormir y vio su ordenada habitación, su cama con las sábanas abiertas.

—Ya casi hemos llegado —dijo el señor Umezaki—. Tiene ante sí mi patrimonio.

Justo enfrente, donde la calle terminaba, se alzaba una inusual casa de dos plantas. En un país donde la costumbre eran las tradicionales casas tipo *minka*,[2] la anómala residencia del señor Umezaki era claramente de estilo victoriano. Estaba pintada de rojo, circundada por una cerca de madera, y con un patio en la entrada muy parecido a un jardín inglés. Si bien los alrededores de la propiedad estaban sumidos en una profunda oscuridad, un ornamentado foco de cristal tallado proyectaba su luz a lo largo del amplio porche, presentando la casa como un faro bajo el cielo nocturno. Pero Holmes estaba demasiado exhausto para comentar nada, ni siquiera cuando siguió a Hensuiro hasta un pasillo bordeado de impresionantes vitrinas con objetos de cristal de estilo *art nouveau* y *art déco*.

—Coleccionamos piezas de Lalique, Tiffany y Galle, entre otros —dijo el señor Umezaki mientras avanzaban.

—Es evidente —comentó Holmes fingiendo interés.

Poco después, comenzó a sentirse casi etéreo, como si estuviera vagando a través de un tedioso sueño. Más tarde no recordaría nada de esa primera noche en Kobe, ni lo que comió ni la conversación que mantuvieron ni el momento en el que le mostraron aquella habitación. Tampoco recordaba que le hubieran presentado a una taciturna mujer llamada Maya, aunque le sirvió la cena y la bebida y, sin duda, deshizo su equipaje.

También fue ella quien, a la mañana siguiente, abrió las cortinas y lo despertó. Su presencia no lo sorprendió. Aunque estaba semiinconsciente cuando la conoció, su rostro le resultó familiar, aunque melancólico.

«¿Será la esposa del señor Umezaki? —se preguntó Holmes—. ¿Quizás un ama de llaves?»

Llevaba un quimono y el cabello cano en un recogido occidental; parecía mayor que Hensuiro, pero no

2. Casa típica rural japonesa compuesta de una sola planta.

mucho mayor que el refinado Umezaki. Aun así, era una mujer poco atractiva, bastante feúcha, con cabeza redonda, nariz chata y unos ojos rasgados que eran dos delgadas hendiduras y que hacían que pareciera tan corta de vista como un topo. Sí, concluyó, debía de ser el ama de llaves.

—Buenos días —dijo mientras la observaba desde la cama.

Ella no le hizo caso. Abrió la ventana y la brisa marina inundó la habitación. Después salió de la estancia y volvió a entrar con una bandeja sobre la que humeaba una taza de té junto a una nota escrita por el señor Umezaki. Holmes murmuró un «*ohayo*»,[3] una de las pocas palabras japonesas que conocía, mientras la mujer colocaba la bandeja sobre la mesita de noche. Lo ignoró una vez más. Entró en el aseo y le preparó un baño. Él se sentó, incómodo, y se bebió el té mientras leía la nota:

> Me marcho a trabajar.
> Hensuiro lo espera.
> Volveré tarde.
> Tamiki

—*Ohayo* —se dijo a sí mismo, decepcionado y preocupado por si su presencia allí había perturbado a los habitantes de la casa.

Era posible que no esperaran que aceptara la invitación, o que el señor Umezaki se sintiera decepcionado por el poco animado caballero que había encontrado esperando en la estación. Cuando Maya se marchó de la habitación, se sintió aliviado, pero el sentimiento quedó eclipsado por la idea de tener que pasar el día con Hen-

---

3. En japonés, «buenos días».

suiro y de verse obligado a gesticular cualquier cosa que fuera importante: comida, bebida, aseo, siesta. No podía explorar Kobe por su cuenta, y su anfitrión podría sentirse insultado al descubrir que se había escabullido solo. Mientras se bañaba, la sensación de malestar aumentó. Aunque algunos lo consideraban cosmopolita, había pasado casi la mitad de su vida aislado en Sussex Downs y ahora no se sentía preparado para manejarse en un país tan extraño, especialmente sin un guía que supiera hablar inglés.

Sin embargo, después de vestirse y de reunirse con Hensuiro, sus preocupaciones desaparecieron.

—Bu... Buenos días, *sensei* —tartamudeó Hensuiro con una sonrisa.

—*Ohayo*.

—Oh, sí, *ohayo*. Bien, muy bien.

Después, mientras Hensuiro asentía repetidamente ante su habilidad con los palillos, Holmes tomó un desayuno sencillo: té verde y arroz con huevo crudo. Salieron antes del mediodía y disfrutaron de una hermosa mañana bajo un dosel de cielo azul. Hensuiro lo acompañaba sujetándolo por el codo, como hacía el joven Roger; después de haber dormido tan bien y tonificado por el baño, veía Japón con otros ojos. A la luz del día, Kobe era una ciudad completamente diferente del desolado lugar que había visto a través de la ventanilla del tranvía: los edificios en ruinas no estaban a la vista, las calles estaban llenas de viandantes y los vendedores ocupaban la plaza central mientras los niños correteaban. En el interior de los puestos de fideos bullían tanto las charlas como el agua. En las colinas al norte de la ciudad atisbó un vecindario completo de hogares de estilo victoriano y gótico que sospechaba que, en un principio, habrían pertenecido a comerciantes y diplomáticos extranjeros.

—¿A qué se dedica su hermano, si puede saberse?

69

—*Sensei*...

—Su hermano, ¿a qué se dedica? ¿En qué trabaja?

—Esto... No... No entiendo, solo entiendo un poquito, no mucho.

—Gracias, Hensuiro.

—Sí, gracias. Muchas gracias.

—A pesar de tus carencias, eres una excelente compañía para disfrutar de este agradable día.

—Eso creo.

Sin embargo, mientras paseaban, mientras doblaban esquinas y cruzaban calles abarrotadas, Holmes comenzó a reconocer las señales del hambre a su alrededor. En los parques, los niños descamisados no corrían como los otros críos; estaban inmóviles, como marchitos, con sus pronunciadas cajas torácicas rodeadas por huesudos brazos. Los hombres pedían delante de las tiendas de fideos, e incluso aquellos que parecían bien alimentados (los tenderos, los patronos, las parejas) tenían expresiones similares de hambre, aunque no tan evidentes. Entonces le pareció que el devenir de la vida diaria enmascaraba una desesperación muda: bajo las sonrisas, los asentimientos, las reverencias y la educación generalizada acechaba algo más, algo que había nacido de la desnutrición.

5

$\mathcal{A}$ veces, durante sus viajes, Holmes sentía que un inmenso deseo se colaba en la existencia humana, cuya verdadera naturaleza no acababa de comprender. Y aunque este inefable anhelo había esquivado su vida en el campo, aún lo visitaba a veces en el rostro de los desconocidos que continuamente se adentraban en su propiedad. Al principio, los intrusos solían ser una variada mezcla de estudiantes borrachos que querían elogiarlo, investigadores de Londres que buscaban ayuda en un crimen sin resolver, los ocasionales jóvenes de Gables (una célebre academia situada a un kilómetro de la finca de Holmes) o familias de vacaciones. Todos acudían hasta allí con la esperanza de ver momentáneamente al famoso detective.

—Lo siento —les decía a todos sin excepción—, pero mi privacidad debe ser respetada. Les pido que abandonen mi propiedad inmediatamente.

La Gran Guerra le proporcionó algo de paz, ya que cada vez menos gente llamaba a su puerta; esto ocurrió, también, mientras la segunda Gran Guerra se propagaba por Europa. Pero entre ambos conflictos los intrusos regresaron en bloque y la vieja conglomeración fue gradualmente reemplazada por otro grupo de gente: buscadores de autógrafos, periodistas, agrupaciones de

lectura de Londres y de otras partes... Aquellos individuos gregarios contrastaban abruptamente con los vete-
ranos tullidos, los cuerpos contorsionados confinados
para siempre a sillas de ruedas, los engendros vivos o los
amputados múltiples que aparecían como crueles regalos en su puerta delantera.

—Lo siento... Lo siento de verdad...

Lo que buscaba el primer grupo (conversación, una
fotografía, una firma) era fácil de negar; lo que deseaba
el otro, sin embargo, era ilógico, pero más difícil de re-
husar: la simple imposición de sus manos, quizás un par
de palabras susurradas como una especie de hechizo cu-
rativo, como si él y solo él pudiera resolver los misterios
de sus males. Incluso así se mantenía firme en su nega-
tiva y a menudo reprendía a los cuidadores que descon-
sideradamente habían empujado las sillas de ruedas más
allá de los letreros de NO PASAR.

—Por favor, salgan de aquí en este mismo instante.
¡Si no lo hacen, me veré obligado a informar al agente
Anderson, de la policía de Sussex!

Recientemente había incumplido sus propias reglas
y se había sentado un rato con una joven madre y su
hijito. El primero en verla había sido Roger, agazapada
tras el huerto mientras sostenía a su bebé, envuelto en
un chal de color crema, contra su desnudo pecho izquierdo. El chico lo condujo hasta ella. Holmes golpeó
el camino con sus bastones, gruñendo para que pudiera
oírlo y diciendo en voz alta que la entrada en sus tierras estaba estrictamente prohibida. En cuanto la vio,
su furia se disipó, pero dudó antes de acercarse más. La
mujer lo miró con unas amplias y sedadas pupilas. Su
sucio rostro traicionaba su derrota; su abierta blusa
amarilla, embarrada y rasgada, insinuaba los kilómetros que había caminado hasta encontrarlo. Entonces
extendió el chal hacia él para ofrecerle a su hijo con sus
sucias manos.

—Vuelve a casa —ordenó a Roger en voz baja—. Llama a Anderson. Dile que es una emergencia. Dile que estoy esperándolo en el jardín.

—Sí, señor.

Había visto lo que el chico no había atisbado: el pequeño cadáver que sostenían las manos temblorosas de su madre, sus mejillas púrpuras, los labios de un azul oscuro, las numerosas moscas que reptaban y rodeaban el chal tejido a mano. Cuando Roger se puso en camino, Holmes apartó los bastones y, con cierto esfuerzo, se sentó junto a la mujer. Ella le ofreció el chal una vez más, así que aceptó el fardo gentilmente y sostuvo al bebé contra su pecho.

Para cuando Anderson llegó, Holmes ya le había devuelto al crío. Se detuvo un momento junto al agente, en el sendero, observando el bulto que la mujer sostenía contra su pecho mientras sus dedos presionaban repetidamente un pezón contra los rígidos labios del niño. Las sirenas de una ambulancia resonaron desde el este, acercándose. Finalmente, se detuvieron junto a la puerta de la hacienda.

—¿Cree usted que se trata de un secuestro? —susurró Anderson mientras se acariciaba el curvo bigote, boquiabierto y con la mirada congelada sobre el pecho de la mujer.

—No —contestó Holmes—, no creo que se trate de un acto criminal.

—¿De verdad? —contestó el agente. Holmes detectó descontento en su voz, ya que no se trataba de un gran misterio, después de todo, y el agente no terminaría trabajando en un caso con su héroe de la infancia—. Entonces, ¿qué cree que ha pasado?

—Mire sus manos —le dijo Holmes—. Mire la tierra y el barro que hay bajo sus uñas, en su blusa, en su piel y en sus ropas. —Suponía que había estado arrodillada en la tierra. Suponía que había desenterrado algo—. Mire sus embarrados zapatos: casi nuevos y con pocas señales de uso. Aun así, ha caminado una gran distancia, pero no más lejos de Seaford. Pregunte sobre la tumba de un niño que fue abierta durante la noche y cuyo cadáver ha desaparecido... Y pregunte si la madre también lo ha hecho. Pregunte si el nombre del niño podría ser Jeffrey.

Anderson miró a Holmes como si le hubieran dado una bofetada.

—¿Cómo sabe usted eso?

Holmes se encogió de hombros con pesar.

—No lo sé. Al menos, no con certeza.

La voz de la señora Munro llegó desde el patio de la casa. Estaba indicando a los hombres de la ambulancia adónde debían dirigirse.

Anderson, que parecía triste, levantó una ceja mientras se tiraba del bigote.

—¿Por qué ha venido hasta aquí? ¿Por qué ha acudido a usted?

Una nube pasó sobre el sol y proyectó una larga sombra sobre el huerto.

—Buscaba esperanza, supongo —dijo Holmes—. Parece que soy famoso por encontrar soluciones en situaciones desesperadas. No merece la pena buscar una respuesta más allá.

—¿Y cómo sabe que se llama Jeffrey?

Holmes se explicó: había preguntado el nombre del niño mientras sostenía el chal. «Jeffrey», creía que la había oído decir. Le preguntó cuántos años tenía. La mujer miró el suelo con tristeza y no dijo nada. Le preguntó dónde había nacido el niño. No contestó. ¿Venía de muy lejos?

—Seaford —murmuró, y espantó una mosca de su frente.

—¿Tienes hambre?

Nada.

—¿Quieres comer algo, querida?

Nada.

—Creo que debes de tener mucha hambre. Y creo que necesitas beber un poco de agua.

—Yo creo que este mundo es estúpido —dijo finalmente, y cogió de nuevo a su hijo.

Si Holmes hubiera sido sincero con ella, le habría dicho que estaba de acuerdo.

6

En Kobe y, posteriormente, durante sus viajes hacia el
oeste, el señor Umezaki le había preguntado a veces sobre Inglaterra. Entre otras cosas, si Holmes había estado
en el lugar de nacimiento del Bardo en Stratford-upon-
Avon, o si se había adentrado en el misterioso círculo
de Stonehenge, o si había visitado el espectacular litoral de
Cornwall, que había inspirado a tantos artistas a través
de los siglos.

—Efectivamente —solía responder antes de extenderse.

¿Y las principales ciudades anglicanas habían sobrevivido a la devastación de la guerra? ¿Había permanecido intacto el ánimo del pueblo inglés durante los bom-
bardeos aéreos de la Luftwaffe?

—En su mayor parte, sí. Tenemos un carácter indo-
mable, ¿sabe?

—La victoria tiende a enfatizar ese tipo de cosas, ¿no
le parece?

—Supongo que sí.

Cuando regresó a casa, fue Roger el que empezó a
hacerle preguntas sobre Japón, aunque preguntaba cosas menos concretas que el señor Umezaki. Después de
una tarde que habían pasado quitando la maleza alrededor de las colmenas, arrancando las malas hierbas para

que las abejas pudieran ir y venir sin obstrucciones, el chico lo escoltó hasta el cercano acantilado, donde, prestando atención a cada paso, bajaron el largo y escarpado sendero que terminaba en la playa. Varios kilómetros de sedimentos y guijarros se extendían en cada dirección, interrumpidos solo por ensenadas poco profundas y pequeñas pocetas que se llenaban de nuevo con cada crecida, lo que las convertía en lugares ideales para refrescarse. A lo lejos, en los días claros, se podía ver la pequeña caleta de Cuckmere Haven.

Aquel día colocaron cuidadosamente la ropa sobre las rocas, y tanto él como el chico se metieron en su poceta preferida y se reclinaron mientras el agua subía hasta sus torsos. Cuando se acomodaron, con los hombros justo por encima del agua y el sol de la tarde centelleando sobre el mar, Roger lo miró y, protegiéndose los ojos con una mano, dijo:

—Señor, ¿se parece el océano japonés al canal?

—Un poco. Lo que vi de él, al menos. El agua salada es agua salada, ¿no?

—¿Había muchos barcos?

Holmes se protegió los ojos con la mano y se dio cuenta de que el chico estaba mirándolo con curiosidad.

—Eso creo —dijo, sin estar seguro de si los numerosos buques, remolcadores y barcazas que iban a la deriva por su memoria los había visto en un puerto japonés o en uno australiano—. Después de todo, es una isla —razonó—. Ellos, como nosotros, nunca se alejan del mar.

El chico dejó que sus pies flotaran en el agua y agitó ociosamente sus dedos en la espuma de la superficie.

—¿Es cierto que son muy bajitos?

—Me temo que eso es totalmente cierto.

—¿Como los enanos?

—No, más altos. De media son más o menos como tú, chico.

Roger hundió los pies y sus dedos desaparecieron.

—¿Son amarillos?

—¿A qué te refieres exactamente? ¿A su piel o a su complexión?

—A su piel. ¿Es amarilla? ¿Tienen los dientes tan grandes como los de los conejos?

—Su piel es de un color más oscuro que el amarillo. —Presionó un dedo sobre el bronceado hombro de Roger—. De este color, ¿ves?

—¿Y sus dientes?

Holmes se rio.

—No sabría decirte. Por otro lado, estoy seguro de que recordaría una predominancia de incisivos lagomorfos, así que creo que podemos afirmar que sus dientes son como los tuyos y los míos.

—Vaya —murmuró Roger, y no dijo nada más por el momento.

Holmes suponía que el regalo de las abejas había inflamado la curiosidad del chico: aquellas dos criaturas en el vial, similares aunque diferentes de las abejas inglesas, sugerían un mundo paralelo donde todo era comparable pero distinto.

El interrogatorio se reanudó más tarde, cuando comenzaron a subir el escarpado sendero. El chico quería saber ahora si las ciudades japonesas aún mostraban las cicatrices del bombardeo aliado.

—En algunos lugares —contestó Holmes, que conocía la obsesión de Roger por los aviones, los ataques y la crudeza de la muerte, como si la solución al destino final de su padre pudiera encontrarse en los sórdidos detalles de la guerra.

—¿Vio dónde cayó la bomba?

Se habían detenido a descansar. Estaban sentados en un banco a mitad de camino del sendero. Holmes estiró sus largas piernas hacia el borde del acantilado y miró el canal. La Bomba, pensó. No del tipo incendiario ni antipersona, sino la atómica.

—La llaman *pika-don* —le contó a Roger—. Significa «explosión cegadora» y, sí, vi dónde cayó.

—La gente de aquel lugar... ¿parecía enferma?

Holmes siguió mirando el mar, las aguas grises ruborizadas por el descenso del sol.

—No, la mayoría no parecía enferma. Sin embargo, algunos sí... Es difícil de explicar, Roger.

—Oh —replicó el chico. Parecía ligeramente perplejo, pero no dijo nada más.

Holmes pensó en el suceso más desafortunado que podía sufrir una colmena: la pérdida repentina de la reina cuando no hay posibilidades de criar una nueva. Pero ¿cómo podía explicar el profundo sufrimiento de inexpresada desolación, ese impreciso ataúd que los japoneses de a pie amparaban en masa? En aquella reservada gente era apenas perceptible, pero siempre estaba allí: vagando por las calles de Tokio y Kobe, visible de algún modo en los solemnes rostros jóvenes de los hombres repatriados, en las miradas vacuas de las madres y de los niños malnutridos e insinuado por un dicho que se hizo popular el año anterior: «*Kamikaze mo fuki sokone*».

La segunda tarde que pasó con sus anfitriones de Kobe, mientras tomaban sake en el interior de un abarrotado establecimiento, el señor Umezaki tradujo el dicho:

—«El viento divino ya no sopla». Eso es lo que significa, básicamente.

Había dicho esto después de que un cliente borracho, vestido desaliñadamente con un antiguo atuendo militar, se tambaleara de forma incontrolada de mesa en mesa y tuvieran que escoltarlo al exterior mientras gritaba: «*¡Kamikaze mo fuki sokone! ¡Kamikaze mo fuki sokone! ¡Kamikaze mo fuki sokone!*».

Antes del arrebato del borracho habían estado conversando sobre el Japón de después de la rendición. O, mejor dicho, el señor Umezaki se había desviado abruptamente de una conversación sobre su itinerario de viaje para preguntar a Holmes si él también consideraba que la retórica sobre libertad y democracia de la ocupación aliada no encajaba con la continua represión de los poetas, escritores y artistas japoneses.

—¿No le parece desconcertante que tantos estén muriendo de hambre pero que no se nos permita criticar abiertamente a las fuerzas de ocupación? No podemos lamentar juntos nuestras bajas ni llorar juntos como nación, ni siquiera realizar panegíricos públicos para nuestros muertos, por si eso se percibe como un ensalzamiento del espíritu militar.

—Sinceramente —admitió Holmes mientras acercaba el vaso a sus labios—, sé muy poco de ese asunto. Lo lamento.

—No, por favor. Siento haberlo mencionado. —Umezaki, que ya estaba un poco colorado, se ruborizó. Estaba cansado y un poco borracho—. Bien, ¿dónde estábamos?

—En Hiroshima, creo.

—Cierto, usted estaba interesado en visitar Hiroshima...

—¡*Kamikaze mo fuki sokone!* —comenzó a gritar el borracho, alarmando a todos los clientes, menos a Umezaki— ¡*Kamikaze mo fuki sokone!*

El señor Umezaki, impávido, se sirvió un vaso para él y otro para Hensuiro, que se bebía el sake de un trago. Después de que echaran a aquel borracho escandaloso, Holmes examinó al señor Umezaki. El hombre, con el semblante más sombrío tras cada trago, observaba la mesa, pensativo. Tenía el ceño fruncido; sobresalía de su frente como el mohín de un niño al que han regañado, una expresión de la que se había apropiado Hensuiro, cuyo semblante normalmente alegre tenía ahora una expresión triste y abstraída. Al final, el señor Umezaki lo miró.

—Bien, ¿de qué estábamos hablando? Ah, sí, de nuestro viaje al oeste... Usted quería saber si pasaríamos por Hiroshima. Bueno, creo que sí.

—Me gustaría visitar el lugar, si está usted de acuerdo.

—Desde luego, a mí también me gustaría visitarlo. Si le soy sincero, no he estado allí desde antes de la guerra. Solo he cruzado la zona en tren.

Sin embargo, Holmes notó cierta aprensión en la voz de Umezaki, o quizá fuera solo el cansancio colmando su tono. Después de todo, el señor Umezaki con el que se había reunido aquella tarde parecía haber vuelto del trabajo agotado, al contrario del hombre atento y afable que lo había recibido en la estación de ferrocarril el día anterior.

Ahora, después de haber dormido una satisfactoria siesta, tras explorar la ciudad con Hensuiro, Holmes estaba desvelado y era el señor Umezaki quien parecía agotado, un desfallecimiento que se hacía menos pesado con la ingesta constante de alcohol y nicotina.

Holmes ya se había percatado de ello antes, cuando abrió la puerta del despacho del señor Umezaki y lo encontró junto a su escritorio, perdido en sus pensamientos, con el pulgar y el índice de una mano presionando contra sus párpados y un manuscrito sin encuadernar en la otra. Como aún llevaba su sombrero y su chaqueta, era evidente que acababa de llegar a casa.

—Disculpe —dijo Holmes, que de repente se había sentido un intruso.

Aquella casa tan silenciosa, donde se cerraban las puertas y no era posible ver u oír a nadie, lo inquietaba. Sin embargo, había violado su propio código sin pretenderlo: siempre había creído que el despacho de un hombre era una suerte de terreno sagrado, un santuario para la reflexión y el retiro del mundo exterior, concebido para el trabajo importante o, al menos, para la comunión privada con los textos escritos por otros. Por tanto, el despacho del ático de su hogar de Sussex era la habitación que más le gustaba y, aunque nunca lo dijera explícitamente, tanto la señora Munro como Roger sabían que no debían entrar si la puerta estaba cerrada.

—No pretendía interrumpirle. Parece que mi avanzada edad me lleva a entrar en habitaciones sin ningún motivo aparente.

El señor Umezaki levantó la mirada. No parecía sorprendido.

—Al contrario. Me alegro de que haya venido. Pase, por favor.

—¿De verdad? No quisiera molestarle.

—Creía que estaba dormido; de lo contrario, lo habría invitado yo mismo. Entre, eche un vistazo. Dígame qué opina de mi biblioteca.

—Si insiste... —dijo Holmes, y avanzó hacia los estantes de teca, que cubrían toda una pared, mientras se fijaba en las actividades del señor Umezaki: dejó el manuscrito en el centro de la despejada mesa, se quitó el sombrero y lo colocó cuidadosamente encima.

—Discúlpeme por haber tenido que ausentarme. Espero que mi camarada se haya ocupado bien de usted.

—Oh, sí, hemos pasado un día estupendo juntos, barreras del lenguaje aparte.

Justo entonces, Maya llamó desde el vestíbulo. Parecía molesta.

—Discúlpeme —dijo el señor Umezaki—. Solo será un minuto.

—No se preocupe —respondió Holmes ante las extensas hileras de libros.

Maya volvió a llamar y el señor Umezaki caminó rápidamente en su dirección. No cerró la puerta al salir. Holmes siguió examinando los libros durante algunos minutos, deambulando con la mirada de estante en estante. La mayor parte eran ediciones de tapa dura con

caracteres japoneses en los lomos, pero había un estante
dedicado a las obras occidentales que estaban concienzudamente organizadas en categorías separadas: literatura norteamericana, inglesa, teatro y una enorme sec-
ción dedicada a la poesía (Whitman, Pound, Yeats,
varios libros de texto de Oxford sobre poetas románti-
cos). El estante de abajo estaba destinado exclusiva-
mente a Karl Marx, aunque, al final, había varios tomos
de Sigmund Freud metidos a presión.

Cuando se giró y miró a su alrededor, vio que el despacho del señor Umezaki, aunque pequeño, estaba organizado eficazmente: una butaca de lectura, una lámpara
de pie, un par de fotografías y lo que parecía ser un diploma universitario enmarcado y colgado tras el escritorio. Entonces escuchó el incomprensible parloteo del
señor Umezaki y de Maya. Su conversación fluctuaba
entre un acalorado debate y un repentino silencio. Estaba a punto de salir para echar un vistazo desde el pasillo cuando el señor Umezaki regresó.

—Ha habido una pequeña confusión con el menú de
la cena, así que me temo que hoy comeremos más tarde
de lo habitual. Espero que no le importe.

—En absoluto.

—Mientras tanto, creo que podríamos ir a tomar una
copa. Hay un bar no muy lejos de aquí, bastante acoge-
dor. Es un buen sitio para discutir nuestros planes de
viaje, si le parece bien.

—Suena estupendo.

Así que salieron y caminaron tranquilamente hasta
el abarrotado establecimiento mientras el cielo se os-
curecía. Se quedaron en el bar mucho más tiempo del
que pretendían y no se marcharon hasta que el local se
llenó y se volvió demasiado ruidoso. Entonces toma-
ron una cena sencilla consistente en pescado, algunas
verduras, arroz hervido y sopa de miso. Maya sirvió
todos los platos bruscamente en el comedor y se negó

a cenar con ellos. A Holmes le dolían las articulaciones de los dedos cuando usaba los palillos y, tan pronto como los bajó, el señor Umezaki sugirió que se retiraran a su despacho.

—Si me lo permite, hay algo que me gustaría enseñarle.

Dicho esto, ambos se incorporaron y salieron juntos al pasillo. Hensuiro terminó de cenar solo.

Su recuerdo de aquella noche en el despacho del señor Umezaki seguía siendo vívido, a pesar de que, en aquel momento, el alcohol y la comida lo habían abotargado bastante. Al contrario de lo que había ocurrido antes, el señor Umezaki estaba muy animado. Ofreció a Holmes su butaca de lectura con una sonrisa y encendió una cerilla antes de que pudiera sacar un jamaicano. Una vez acomodado (con los bastones sobre su regazo y el cigarro encendido en sus labios), Holmes vio cómo el señor Umezaki abría un cajón del escritorio y sacaba del interior un libro fino de tapa dura.

—¿Qué cree que es esto? —le preguntó, y se acercó para entregarle el libro.

—Es una edición rusa —contestó Holmes, que se percató inmediatamente del emblema imperial que adornaba la cubierta desnuda. Examinó la encuadernación rojiza y la incrustación dorada alrededor del emblema, echó un vistazo breve a las páginas y concluyó que era una traducción extremadamente rara de una novela muy popular—. *El perro de los Baskerville.* Una edición única, sospecho.

—Sí —dijo el señor Umezaki con satisfacción—. Es una edición exclusiva para la colección privada del zar. Creo que era un gran aficionado a sus historias.

—¿Sí? —preguntó Holmes, y le devolvió el libro.

—Mucho, sí —contestó el señor Umezaki mientras regresaba a su escritorio. Volvió a guardar el excepcional volumen en el cajón y añadió—: Como puede ima-

ginar, este es el volumen más valioso de mi biblioteca...
Aunque bien merece el precio que pagué por él.

—Sin duda.

—Usted debe de poseer un buen número de libros
sobre sus aventuras, distintas ediciones y traducciones.

—En realidad, no tengo ninguno, ni siquiera las en-
debles ediciones en rústica. Lo cierto es que solo he
leído algunas de ellas, y fue hace muchos años. Nunca
conseguí inculcar a John la diferencia básica entre in-
ducción y deducción, así que dejé de intentarlo, y también dejé de leer sus fantasiosas versiones de la verdad
porque sus imprecisiones me volvían loco. ¿Sabe?, yo
nunca lo llamaba Watson; él era John, simplemente
John. Pero era un buen escritor, por supuesto. Tenía mucha imaginación. En mi opinión, se le daba mejor la ficción que los hechos.

El señor Umezaki parecía desconcertado.

—¿Cómo es posible? —preguntó, y se sentó en el si-
llón de su escritorio.

Holmes se encogió de hombros y exhaló el humo de
su cigarrillo.

—Me temo que esa es la verdad.

Sin embargo, era lo que ocurrió a continuación lo
que permanecía claramente en su mente. Porque el señor Umezaki, aún colorado por la bebida, exhaló poco a
poco, como si él también estuviera fumando y se detuvo, pensativo, antes de reafirmarse. Entonces, sonriendo, confesó que no le sorprendía demasiado descubrir que las historias no eran totalmente ciertas.

—Su habilidad, o quizá debería decir, la habilidad de
su personaje para sacar conclusiones definitivas de observaciones a menudo poco convincentes siempre me
pareció muy poco creíble. ¿No le parece? Quiero decir,
usted no se parece en nada a la persona sobre la que he
leído tanto. ¿Cómo podría explicarlo? Usted parece menos extravagante, menos peculiar.

Holmes suspiró reprobatoriamente y agitó la mano un instante como si quisiera disipar el humo.

—Bueno, usted se refiere a la arrogancia de mi juventud. Ahora soy un anciano y llevo retirado desde que usted no era más que un niño. La vanidosa soberbia de mi juventud ahora me avergüenza. Así es. ¿Sabe?, lamentablemente, nos equivocamos en muchos casos importantes. Pero ¿quién quiere leer sobre los fracasos? Yo, desde luego, no. Sin embargo, estoy totalmente seguro de algo: aunque los éxitos pueden haber sido exagerados, las poco creíbles conclusiones que menciona fueron reales.

—¿De verdad? —El señor Umezaki hizo una pausa más para inhalar. A continuación, dijo—: Me pregunto qué sabe de mí. ¿O su talento también se ha jubilado?

Era posible, consideró Holmes más tarde, que el señor Umezaki no hubiera usado esas palabras exactas. No obstante, recordaba que había echado la cabeza hacia atrás para mirar el techo y que había comenzado a hablar lentamente mientras el cigarro humeaba en su mano.

—¿Qué sé de usted? Bueno, su dominio del inglés indica que ha estudiado en el extranjero. Por las viejas ediciones Oxford de los estantes, diría que estudió en Inglaterra, y el diploma que hay en la pared debería demostrar que estoy en lo cierto. Supongo que su padre era un diplomático que tenía cierta afición por el mundo occidental. ¿Por qué otra razón habría elegido una casa tan poco tradicional como esta? Su patrimonio, si la memoria no me falla. ¿O por qué habría enviado a su hijo a estudiar a Inglaterra, un país con el que sin duda estaría vinculado? —Cerró los ojos—. En cuanto a usted, mi querido Tamiki, sé que es un hombre culto e instruido. En realidad, es sorprendente cuánto puede descubrirse sobre la gente por los libros que posee. En su caso, existe un interés por la poesía, sobre todo por Whitman y Yeats, lo que me indica que le gusta el verso. Sin embargo, no solo es lector de poesía; también la escribe. Demasiado a menudo, de hecho, ya que seguramente no se dio cuenta de que la nota que me dejó esta mañana era un haiku. Cinco, siete, cinco, creo. Y aunque no puedo saberlo sin mirarlo, imagino que el manuscrito que hay sobre su escritorio contiene su obra inédita. Digo «inédita» porque antes tuvo el cuidado de esconderla bajo su sombrero. Eso me lleva a su salida por trabajo. Si ha vuelto a casa con su manuscrito, y bastante desanimado, añadiría, sospecho que se lo llevó con usted esta mañana.

»Pero ¿qué asunto requiere que un escritor lleve consigo un texto inédito? ¿Y por qué volvería a casa de ese humor, con el texto aún en la mano? Presumo que ha acudido a una reunión con un editor y que no le ha ido bien. Aunque podría asumirse que lo que impide su publicación es la calidad de su obra, yo creo que se trata de otra cosa. Pienso que lo que se ha cuestionado es el contenido de su escrito, no su calidad. ¿Por qué otra razón se mostraría indignado por la continua represión de los poetas, escritores y artistas japoneses por parte de los censores aliados? Pero un poeta que dedica una amplia porción de su biblioteca a Marx difícilmente puede ser defensor del espíritu militarista del emperador. Con toda probabilidad, señor, usted es un comunista teórico, lo que, por supuesto, le acarrea la censura tanto de las fuerzas ocupantes como de aquellos que aún tienen al emperador en alta estima. El hecho de que se haya referido a Hensuiro como su camarada, una extraña palabra para referirse a un hermano, da una pista sobre sus inclinaciones ideológicas, así como de su idealismo. Pero, por supuesto, Hensuiro no es su hermano, ¿verdad? Si lo fuera, su padre lo habría enviado sin duda para que siguiera sus pasos en Inglaterra, lo que nos habría proporcionado a ambos el lujo de una comunicación mejor.

»Es curioso, entonces, que ambos compartan esta casa, que vistan de un modo tan parecido y que continuamente usen «nosotros» en lugar de «yo»... Como suelen hacer las parejas casadas. Naturalmente, esto no es asunto mío, aunque estoy convencido de que usted es hijo único. —El carrillón de un reloj de repisa comenzó a sonar y Holmes abrió los ojos y clavó la mirada en el techo—. Por último, y le ruego que no se ofenda, me pregunto cómo ha conseguido mantener su confortable nivel de vida en esta turbulenta época. No muestra signos de pobreza, mantiene un ama de llaves y está bastante orgulloso de su cara colección de cristal *art déco*. Todo esto está un par de escalones por encima de la burguesía, ¿no le parece? Por otra parte, que un comunista comercie en el mercado negro es ligeramente menos hipócrita, sobre todo si ofrece sus artículos a un precio justo y a costa de las hordas capitalistas que están ocupando su país. —Suspiró profundamente y se quedó en silencio. Por último, dijo—: Hay otros detalles, estoy seguro, que se me han escapado. Ya no tengo tan buena memoria como antes, ¿sabe?

En ese momento bajó la cabeza, se llevó el cigarro a la boca y echó al señor Umezaki una mirada cansada.

—Increíble. —Umezaki sacudió la cabeza con incredulidad—. Absolutamente increíble.

—No tanto, en realidad.

El señor Umezaki intentó parecer imperturbable. Sacó un cigarrillo de su bolsillo y lo sostuvo entre sus dedos sin molestarse en encenderlo.

—Aparte de uno o dos errores, me ha desnudado por completo. Es cierto que tengo una relación menor con el mercado negro, pero solo como comprador ocasional. En realidad, mi padre era un hombre muy rico y se aseguró de proveer a su familia, pero eso no significa que no sepa apreciar la teoría marxista. Además, no es del todo exacto que tenga ama de llaves.

—La mía no puede decirse que sea una ciencia exacta, como bien sabe.

—De todas formas, ha sido impresionante. Sus observaciones sobre mi relación con Hensuiro no me sorprenden; no pretendo ser descortés, pero usted es un soltero que vivió durante muchos años en compañía de otro soltero.

—Nuestra relación fue totalmente platónica, se lo aseguro.

—Si usted lo dice. —El señor Umezaki siguió mirándolo, por un momento sin dar crédito—. Ha sido increíble.

Holmes tenía una expresión perpleja.

—Si no me equivoco, la mujer que cocina y atiende su casa, Maya, es su ama de llaves, ¿no?

Aunque era evidente que el señor Umezaki había decidido quedarse soltero, le parecía extraño que Maya se comportara más como una cansada esposa que como una empleada.

—Es una cuestión de semántica, por supuesto, pero prefiero no pensar en mi madre como un ama de llaves.

—Desde luego.

Holmes se frotó las manos y expulsó el humo, esperando disimular lo que había sido, en realidad, una metedura de pata en toda regla: había olvidado la relación entre el señor Umezaki y Maya, algo que seguramente le dijeron cuando se la presentaron. O puede que el descuido fuera de su anfitrión y que no se lo hubiera dicho. De todos modos, no merecía la pena preocuparse. Era un error comprensible, ya que la mujer parecía demasiado joven para ser la madre del señor Umezaki.

—Ahora, si me disculpa —dijo Holmes, sosteniendo el cigarro a pocos centímetros de sus labios—, estoy bastante cansado y mañana saldremos temprano.

—Sí, yo también me retiraré dentro de poco. Pero antes quería decirle que me siento verdaderamente agradecido por su visita.

—Tonterías —dijo Holmes, apoyado en sus bastones y con el cigarro en el lateral de la boca—. Soy yo el que le está agradecido. Que duerma bien.

—Lo mismo digo.

—Gracias, lo haré. Buenas noches.

—Buenas noches.

Dicho eso, Holmes atravesó el pasillo en penumbra y se detuvo en el punto en el que las luces se extinguían y todo frente a él estaba sumido en sombras. Sin embargo, la luz se imponía a la oscuridad y se derramaba por una puerta entreabierta más adelante. Se encaminó hacia la luz y se detuvo ante esa entrada iluminada. Y al mirar el interior de la habitación observó a Hensuiro mientras trabajaba: sin camisa, en un salón sin apenas muebles, ante un lienzo que, desde el punto de vista de Holmes, mostraba algo parecido a un paisaje de un intenso rojo contaminado por una multitud de figuras geométricas (líneas rectas negras, círculos azules y cuadrados amarillos). Al mirar más de cerca, vio cuadros terminados de distintos tamaños apoyados contra las paredes desnudas. Predominaba el rojo y la desolación: edificios en ruinas, pálidos cuerpos blancos emergiendo del escarlata, brazos retorcidos, piernas dobladas, manos que intentaban aferrarse a algo y cabezas sin rostro presentadas en un visceral montón. En el suelo de madera y sobre el caballete había incontables gotas y manchas de pintura que parecían salpicaduras de sangre.

Más tarde, cuando se metió en la cama, meditó sobre la reprimida relación del poeta con el pintor: los dos hombres se hacían pasar por hermanos, pero vivían como una pareja bajo el mismo techo, sin duda bajo las mismas sábanas, juzgados por la mirada crítica de la disgustada aunque leal Maya. No había duda de que era una vida clandestina, sutil y discreta. Pero sospechaba que había también otros secretos, posiblemente uno o dos asuntos delicados que pronto saldrían a la luz, por-

91

que ahora sospechaba que las cartas del señor Umezaki albergaban motivos más allá de los evidentes. Lo habían atraído con un cebo y él había picado. A la mañana siguiente, Umezaki y él saldrían de viaje y dejarían a Hensuiro y a Maya solos en la enorme casa. «Con qué destreza me has atraído hasta aquí», pensó antes de dormirse. Entonces, por fin, se quedó dormido, con los ojos entreabiertos. Y soñó mientras, de repente, un grave y familiar zumbido llegaba a sus oídos.

SEGUNDA PARTE

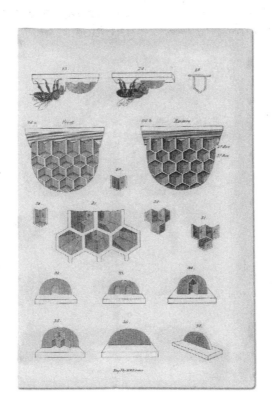

$\mathcal{H}$olmes se despertó jadeando. ¿Qué había pasado?

Estaba sentado en su escritorio. Miró la ventana del ático. Fuera, el viento rugía, monótono y firme; tarareaba contra los cristales, soplaba a través de los canalones, mecía las ramas de los pinos del patio y, sin duda, levantaba las flores de sus parterres. Aparte de las ráfagas tras la ventana cerrada y de la emergencia de la noche, en su despacho todo seguía como había estado antes de quedarse dormido. Las cambiantes tonalidades del atardecer que se atisbaban a través de las cortinas habían quedado sustituidas por una negra oscuridad, aunque la lámpara de su mesa lanzaba el mismo haz de luz sobre su escritorio. Y allí, extendidas desordenadamente ante él, estaban las notas escritas a mano del tercer tomo de *El arte de la deducción*: página tras página de pensamientos, a menudo con anotaciones garabateadas a los márgenes. Aunque los dos primeros tomos habían resultado una tarea bastante fácil (había escrito ambos simultáneamente en un periodo de quince años), este último intento se estaba topando con su incapacidad para concentrarse. Poco después de sentarse, se quedaba dormido con la pluma en la mano; o se sentaba y se quedaba mirando por la ventana, a veces durante horas; o se sentaba y comenzaba a escribir una errática serie de frases, casi siempre sin relación ni restricciones, como si pudiera desarrollar algo palpable a partir de aquella mezcolanza de ideas.

¿Qué había pasado?

Se palpó el cuello y se frotó suavemente la garganta. «Solo ha sido el viento», pensó. Aquel rápido zumbido junto a la ventana se había filtrado en su sueño y lo había despertado.

«Solo ha sido el viento.»

Su estómago rugió. Y entonces se dio cuenta de que, de nuevo, se había saltado la cena, el habitual asado de ternera y pudin de Yorkshire con guarnición que la señora Munro preparaba los viernes y del que seguramente encontraría una bandeja en el pasillo; las patatas se habrían enfriado junto a la puerta cerrada del ático.

«Qué amable es Roger. Qué buen chico», pensó. La semana anterior, mientras había permanecido aislado en su ático, olvidándose de la cena y de sus actividades habituales en el colmenar, la bandeja siempre había hallado su camino por las escaleras para que la encontrara cuando saliera al pasillo.

Ese mismo día, Holmes se había sentido un poco culpable por haber descuidado su colmenar, así que después de desayunar deambuló hasta el abejero y vio a Roger a lo lejos, ventilando las colmenas. El chico se había anticipado al calor y, ahora que el néctar fluía abundantemente, estaba inclinando las bandejas superiores de cada colmena para que el aire pudiera entrar y salir. Esto ayudaría al aleteo de los insectos que, además de refrescar la colmena, evaporaba el néctar almacenado en las zonas altas. Entonces, el sentimiento de culpa de Holmes se desvaneció, porque las abejas estaban bien cuidadas. Era evidente que su fortuito tutelaje de Roger, a pesar de no haber sido deliberado, había dado su fruto. Le complacía observar que el cuidado del colmenar estaba en las diestras y atentas manos de aquel chico.

Roger comenzaría pronto a recoger la miel (sacaría los bastidores con cuidado uno a uno, tranquilizaría a las abejas con humo y usaría una horca para levantar la cubierta de cera de las celdas), que los siguientes días fluiría a través de un colador doble para caer en un cubo, cada vez en mayor cantidad. Y desde donde estaba, en el sendero del jardín, Holmes podía imaginarse una vez más en el colmenar con el chico, enseñándole el modo más sencillo de producir miel en panal.

Le había dicho que, después de colocar el techo sobre una colmena concreta, era mejor usar ocho bastidores en lugar de diez, si el flujo de néctar era constante. Los dos cuadros restantes debían colocarse en el centro del techo, y había que asegurarse de usar la base sin armazón. Si todo se hacía bien, la colonia extraería la cera y llenaría los dos bastidores de miel. Cuando los cuadros de miel en panal se llenaran hasta el límite, debían ser inmediatamente reemplazados por otros; siempre y cuando el flujo fuera el esperado, por supuesto. En caso de que el flujo fuera menor de lo deseado, era prudente reemplazar la base sin armazón por una base extractora. Estaba claro que había indicado a Roger que las colmenas debían ser frecuentemente inspeccionadas para saber qué método de extracción era el apropiado.

Holmes había instruido al chico y le había mostrado cada paso del proceso. Sabía que, cuando la miel estuviera lista para la recolección, Roger seguiría sus instrucciones al pie de la letra.

—Si te confío esta tarea, muchacho, es porque creo que eres totalmente capaz de realizarla sin equivocación.

—Gracias, señor.

—¿Tienes alguna pregunta?

—No, creo que no —replicó el chico.

El entusiasmo de su voz daba la falsa impresión de que estaba sonriendo, aunque su expresión era seria y atenta.

—Muy bien —dijo Holmes, y dejó de mirar a Roger para observar las colmenas que los rodeaban.

No se dio cuenta de que el chico seguía mirándolo, con la misma tranquila reverencia que él reservaba al colmenar. En lugar de eso, reflexionó sobre las idas y venidas de los moradores del apiario, sobre las atareadas, diligentes y activas comunidades de las colmenas.

—Muy bien —repitió en un susurro aquella tarde del pasado reciente.

Giró en el sendero del jardín y regresó lentamente a la casa. Holmes sabía que la señora Munro cumpliría con su parte y llenaría con la miel sobrante tarro tras tarro, para llevar una remesa a la vicaría, otra a la beneficencia y otra al Ejército de Salvación, cuando acudiera al pueblo a hacer recados. Holmes, a través de estos regalos, creía que también estaba haciendo su parte: repartir el viscoso producto de sus colmenas, algo que él consideraba un saludable derivado de su verdadero interés (la apicultura y los beneficios de la jalea real), entregándolo a aquellos que distribuirían justamente los muchos tarros sin etiqueta para que su nombre no se viera nunca asociado a la donación y proporcionando una beneficiosa dulzura a los menos afortunados de Eastbourne y, con un poco de suerte, de otras partes.

—Señor, Dios le bendiga por lo que está haciendo —le dijo una vez la señora Munro—. Está claro que usted está siguiendo la voluntad de Dios para ayudar a los necesitados.

—No sea usted ridícula —respondió Holmes con desdén—. Si acaso, es usted la que está siguiendo mi voluntad. Eliminemos a Dios de la ecuación, ¿de acuerdo?

—Como quiera —le contestó con buen humor—. Pero, si me pregunta, yo creo que se trata de la voluntad de Dios.

—Nadie le ha preguntado, mi querida señora.

¿Qué podía saber ella sobre Dios, después de todo?

La personificación de su Dios era, seguramente, la popular: un viejo omnisciente y arrugado sentado sobre un trono dorado que reina sobre la creación desde las esponjosas nubes y que habla gentil y autoritariamente a la vez. Su dios, sin duda, llevaría una larga barba. A Holmes le parecía curioso que el creador de la señora Munro seguramente se pareciera a él, aunque ese dios existía solo en su imaginación, y él no (al menos no del todo, razonó).

Sin embargo, esporádicas referencias divinas aparte, la señora Munro no estaba afiliada a ninguna Iglesia o religión ni había hecho esfuerzo alguno por inculcar la existencia de Dios en la mente de su hijo. Estaba claro que el chico tenía preocupaciones muy seculares. A decir verdad, a Holmes le gustaba el carácter pragmático del muchacho. De modo que entonces, en aquella ventosa noche, sentado ante su escritorio, escribiría algunas líneas para Roger, unas cuantas frases que quería que el chico leyera pasado un tiempo.

Colocó ante sí un pliego nuevo de papel, inclinó su rostro sobre la mesa y comenzó a escribir.

99

No será a través de los dogmas de arcaicas doctrinas como obtendrás el mayor conocimiento, sino a través de la continua evolución de la ciencia y de tus sagaces observaciones de la naturaleza. Para conocerte a ti mismo, que es lo mismo que comprender el mundo entero, no necesitas buscar más allá de las lindes de tu propia vida: el florido prado, los bosques inexplorados. Si este no se convierte en el objetivo principal de la humanidad, no creo que llegue nunca una época de verdadera ilustración.

Holmes dejó su pluma sobre la mesa. Repasó dos veces lo que había escrito; lo leyó en voz alta, pero no cambió nada. A continuación, dobló el papel en un cuadrado perfecto y buscó un lugar adecuado donde guardar la nota mientras tanto; un lugar donde no la olvidara, un lugar de donde pudiera recuperarla con facilidad. Los cajones del escritorio quedaban descartados, ya que la nota se perdería rápidamente entre sus escritos. Guardarla en los desorganizados y sobresaturados archivadores sería demasiado arriesgado, así como hacerlo en los intrincados enigmas que eran sus bolsillos. A menudo guardaba en ellos, sin pensarlo, pequeños objetos: trozos de papel, cerillas rotas, un cigarro, briznas de hierba, una piedra o una concha interesante encontrada en la playa, las cosas inusuales con las que se topaba durante sus paseos; y todo ello acababa desapareciendo más tarde como por arte de magia. Debía encontrar un lugar fiable. Un lugar apropiado, fácil de recordar.

—¿Dónde? Piensa... —Miró por encima los libros de los estantes de una de las paredes—. No...

Giró la silla y miró las estanterías junto a la puerta del ático. Entornó los ojos para observar el estante que estaba reservado para sus propias publicaciones.

—Quizá...

Momentos después, estaba ante aquellos primeros volúmenes y monografías. Trazó una línea horizontal con el dedo índice sobre los polvorientos lomos: *Sobre tatuajes*, *Sobre el rastreo de huellas*, *Sobre las diferencias entre las cenizas de 140 tipos de tabaco*, *Estudio sobre la influencia de la forma de la mano en la elección de un oficio*, *Hacerse el enfermo*, *La máquina de escribir y su relación con el crimen*, *Mensajes secretos y cifrados*, *Sobre los motetes polifónicos de Lassus*, *Estudio sobre las raíces arameas del antiguo lenguaje de Cornish*, *El uso de perros en el trabajo del detective*. Entonces llegó a la primera obra maestra de los últimos años: *Guía práctica de apicultura, con observaciones sobre la segregación de la reina*. Qué grande parecía el libro cuando lo sacó de la estantería, cuando acunó el pesado lomo entre las palmas de sus manos.

Metió la nota de Roger como un marcapáginas entre el capítulo cuatro («El pastoreo de la abeja») y el capítulo cinco («Propóleos»), porque había decidido que aquella rara edición sería un regalo adecuado para el próximo cumpleaños del chico. Por supuesto, ya que él rara vez se interesaba por tales aniversarios, tendría que preguntar a la señora Munro cuándo era. ¿Había pasado ya o era inminente? Aun así, imaginó la expresión de sorpresa que surgiría en el rostro de Roger cuando le entregara el libro y después visualizó los dedos del chico pasando lentamente las páginas mientras leía a solas en su dormitorio. Sería allí, al final, donde descubriría aquella nota doblada: un modo prudente y poco solemne de entregar un mensaje importante.

Seguro de que la nota estaba ahora en el lugar adecuado, Holmes volvió a colocar el libro en la estantería. Mientras volvía al escritorio le aliviaba saber que podría volver a concentrarse en el trabajo. Y, cuando se sentó, miró fijamente las páginas escritas a mano que cubrían la mesa, llenas de una multitud de palabras apresuradamente ideadas y de personajes que parecían garabatos infantiles. Pero justo entonces empezaron a desenmarañarse las hebras de su memoria; no estaba seguro de a qué pertenecían aquellas páginas. Pronto, los hilos flotaron a la deriva y desaparecieron como hojas sacudidas de los canalones y, durante un rato, siguió mirando las páginas sin preguntarse ni recordar ni pensar nada.

Sin embargo, aunque su mente estaba perdida, sus manos seguían ocupadas. Sus dedos vagaban por el escritorio, se deslizaban sobre las muchas páginas que tenía delante y subrayaban oraciones al azar. Parecían buscar entre los montones de papeles sin motivo aparente. Era como si sus dedos tuvieran voluntad propia y buscaran algo que habían olvidado recientemente. Apartaron páginas y páginas, una tras otra, creando un montón nuevo cerca del centro de la mesa, hasta que, por fin, dieron con el manuscrito sin terminar que estaba sujeto por una goma elástica: *La armonicista de cristal*. Al principio se quedó mirando el manuscrito con la mirada perdida, al parecer indiferente a su descubrimiento; tampoco sabía que Roger había leído repetidas veces el texto ni que se había colado varias veces en el ático para descubrir si la historia había avanzado o terminado.

Sin embargo, fue el título del manuscrito lo que finalmente alivió el estupor de Holmes e hizo aflorar una interesada y modesta sonrisa en su rostro barbudo; porque, si las palabras no hubieran estado escritas claramente en la parte superior, sobre el primer párrafo, habría puesto el manuscrito en el nuevo montón, donde el texto hubiera quedado una vez más oculto bajo apuntes posteriores y sin relación. Sus dedos quitaron la goma y la dejaron caer sobre la mesa. A continuación, se reclinó en su silla y leyó la incompleta historia como si la hubiera escrito otra persona. No obstante, recordaba el caso de la señora Keller con bastante claridad. Podía visualizar su fotografía. Podía recordar fácilmente a su preocupado marido, sentado frente a él en Baker Street. Incluso, si se detenía durante un par de segundos y clavaba la mirada en el techo, podía trasladarse en el tiempo y salir con el señor Keller de Baker Street para mezclarse en el estruendoso bullicio de las calles de Londres mientras se dirigían a la librería Portman. Podía, aquella noche, ocupar el pasado mejor que el presente, y así lo hizo, mientras el viento, incesante, murmuraba contra los cristales del ático.

8

II

El altercado de Montague Street

*E*xactamente a las cuatro en punto de la tarde, mi cliente y yo estábamos junto a una farola al otro lado de la calle de la librería Portman, pero la señora Keller aún no había llegado. Resultó que estábamos merodeando cerca de las habitaciones que arrendé en Montague Street nada más llegar a Londres, en 1877. Por supuesto, no había necesidad de compartir esta información personal con mi cliente, ni de contarle que la tienda de Portman, durante mi estancia juvenil en aquella zona, había sido una pensión femenina de dudosa reputación. La zona, sin embargo, había cambiado poco desde aquella época: edificios adosados con la planta baja cubierta de piedra blanca, y las tres restantes, de ladrillo.

Y, sin embargo, mientras mis ojos viajaban de aquellas ventanas del pasado a las del presente, empecé a añorar aquello que se me había escapado en el transcurso de los años: el anonimato de mi formación como detective, la libertad de ir y venir sin que nadie me reconociera y sin disfraz. Aunque la calle seguía siendo la misma, comprendía que mi actual aspecto era diferente del que tenía el hombre que había sido mientras vivía allí. Al principio solo usaba los disfraces como un vehículo para pasar desapercibido y ob-

servar, un modo de introducirme sin esfuerzo en distintas
zonas de la ciudad mientras recababa información. Entre los
numerosos papeles que asumía, había un maleante común,
un jovial fontanero llamado Escott, un venerable sacerdote
italiano, un obrero francés, incluso una anciana. Sin embargo, al final de mi carrera, había decidido llevar conmigo
en todo momento un bigote falso y un par de gafas, con el
único fin de esquivar a los seguidores de los relatos de John.
Ya no podía dedicarme a mis asuntos sin ser identificado, ni
cenar en público sin que un desconocido me abordara a mitad de la comida, deseando conversar conmigo y estrechar
mi mano, haciéndome preguntas intolerables sobre mi profesión. Por tanto, puede parecer una imprudencia que saliera
con el señor Keller de Baker Street para avanzar en el caso
olvidando hacer uso de mi *alter ego*. Mientras nos dirigíamos
a la tienda de Portman, se acercó a nosotros un cordial e in-
genuo obrero al que tuve que despachar con un par de pala-
104   bras cortantes.

—¿Sherlock Holmes? —me preguntó, y se unió a nosotros mientras caminábamos por Tottenham Court Road—.
Es usted, ¿verdad? He leído todas sus historias, señor.

Le respondí con un gesto disuasorio de la mano. Pero el
tipo no se dio por vencido; miró boquiabierto al señor Keller y le dijo:

—Y supongo que usted es el doctor Watson.

Sorprendido, mi cliente me miró con incomodidad.

—Qué tontería —dije con disimulo—. Si yo fuera Sherlock Holmes, ¿cómo podría ser el doctor este caballero tan
joven?

—No lo sé, señor, pero usted es Sherlock Holmes. Yo
no soy fácil de engañar, se lo aseguro.

—Pero sí que es un poco pesado, ¿verdad?

—No, señor, yo no diría eso. —Parecía un poco dubita-
tivo y confuso. Se detuvo en seco mientras nosotros seguía-
mos caminando—. ¿Está trabajando en algún caso? —gritó
poco después a nuestra espalda.

Volví a agitar la mano en el aire. Así solía ocuparme de la indeseada atención de los desconocidos. Además, si el obrero era de verdad aficionado a los relatos de John, seguramente sabría que yo nunca malgasto palabras ni revelo mis pensamientos mientras investigo. Mi cliente parecía consternado por mi brusquedad, pero no dijo nada. Continuamos en silencio nuestro trayecto a Montague Street. Tras ocupar nuestro puesto cerca de la librería Portman, comencé a preguntar algo que había cruzado mi mente mientras estábamos de camino:

—Tengo una última pregunta sobre el pago de...

El señor Keller me interrumpió con premura mientras sus delgados y blancos dedos agarraban su solapa.

—Señor Holmes, es cierto que mi salario es modesto, pero haré lo que sea necesario para pagarle sus servicios.

—Querido amigo, mi profesión es mi propia recompensa —dije, sonriendo—. Si debo realizar algún gasto, lo cual no parece probable, es usted libre de costearlo en el momento que considere adecuado. Y ahora, si puede contenerse durante un momento, le suplico que me permita terminar la pregunta que estaba intentando hacer: ¿cómo pudo pagar su esposa por sus clases clandestinas?

—No sabría decirle —me respondió—. Pero ella tiene sus propios medios.

—Se refiere a su herencia.

—Sí.

—Muy bien —dije, mientras vigilaba el tráfico humano al otro lado de la calle. Mi visión se veía obstaculizada a menudo por carruajes, cabriolés y, como ya casi era habitual en aquellos días, al menos dos ruidosos transportes de clase alta: automóviles.

Creía que el caso estaba casi cerrado y esperaba expectante la aparición de la señora Keller. Después de varios minutos, empecé a pensar si no habría entrado en Portman antes de tiempo. O quizás era, en realidad, totalmente consciente de las sospechas de su marido y había decidido no

105

aparecer. Cuando estaba a punto de sugerir esta última posibilidad, mi cliente entornó los ojos y asintió.

—Ahí está —dijo, e intentó salir a su encuentro.

—Quieto —le advertí, y lo sujeté por el hombro—. Por ahora debemos mantenernos a distancia.

Y entonces yo también la vi. Caminaba despreocupadamente hacia la librería Portman, una figura que se movía lenta y gradualmente entre corrientes más rápidas. La alegre sombrilla amarilla que flotaba sobre ella no encajaba con la mujer que había debajo, porque la señora Keller, una criatura diminuta, iba vestida con un convencional vestido gris de diario con una cintura en pico que acentuaba la curva de su corpiño y la hacía parecer una austera paloma. Llevaba guantes blancos y un pequeño libro marrón en una de las manos. Al llegar a la entrada de Portman, bajó la sombrilla y la cerró; se la guardó bajo el brazo antes de entrar.

Mi cliente se zafó de mí, pero evité que saliera corriendo con una pregunta:

—¿Su esposa acostumbra a llevar perfume?

—Sí, lo hace.

—Excelente —dije. Lo solté y comencé a caminar ante él—. Veamos de qué va todo esto, ¿de acuerdo?

Mis sentidos son, como mi amigo John señaló con acierto, extremadamente agudos. Siempre he creído que la resolución rápida de un caso suele depender del inmediato reconocimiento de un determinado perfume; por tanto, sería buena idea que los expertos aprendieran a distinguirlos. El aroma que había elegido la señora Keller era una sofisticada mezcla de rosas complementada por una pizca de especias, y esto fue lo que detecté en la entrada de la tienda.

—El perfume es Rosa de Camafeo, ¿verdad? —le susurré a mi cliente, pero él ya me había dejado atrás y no recibí respuesta.

Cuanto más avanzábamos, más fuerte era el olor. Me detuve un instante para intentar encontrar su rastro; la señora

Keller debía de estar muy cerca de nosotros. Recorrí el abarrotado y polvoriento establecimiento con la mirada: destartaladas estanterías que se inclinaban de un extremo de la tienda al otro, con todos los estantes llenos de tomos, que también se amontonaban desordenadamente por los sombríos pasillos. La mujer no estaba a la vista, y tampoco el anciano propietario, que había imaginado que estaría sentado tras el mostrador de la entrada leyendo algún extraño libro. De hecho, sin empleados ni clientes, tenía la inquietante sensación de que habían vaciado la librería; tan pronto como aquel pensamiento pasó por mi mente como para enfatizar la inusual aura del lugar, capté un tenue sonido que procedía de la planta de arriba.

—Es Ann, señor Holmes. ¡Está aquí y está tocando!

Calificar aquella abstracción etérea como música era del todo inexacto, porque los delicados sonidos que alcanzaban mis oídos carecían de forma, ritmo o melodía. Sin embargo, el magnetismo del instrumento ejercía su efecto. Las diferentes notas convergían en una única armonía sostenida que era a la vez discordante y cautivadora. Mi cliente y yo nos sentimos atraídos en su dirección. Con el señor Keller en cabeza, pasamos entre las estanterías y llegamos a un tramo de escaleras cerca de la parte de atrás.

107

Sin embargo, mientras subíamos a la segunda planta, me di cuenta de que el penetrante aroma de Rosa de Camafeo no había viajado más allá de la primera. Miré atrás y examiné la tienda, pero una vez más no vi a nadie. Me encorvé para ver mejor y, sin éxito, intenté mirar por encima de las estanterías. Esta vacilación evitó que detuviera el fervoroso aporreo del señor Keller a la puerta de la señora Schirmer, un breve martilleo que resonó a través del pasillo y silenció el instrumento. Sin embargo, cuando llegué allí, el caso ya se había cerrado, en cierto sentido. Sabía, sin lugar a dudas, que la señora Keller había ido a otra parte y que quien estaba practicando con la armónica no era ella. Ah, supongo que no debería revelar tanto en mi relato, pero yo no puedo ocultar la verdad como hacía John, ni poseo el talento para retener los puntos relevantes y así crear una conclusión superficialmente significativa, por desgracia.

—Cálmese, hombre —le reprendí a mi compañero—. No hay razón para este comportamiento.

El señor Keller frunció el ceño y miró fijamente la puerta.

—Discúlpeme.

—No hay nada que disculpar, pero dado que su furor puede entorpecer nuestro avance, deberá dejarme hablar en su nombre a partir de ahora.

El rápido sonido de los pasos de la señora Schirmer sustituyó al silencio que siguió a la furiosa llamada de mi cliente. La puerta se abrió de golpe y apareció, con expresión furiosa y alterada, la mujer más fornida que jamás había visto. Antes de que pudiera pronunciar una airada palabra, me adelanté y le entregué mi tarjeta de visita.

—Buenas tardes, señora Schirmer. ¿Tendría usted la gentileza de concedernos unos minutos?

Me echó una mirada inquisitiva y centró su atención en mi compañero.

—Le prometo que solo serán unos minutos —continué, y golpeé con el dedo la tarjeta que le había entregado—. Es posible que me conozca.

—¡*Herr* Keller, no vuelva a venir aquí! —exclamó la señora Schirmer con brusquedad, ignorando completamente mi presencia—. ¡No voy a tolerar más interrupciones! ¿Por qué viene a crearme problemas? Y a usted le digo lo mismo, señor —añadió, mirándome fijamente—. ¡Ya lo sabe! Es amigo suyo, ¿no? ¡Pues váyase con él y no vuelva a molestar! ¡La gente como ustedes me saca de quicio!

—Mi querida señora, por favor —dije, quitándole la tarjeta de las manos y poniéndosela delante del rostro.

Para mi sorpresa, mi nombre provocó una tenaz sacudida de cabeza por su parte.

—No, no, usted no es esta persona —me dijo.

—Le aseguro, señora Schirmer, que soy yo.

—No, no, no lo es. No, yo he visto a esta persona a menudo, ¿sabe?

—¿Y podría decirme dónde?

—¡En las revistas, por supuesto! Este detective es mucho más alto, ¿sabe? Tiene el cabello negro y una gran nariz, y siempre lleva una pipa. ¿Entiende? Usted no se parece en nada.

—¡Ah, las revistas! Se trata de una intrigante tergiversación, en eso estamos de acuerdo. Me temo que no hago justicia a mi caricatura. Ojalá el resto de la gente me confundiera de ese modo, señora Schirmer. Mi libertad sería trasgredida en muchas menos ocasiones.

—¡Es usted ridículo! —Y, dicho esto, arrugó la tarjeta y me la tiró a los pies—. ¡Lárguese de aquí inmediatamente o llamaré a la policía!

—No me iré de aquí hasta que no vea a Ann con mis propios ojos —intervino el señor Keller con firmeza.

Nuestra molesta antagonista comenzó a dar pisotones. El sonido reverberaba bajo nuestros pies.

—¡*Herr* Portman! —gritó, y su rotunda voz resonó por todo el pasillo—. ¡Aquí va a haber problemas! ¡Llame a la policía! ¡Hay dos rateros en la puerta! ¡*Herr* Portman!

—Señora Schirmer, es inútil —le dije—. Parece que el señor Portman ha salido. —Entonces me dirigí a mi cliente, que parecía muy disgustado—. Sepa usted, señor Keller, que la señora Schirmer está en su derecho, y que nosotros no tenemos autoridad legal para entrar en su apartamento. Sin embargo, ella debería entender que es la preocupación por su esposa lo que dirige sus acciones. Me aventuro a decir que, si se nos permitiera charlar tan solo dos minutos en el interior del apartamento, acabaríamos de una vez para siempre con este problema.

—Su esposa no está aquí —dijo la enojada mujer—. *Herr* Keller, ya se lo he dicho muchas veces. ¿Por qué sigue viniendo a molestarme? ¡Voy a hacer que la policía lo detenga!

—No hay razón para tal cosa —dije—. Soy plenamente consciente del hecho de que el señor Keller la ha acusado de manera injusta, señora Schirmer, pero la interferencia de la policía solo complicaría lo que, en realidad, es un asunto bastante triste. —Me acerqué a ella y le susurré algunas palabras al oído—. ¿Entiende? —dije cuando volví a apartarme de ella—. Su ayuda sería muy valiosa.

—¿Cómo podría haberlo sabido? —gimió. Su expresión de desagrado se había convertido en una de arrepentimiento.

—Es cierto —contesté, compasivamente—. Siento decir que mi profesión es, a veces, un negocio muy triste.

Mientras mi cliente me miraba con perplejidad, la señora Schirmer se quedó pensativa un instante, con las manos en las caderas. A continuación, asintió, se hizo a un lado y nos indicó que podíamos pasar.

—*Herr* Keller, le aseguro que lo que ha ocurrido no es culpa suya. Entre si desea comprobarlo por usted mismo.

Entramos en una sala de estar soleada y con escasa decoración, con el techo bajo y las ventanas entreabiertas. Había un piano vertical en una esquina, un clavecín y una buena colección de instrumentos de percusión en otra y, una junto a otra, dos impresionantes armónicas de cristal restauradas junto a las ventanas. Estos instrumentos, rodeados por varias sillas de mimbre, eran los únicos objetos en lo que, por lo demás, era una habitación vacía. Excepto en una cuadrada alfombra Wilton en el centro, las descoloridas lamas de madera del suelo estaban expuestas; las paredes blancas también estaban desnudas para permitir que el sonido adquiriera una resonancia especial.

No fueron, sin embargo, las singulares características de la sala lo que atrajo inmediatamente mi atención, ni el aroma de las flores de primavera que se filtraba a través de la ventana abierta. Lo que captó mi interés fue la silueta inquieta y enjuta que estaba sentada ante una de las armónicas: un chico de no más de diez años, con el cabello pelirrojo y las mejillas llenas de pecas, que se movió nerviosamente en su asiento al vernos entrar en la habitación. Al ver al niño, mi cliente se detuvo en seco. Sus ojos recorrieron la habitación mientras la señora Schirmer observaba desde la entrada con los brazos cruzados. Yo, por otra parte, me acerqué al chico y le hablé con mi tono más amistoso.

—Hola, muchacho.

—Hola —dijo el niño con timidez.

Miré a mi cliente y sonreí.

—Presumo que este jovencito no es su esposa.

—Ya sabe que no lo es —me respondió él, dolido—. Pero no lo comprendo. ¿Dónde está Ann?

—Paciencia, señor Keller, paciencia.

Acerqué una de las sillas a la armónica y me senté junto al chico. Recorrí con la mirada el instrumento y memoricé cada detalle de su diseño.

—¿Cómo te llamas?

—Graham.

—Muy bien, Graham —dije yo, fijándome en que los viejos cristales eran más finos en la parte del tiple y, por tanto, más fáciles de hacer sonar—. ¿Te está enseñando bien la señora Schirmer?

—Eso creo, señor.

—Ajá —dije pensativamente mientras pasaba la punta del dedo por el borde de los cristales.

Nunca antes se me había presentado la oportunidad de inspeccionar una armónica, sobre todo un modelo en tan buenas condiciones. Lo poco que sabía del instrumento era que se tocaba sentado justo delante de los cristales, que se hacían girar con un pedal y que había que humedecer a menudo con una esponja. También sabía que se necesitaban ambas manos para poder tocar distintas partes de la composición a la vez. Sin embargo, mientras estudiaba de cerca

111

la armónica, descubrí que el cristal tenía forma de hemisferio y que cada uno de ellos tenía una ranura abierta en el centro. El más grande y agudo de los cristales era el correspondiente a la nota sol. Para distinguir los cristales, todos estaban pintados por dentro con uno de los siete colores prismáticos. Así, do era de color rojo; re, de color naranja; mi, de color amarillo; fa, de color verde; sol, de color azul; la, de color índigo; si, de color púrpura. Y volvíamos de nuevo al rojo de do. Los semitonos, por su parte, estaban pintados de blanco. Los treinta cristales variaban de tamaño, yendo del más grande, de unos veintidós centímetros de diámetro, al más pequeño, de unos siete centímetros y medio de diámetro. Un eje los atravesaba a todos en un armazón de unos noventa centímetros que se adaptaba a la forma cónica de los cristales, y todo ello quedaba sujeto a través de bisagras a un caballete. El eje, que atravesaba el instrumento horizontalmente, era de hierro y giraba sobre unas sujeciones de bronce situadas a ambos lados. En la parte más ancha del armazón había un saliente de forma cúbica unido a una rueca de caoba, y era esta rueca la que hacía girar los cristales gracias a un pedal que se accionaba con el pie. La rueca parecía tener unos cuarenta y cinco centímetros de diámetro y, a unos diez centímetros del eje, una vara de ébano, en cuyo cuello había una cuerda que subía desde el pedal móvil para trasmitir el movimiento, estaba fijada a su superficie.

—Qué artilugio tan interesante —dije—. El sonido es más claro cuando el cristal gira sobre la punta de los dedos, y no al revés.

—Sí, así es —dijo la señora Schirmer desde atrás.

El sol comenzaba a inclinarse hacia el horizonte y su luz se reflejaba en los cristales de la armónica. Graham tenía los ojos entornados y el sonido de los preocupados suspiros de mi cliente se aprovechaba de la buena acústica de la habitación. El aroma de los narcisos llegó a mis fosas nasales desde el exterior, así como un olor a cebolla y un toque de moho; no soy el único al que disgustan los sutiles atributos de las flores, ya que también repelen a los ciervos. Tras tocar por última vez los cristales, dije:

—Si las circunstancias fueran diferentes, le pediría que tocara para mí, señora Schirmer.

—Eso siempre se puede arreglar, señor. Estoy disponible para audiciones privadas. Eso es lo que hago a veces.

—Por supuesto —dije, y me levanté de la silla. Di al chico una suave palmadita en el hombro—. Creo que ya hemos entorpecido lo suficiente tu lección, Graham, así que os dejaremos a ti y a tu maestra en paz.

—¡Señor Holmes! —protestó mi cliente.

—Señor Keller, aquí no hay nada más que hacer, excepto asistir a las clases que oferta la señora Schirmer.

Y, dicho esto, giré sobre mis talones y atravesé la sala de estar, con la mirada estupefacta de la mujer clavada en mi nuca. El señor Keller se apresuró para unirse a mí en el pasillo. Antes de cerrar la puerta del apartamento, exclamé:

—¡Gracias, señora Schirmer! No la molestaremos más, aunque es posible que contacte con usted más tarde para recibir una o dos clases. Adiós.

Pero, cuando comenzamos a caminar por el pasillo, la puerta se abrió y su voz me alcanzó:

—Entonces, ¿era cierto? ¿Es usted el de las revistas?

—No, querida, no lo soy.

—¡Lo sabía! —replicó, y cerró de un portazo.

No intenté tranquilizar a mi cliente hasta que llegamos a los pies de la escalera. Después de encontrar al chico en lugar de a su esposa, parecía avergonzado y decepcionado. Tenía las cejas arqueadas y un brillo casi irracional en la mirada. Sus fosas nasales estaban dilatadas por el enfado, y parecía sentirse tan frustrado por la desaparición de su esposa que, en conjunto, su expresión era un enorme signo de interrogación.

—Señor Keller, le aseguro que todo esto no es tan grave

como imagina. De hecho, aunque está claro que ha omitido deliberadamente algunas cosas, su esposa ha sido, en general, sincera con usted.

La seriedad de su expresión disminuyó un poco.

—Es evidente que usted ha visto más en el apartamento de lo que era visible para mí —me dijo.

—Es posible, pero apuesto a que usted ha visto exactamente lo mismo que yo. Sin embargo, es posible que yo haya percibido un poco más. En cualquier caso, debe concederme una semana para dar una conclusión satisfactoria a este caso.

—Estoy en sus manos.

—Muy bien. Ahora le pido que vuelva inmediatamente a Fortis Grove. Cuando su esposa regrese, no debe mencionarle nada de lo que ha ocurrido aquí hoy. Es imprescindible, señor Keller, que siga al pie de la letra mi consejo.

—Sí, señor. Haré todo lo posible.

114

—Excelente.

—Pero antes me gustaría saber algo, señor Holmes. ¿Qué le dijo al oído a la señora Schirmer para que nos dejara entrar en su apartamento?

—Oh, eso —comenté con un movimiento rápido de la mano—. Una sencilla pero efectiva mentira, una que he usado antes en casos similares; le dije que era usted un moribundo al que su esposa había abandonado en su peor momento. El hecho de que se lo susurrara debería haberle bastado para saber que era mentira, pero es una treta que rara vez falla.

El señor Keller me miró con una expresión de ligero disgusto.

—Venga, hombre —dije yo, y le di la espalda.

Cuando llegamos a la parte delantera de la tienda, nos encontramos por fin con su anciano propietario, un tipo bajito y arrugado que había vuelto a ocupar su lugar tras el mostrador. El hombre, encorvado sobre un libro con una casaca de jardinero manchada de tierra, sujetaba en su temblorosa mano una lupa que estaba usando para leer. Junto a él había unos guantes marrones que al parecer acababa de quitarse y dejar sobre el mostrador. El tipo tosió ásperamente dos veces y ambas nos sorprendieron, pero me llevé un dedo a los labios para que mi compañero permaneciera en silencio. Aun así, como el señor Keller había mencionado antes, el hombre parecía ignorar que había alguien en la tienda, incluso cuando me acerqué a medio metro de él y eché un vistazo al enorme libro que tenía atrapada su atención: un volumen sobre poda ornamental. Las páginas que podía ver estaban ilustradas con pulcros dibujos de arbustos y árboles podados con la forma de un elefante, un cañón, un mono y lo que parecía ser un vaso canope.

Salimos tan silenciosamente como nos fue posible. Antes de partir, bajo el menguante sol de la tarde, le pedí una última cosa a mi cliente.

—Señor Keller, hay algo que podría serme útil durante esta semana.

—No tiene más que decirlo.

—La foto de su mujer.

Mi cliente asintió de mala gana.

—Por supuesto.

Buscó en el interior de su abrigo y sacó la fotografía, que me ofreció con recelo.

Me la guardé en el bolsillo sin vacilar.

—Gracias, señor Keller. Con esto hemos acabado por hoy. Le deseo que pase una buena tarde.

Y así me despedí de él. Con la fotografía de su esposa en mi bolsillo, no perdí un instante en marcharme. La calzada estaba llena de camiones y carretas, cabriolés y carruajes que llevaban a sus ocupantes a sus hogares o adonde fuera, mientras yo esquivaba a los peatones de las aceras en mi camino hacia Baker Street. Un par de carretas rurales pasaron de largo con los restos de las verduras que habían llevado a la metrópolis al amanecer. En poco

115

tiempo, yo lo sabía bien, las calles que rodeaban Montague Street se volverían tan silenciosas e inanimadas como cualquier aldea al anochecer. Para entonces, yo ya estaría reclinado en mi butaca, mirando cómo el humo azul de mi cigarrillo ascendía hasta el techo.

9

Al amanecer, la nota que había escrito para Roger había escapado por completo de la consciencia de Holmes. Se quedó dentro del libro hasta que, varias semanas después, sacó el volumen para hacer una comprobación y encontró la hoja doblada entre los capítulos (un extraño mensaje de su puño y letra, aunque no recordaba haberlo escrito). Había otras notas dobladas, todas ocultas en los muchos libros del ático, finalmente perdidas: cartas urgentes que nunca se enviaron, extraños recordatorios, listas de nombres y direcciones, así como algún poema ocasional. No recordaba haber escondido una carta personal de la reina Victoria, ni un cartel publicitario que había estado guardado desde su breve colaboración con la Compañía Shakesperiana Sasanoff (había interpretado a Horacio en una producción londinense de Hamlet en 1879). Tampoco recordaba haber puesto a buen recaudo entre las páginas de *Los misterios de la apicultura*, de M. Quinby, un tosco pero detallado dibujo de una abeja reina. El dibujo lo había realizado Roger cuando tenía doce años y se lo había deslizado bajo la puerta del ático dos veranos antes.

De todos modos, Holmes era consciente de la creciente falibilidad de su mente.

Creía que esta era capaz de modificar incorrectamente hechos pasados, sobre todo si la realidad de aquellos sucesos estaba más allá de su alcance. Pero, se preguntaba, ¿qué había modificado y qué era cierto? ¿Y cómo podía seguir estando seguro de algo? Lo que era más importante, ¿qué había olvidado exactamente? No lo sabía.

Intentaba aferrarse a las cosas tangibles: su tierra, su hogar, sus jardines, su colmenar, su trabajo. Disfrutaba de sus cigarros, de sus libros, de una copa de brandi de vez en cuando. Le gustaban la brisa nocturna y las horas antes de medianoche. Estaba seguro de que la parlanchina presencia de la señora Munro lo sacaba de sus casillas a veces, aunque siempre agradecía la compañía de su callado hijo. Pero sus revisiones mentales también habían cambiado en este caso lo que era, de hecho, la verdad: que aquel chaval tímido y desgarbado que lo miraba con expresión huraña tras las faldas de su madre no le había caído bien al principio. En el pasado había tenido la regla inquebrantable de no contratar nunca a un ama de llaves con hijos, pero había hecho una excepción con la señora Munro, que acababa de enviudar, necesitaba un empleo fijo y tenía referencias. Además, encontrar a una persona de fiar se estaba convirtiendo en una tarea difícil (sobre todo estando aislado en el campo), así que le había dicho claramente que podía quedarse siempre que las actividades del chico se restringieran a la casita de invitados, y mientras sus alborotos no perturbaran su trabajo.

—Por eso no debe preocuparse, señor, se lo prometo. Mi Roger no le causará ningún problema. Yo me aseguraré de ello.

—Entonces, ¿queda completamente claro? Aunque estoy retirado, sigo siendo un hombre muy ocupado. No toleraré distracciones de ningún tipo.

—Sí, señor, ha quedado clarísimo. No se preocupe por el chico.

—No lo haré, querida, aunque sospecho que usted sí.

—Sí, señor.

Holmes volvió a ver a Roger casi un año después de aquello. Una tarde, mientras paseaba por la zona oeste de su propiedad, cerca de la casita de invitados donde vivía la señora Munro, atisbó al chico a lo lejos, entrando en la casa con un cazamariposas en la mano. A partir de entonces lo vio más a menudo, atravesando el prado, haciendo los deberes en el jardín, examinando la arena en la playa. Pero no habló con él directamente hasta que lo encontró ante las colmenas, examinando una picadura que tenía en el centro de la palma de la mano izquierda. Le agarró la mano y usó la uña para sacar el aguijón.

—Ha sido una suerte que no hayas intentado sacar el aguijón —le explicó—. Si lo hubieras hecho, seguramente habrías vaciado el saco del veneno en la herida. Debes usar la uña para quitarlo, así, en lugar de comprimir el saco. ¿Lo comprendes? He llegado justo a tiempo. Mira, ¿ves? Apenas se está hinchando. Yo he recibido picaduras mucho peores, te lo aseguro.

—No me duele mucho —dijo Roger mirando a Holmes con los ojos entrecerrados, como si el sol le diera de lleno en la cara.

—Pronto lo hará. Pero solo un poco, espero. Si empeora, mójate la mano en agua salada o en jugo de cebolla. Eso normalmente cura el escozor.

—Oh.

Y aunque Holmes esperaba que el niño llorara o que se sintiera avergonzado tras ser pillado en el colmenar, le impresionó la rapidez con la que dejó de prestar atención a la herida para interesarse por las colmenas. Parecía hechizado por la vida de las abejas, por los grupos que se formaban antes o después del vuelo en las entradas de las colmenas. Si el chico hubiera llorado, si hubiera mostrado la menor muestra de cobardía, Holmes jamás lo habría animado a acercarse con él a una col-

119

mena. No habría vuelto a pensar en él ni habría considerado que tenían algo en común. Levantó el techo para que Roger pudiera ver el mundo del interior: la alza melaria con sus celdas de cera blanca, las celdas más grandes en las que se almacenan las larvas de zángano, las oscuras celdas debajo donde vivían las obreras. Holmes estaba convencido de que, a menudo, nacían niños excepcionales de padres corrientes. Si Roger hubiera mostrado algún miedo, tampoco lo hubiera invitado a volver al día siguiente, ni habría permitido que fuera testigo directo de las tareas de marzo: el cálculo semanal del peso de la colmena, la combinación de las colonias cuando una reina deja de funcionar en una y la comprobación de que hay suficiente comida para las larvas.

Posteriormente, cuando el chico pasó de ser un curioso espectador a un valioso ayudante, Roger recibió de Holmes la ropa que ya no usaba (guantes de colores claros y un gorro de abejero con velo). Aquella se convirtió pronto en una cómoda e innata asociación. La mayoría de las tardes, después del colegio, el niño se reunía con Holmes en el colmenar. Durante el verano, Roger se levantaba temprano y trabajaba con las abejas cuando Holmes llegaba. Mientras atendían las colmenas o se sentaban tranquilamente en el prado, la señora Munro les llevaba bocadillos, té, quizás algo dulce que hubiera cocinado aquella mañana.

Los días más calurosos, después del trabajo, se sentían atraídos por las refrescantes aguas de las pocetas y bajaban el serpenteante camino del acantilado. Roger caminaba junto a Holmes y recogía piedras del escarpado sendero, miraba el océano y se detenía de vez en cuando para examinar algo encontrado por el camino (trozos de conchas, un diligente escarabajo o un fósil incrustado en la pared del acantilado). El cálido aroma del mar se incrementaba con su descenso, como lo hacía el deleite de Holmes ante la curiosidad del niño. Una cosa era fijarse en un objeto, pero un chico inteligente, como Roger, tenía que inspeccionar y tocar cuidadosamente las cosas que llamaban su atención. Holmes estaba seguro de que no había nada demasiado interesante en el camino, pero se detenía a observar lo que había atraído al niño.

La primera vez que recorrieron juntos el sendero, Roger miró los extensos y escabrosos pliegues que se cernían sobre ellos y preguntó:

—¿Estos acantilados son de piedra caliza?

—De caliza y arenisca.

En los estratos bajo la caliza, había arcilla tegulina, arena verde y arena Weald correlativamente, le explicó Holmes mientras seguían bajando; los lechos de arcilla y la delgada capa de arenisca estaban cubiertos con caliza, arcilla y sílex añadido durante eones por incontables tormentas.

—Oh —dijo Roger, y giró distraídamente hacia el borde del camino.

Holmes dejó caer uno de sus bastones y tiró de él.

—Cuidado, chico. Debes mirar dónde pones los pies. Toma mi brazo.

El sendero apenas era lo suficientemente ancho para un adulto, y menos aún para que un anciano y un niño caminaran uno junto a otro. Medía, más o menos, un metro de ancho y en algunas zonas la erosión lo había estrechado considerablemente. La pareja, sin embargo, avanzó sin demasiados problemas; Roger cerca del escarpado borde, Holmes a centímetros de la pared del acantilado con el chico aferrado a su brazo. Después de un rato, la senda se ampliaba en un punto en el que había un mirador y un banco. Aunque Holmes pretendía continuar hasta el final, porque solo podía accederse a las pocetas durante el día (ya que la marea nocturna se tragaba toda la orilla), el banco parecía de repente un lugar perfecto donde descansar y conversar. Se sentó allí con Roger, sacó un jamaicano de su bolsillo y descubrió

121

que no llevaba cerillas. Mascó el cigarro y saboreó la brisa marina mientras el chico observaba las gaviotas que volaban en círculo, caían en picado y graznaban.

—¿Alguna vez ha oído a los chotacabras? Yo los oí anoche —dijo Roger, que lo había recordado al escuchar los graznidos de las gaviotas.

—¿De verdad? Qué afortunado eres.

—Aunque la gente los llame chotacabras, yo no creo que se alimenten de cabras.

—Se alimentan de insectos, principalmente. Atrapan a sus presas por las alas, ¿sabes?

—Oh.

—Aquí también hay búhos.

El rostro de Roger se iluminó.

—Nunca he visto ninguno. Me gustaría tener uno como mascota, pero mi madre dice que los pájaros no son buenas mascotas. Yo creo que sería estupendo que hubiera búhos cerca de casa.

—Bueno, entonces tal vez podamos atrapar un búho alguna noche. Tenemos de sobra en la hacienda, así que nadie lo echará en falta.

—Sí, me encantaría.

—Por supuesto, tendremos que tener a tu búho en un lugar donde tu madre no pueda encontrarlo. Mi despacho es una posibilidad.

—¿No miraría ahí?

—No, no se atrevería. Pero, si lo hiciera, yo le podría decir que es mío.

Una sonrisa pícara apareció en el rostro del chico.

—A usted le creería. Estoy seguro.

Holmes le guiñó el ojo para hacerle ver que no estaba hablando en serio respecto al búho. Apreciaba la confianza del chico y el hecho de poder compartir un secreto con él. Aquella alianza encubierta, tan propia de una amistad, le satisfacía tanto que terminó haciendo un ofrecimiento:

—De todas formas, Roger, hablaré con tu madre. Creo que te dejará tener un periquito.

Y, para remarcar su camaradería, le prometió que saldrían temprano al día siguiente para llegar a las pocetas antes del crepúsculo.

—¿Quiere que vaya a buscarlo? —le preguntó Roger.

—Claro. Podrás encontrarme en el colmenar.

—¿A qué hora, señor?

—Con que quedemos a las tres será suficiente, ¿no crees? Eso nos dejará tiempo de sobra para la caminata, el baño y el camino de vuelta. Me temo que hoy hemos partido demasiado tarde para terminar el trayecto.

La menguante luz del sol y la creciente brisa del océano los envolvía. Holmes inhaló profundamente y entornó los ojos para mirar la puesta de sol. Con la vista borrosa, el océano parecía una negra extensión bordeada por una enorme y feroz erupción.

«Deberíamos empezar a subir el acantilado», pensó. Pero Roger no parecía tener prisa. Tampoco la tenía Holmes, que miró de soslayo al niño y contempló aquel concentrado y joven rostro alzado hacia el cielo, aquellos claros ojos azules fijos en una gaviota que volaba en círculos sobre sus cabezas.

«Un poco más», se dijo Holmes a sí mismo, y sonrió mientras veía cómo se separaban los labios de Roger en un inesperado gesto de fascinación, impertérrito bajo la radiante mirada del sol y el persistente azote del viento.

123

10

$\mathcal{M}$uchos meses después, Holmes se encontraba solo en el interior de la estrecha habitación de Roger, la primera y última vez que puso un pie entre las pocas pertenencias del chico. Aquella mañana nublada y gris entró en la sombría vivienda de la señora Munro, donde no había nadie. Las tupidas cortinas seguían cerradas y las luces estaban apagadas; el olor a madera silvestre de las bolas de alcanfor escondía el resto de los aromas que inhalaba. Se detenía cada tres o cuatro pasos para escrutar la oscuridad y recolocar sus bastones, como si esperara que alguna inimaginable y difusa forma saliera de las sombras. Después continuó avanzando (el golpeteo de sus bastones caía con menor fuerza y mayor cautela que sus propios pasos) hasta que atravesó la puerta de Roger y entró en la única habitación de la casa que no estaba totalmente sellada a la luz del día.

El cuarto estaba, de hecho, muy ordenado, mucho más de lo que Holmes había esperado: los descuidados y aleatorios sedimentos de la vibrante vida de un niño, ese desorden. El hijo de un ama de llaves, concluyó, seguramente se sentiría más inclinado que el resto de los niños a mantener el espacio ordenado; a no ser, por supuesto, que el ama de llaves también se ocupara de su habitación. Aun así, como el chaval era bastante maniático por naturaleza, Holmes estaba seguro de que había sido él mismo quien había ordenado tan pulcramente sus cosas. Además, el invasivo olor a naftalina no se había filtrado a la habitación, lo que sugería que la señora Munro no pasaba mucho por allí. En lugar de eso había un aroma térreo, húmedo aunque no desagradable.

«Como la tierra durante una buena tormenta —se imaginó—. Como el barro entre las manos.»

Estuvo un rato sentado en el borde de la pulcra cama del chico, mirando lo que lo rodeaba: las paredes pintadas de azul celeste, las ventanas cubiertas por cortinas de encaje transparente, los distintos muebles de roble (mesita de noche, estantería, cajonera). Miró por la ventana que había sobre la mesa de estudio y se fijó en el entrecruzado de esbeltas ramas que parecían casi etéreas bajo la tela de encaje y que arañaban silenciosamente los cristales. Y entonces dirigió su atención a los objetos personales, las cosas que Roger había dejado allí: seis libros de texto apilados sobre la mesa, una combada cartera que colgaba del pomo de la puerta del armario, el cazamariposas apoyado contra una esquina. Al final se levantó y merodeó con lentitud por allí. Se movió de pared a pared como alguien que está visitando respetuosamente una exposición en un museo, y después se detuvo un momento para ver algunas cosas mejor, aunque se resistió a tocar ciertos objetos.

Sin embargo, lo que observó no le sorprendió ni le descubrió nada nuevo sobre el chico. Había libros sobre observación de pájaros, acerca de abejas, sobre contiendas bélicas, varias desvencijadas ediciones en rústica de ciencia ficción, un buen número de revistas *National Geographic* (ocupaban dos estantes y estaban ordenadas cronológicamente) y rocas y conchas que había encontrado en la playa, organizadas por tamaño y parecido, y alineadas en hileras de igual número sobre la cajonera. Aparte de los seis libros de texto, sobre el escritorio ha-

126

bía cinco lápices afilados, tiralíneas, papel y el vial que contenía las abejas japonesas. Todo estaba ordenado, todo ocupaba un lugar apropiado, todo estaba alineado; también lo estaban los objetos que ocupaban la mesita de noche: tijeras, un bote de pegamento líquido, un álbum de recortes con la portada negra y sin adornos.

No obstante, los que parecían ser los objetos más relevantes estaban colgados o pegados en la pared. Coloridos dibujos de Roger en los que soldados anónimos disparaban rifles marrones, tanques verdes explotaban, violentos garabatos rojos estallaban como explosiones en los torsos o en las frentes de rostros de ojos bizcos, fuego antiaéreo amarillo subía dirigido hacia una flota de bombarderos de color azul oscuro, monigotes masacrados quedaban esparcidos por un campo de batalla ensangrentado mientras un sol naranja salía o se ponía en el horizonte rosa. Tres fotografías enmarcadas, retratos en tonos sepias: una sonriente señora Munro con su hijo pequeño mientras el joven padre posaba orgulloso a su lado, el niño con su padre uniformado en un andén de tren, el pequeño Roger corriendo hacia los brazos extendidos de su padre. Todas las fotografías (una cerca de la cama, otra cerca del escritorio y otra cerca de la estantería) mostraban a un hombre robusto y de aspecto fuerte, con el rostro cuadrado y rubicundo, el cabello rubio peinado hacia atrás y los benevolentes ojos de alguien que ya no está y a quien se echa muchísimo de menos.

127

Aun así, de todas las cosas que había allí, fue el álbum de recortes lo que, al final, atrajo durante más tiempo la atención de Holmes. Se sentó en la cama del niño, miró fijamente la mesita de noche y sopesó la cubierta negra del álbum, las tijeras y el pegamento. No, se dijo a sí mismo, no abriría aquel libro. No husmearía más de lo que ya lo había hecho.

«Ni se te ocurra», se advirtió a sí mismo mientras

cogía el libro de recortes; y, con eso, desoyó sus mejores pensamientos.

A continuación pasó detenidamente las páginas y su mirada se detuvo un momento en una serie de complicados *collages*, formados por fotografías y palabras recortadas de distintas revistas y después hábilmente pegadas. El primer tercio del libro mostraba el interés del chaval por la naturaleza y la vida silvestre. Osos pardos a dos patas deambulaban por los bosques cerca de leopardos que holgazaneaban sobre árboles africanos; dibujos de cangrejos ermitaños se escondían con rugientes pumas entre un grupo de girasoles de Van Gogh; un búho, un zorro y una caballa acechaban bajo un cúmulo de hojas caídas. Lo que seguía, sin embargo, era cada vez menos pintoresco, aunque de diseño similar: la fauna se convertía en soldados británicos y norteamericanos, los bosques se transformaban en las bombardeadas ruinas de las ciudades y las hojas eran, o cadáveres, o palabras sueltas: DERROTADO, TROPAS, RETIRADA.

La naturaleza completa en y por sí misma, el hombre siempre en lucha con el hombre; el yin y el yang de la visión que tenía el chico del mundo, según creía Holmes. Porque asumía que los primeros *collages* (los de las páginas iniciales del libro de recortes) habían sido terminados años antes, cuando el padre de Roger aún estaba vivo. Eso lo sugerían los bordes curvados y amarillentos de las imágenes cortadas, y también la falta de olor a pegamento. El resto, decidió, tras olfatear las páginas y examinar los bordes de tres o cuatro *collages*, había sido elaborado poco a poco durante los últimos meses, y parecía más complicado, ingenioso y metódico en su composición.

Aun así, la última obra de Roger estaba sin terminar; en realidad, parecía estar recién empezada, ya que solo había una imagen en el centro de la página.

«¿O había sido esa su intención?», se preguntó Holmes. Una desolada fotografía en blanco y negro flotaba en un negro vacío como una cruda y desconcertante conclusión a todo lo que la precedía (el vital imaginario superpuesto, la fauna y la naturaleza, aquellos adustos y decididos hombres de guerra). La fotografía en sí misma no era ningún misterio; Holmes conocía el lugar muy bien, ya que lo había visto con el señor Umezaki en Hiroshima: aquel antiguo edificio de la prefectura del Gobierno reducido a los cimientos por la explosión atómica. «La Cúpula de la Bomba Atómica», lo había llamado el señor Umezaki.

Sin embargo, allí, solitario en la página, el edificio representaba la total aniquilación mucho mejor que en la realidad. La fotografía había sido tomada semanas, días posiblemente, después del lanzamiento de la bomba, y revelaba una inmensa ciudad de escombros: sin humanos, sin tranvías ni trenes, nada reconocible, excepto el espectral caparazón del edificio de la prefectura sobre aquel aplanado y calcinado paisaje. Lo que precedía a la obra final (recortes sin usar, páginas y páginas negras) enfatizaba el inquietante impacto de aquella única imagen. Y, de repente, cuando cerró el libro, Holmes se sintió abrumado por el hastío que había llevado consigo hasta aquella casa.

«Algo no va bien en el mundo —pensó—. Algo ha cambiado en su esencia, y no consigo encontrarle sentido.»

Cierta vez, el señor Umezaki le había preguntado: «Entonces, ¿cuál es la verdad? ¿Cómo llega hasta ella? ¿Cómo desentraña el significado de aquello que desea permanecer oculto?».

—No lo sé —dijo Holmes en voz alta, allí, en la habitación de Roger—. No lo sé —dijo de nuevo, y se recostó sobre la almohada del niño y cerró los ojos con el libro de recortes apretado contra su pecho—. No tengo ni idea...

129

Holmes cayó dormido, aunque no en el tipo de sueño que nace del total agotamiento. No fue tampoco un sueño inquieto en el que la fantasía y la realidad se entrelazan, sino más bien un estado letárgico que lo sumió en una inmensa quietud. Inmediatamente, ese amplio y profundo sueño lo llevó a otra parte, lejos del dormitorio donde su cuerpo descansaba.

11

*D*espués de portar el equipaje compartido que Holmes y el señor Umezaki llevarían a bordo del tren de la mañana (los dos hombres habían decidido llevar pocas cosas a su viaje turístico), Hensuiro los despidió en la estación de ferrocarril. Cogió con fuerza las manos del señor Umezaki y susurró con fervor al oído de su compañero. Después, antes de que entraran en el vagón, se detuvo ante Holmes, hizo una pronunciada reverencia y dijo:

—Nos veremos... De nuevo. Mucho de nuevo, sí.

—Sí —dijo Holmes, divertido—. Mucho, mucho de nuevo.

Y cuando el tren salió de la estación, Hensuiro se quedó en la plataforma con los brazos levantados entre una multitud de soldados australianos. Su silueta inmóvil retrocedió velozmente y desapareció por completo. El tren cogió velocidad enseguida, en dirección oeste, y tanto Holmes como el señor Umezaki se sentaron rígidos en sus asientos contiguos de segunda clase y observaron de costado cómo los edificios de Kobe daban paso, de forma gradual, a la exuberante geografía que se movía, cambiaba y destellaba al otro lado de la ventanilla.

—Hace una mañana estupenda —señaló Umezaki, un comentario que repetiría varias veces a lo largo de aquel primer día de viaje; la estupenda mañana dio paso a una estupenda tarde y, finalmente, a una estupenda noche.

—Verdaderamente —respondía todo el rato Holmes.

Al principio del viaje, los hombres apenas se dirigieron la palabra. Se mantuvieron callados, reservados y distantes en sus respectivos asientos. Durante un rato, el señor Umezaki se entretuvo escribiendo en un pequeño cuaderno rojo (más haikus, suponía), mientras Holmes, con un humeante jamaicano en la mano, contemplaba el borroso paisaje. Hasta que salieron de la estación de Akashi, cuando el traqueteante movimiento del tren provocó que a Holmes se le cayera el puro de los dedos y este rodara por el suelo, no se enzarzaron en una verdadera conversación, iniciada por la curiosidad general del señor Umezaki y en la que tocaron un sinfín de temas antes de su llegada a Hiroshima.

132

—Permítame —dijo el señor Umezaki, que se levantó para recuperar el puro de Holmes.

—Gracias —respondió Holmes, que ya se había levantado, y volvió a sentarse y a colocar los bastones sobre su regazo en un ángulo en el que no golpearan las rodillas del señor Umezaki.

Se sentaron de nuevo y, mientras la campiña pasaba rápidamente de largo, el señor Umezaki tocó la madera teñida de uno de los bastones.

—Es un trabajo muy pulcro, ¿verdad?

—Oh, sí —dijo Holmes—. Han estado conmigo los últimos veinte años, si no más. Son mis compañeros de confianza, ¿sabe?

—¿Siempre ha caminado con los dos?

—No hasta hace poco. Poco para mí, por supuesto. Los últimos cinco años, si la memoria no me falla.

Entonces sintió el deseo de explicarse detalladamente y le contó que, de hecho, solo necesitaba el apoyo del bastón derecho para caminar; el izquierdo tenía un doble y valioso propósito: proporcionarle apoyo si perdía agarre con el derecho y servir de rápido reemplazo si alguna vez no podía recuperar el otro. Por supuesto, continuó, los bastones no le servirían de nada si interrumpía su suplemento de jalea real, ya que estaba convencido de que se vería en su caso confinado a una silla de ruedas.

—¿Usted cree?

—Incuestionablemente.

Y así comenzó su conversación, ya que ambos estaban ansiosos por hablar de los beneficios de la jalea, sobre todo de su capacidad para detener o controlar el proceso de envejecimiento. Resultó que el señor Umezaki había preguntado a un herborista chino antes de la guerra sobre las cualidades beneficiosas de esa viscosa secreción blanca.

—El hombre creía firmemente que la jalea real puede curar la menopausia y la andropausia, así como las enfermedades del hígado, la artritis reumática y la anemia.

—Flebitis, úlcera gástrica, diferentes enfermedades degenerativas —añadió Holmes—, y debilidad mental o física. También nutre la piel, elimina las manchas faciales y las arrugas, y previene los signos de envejecimiento o incluso la senilidad prematura.

Era maravilloso, mencionó Holmes, que una sustancia tan poderosa, cuya composición química aún no se conocía por completo y que era producida por las glándulas faríngeas de una abeja obrera, sirviera para crear reinas a partir de larvas ordinarias y para sanar una multitud de enfermedades humanas.

—Por mucho que lo he intentado —dijo el señor Umezaki—, no he encontrado apenas evidencias que apoyen su utilidad terapéutica.

—Ah, pero las hay —replicó Holmes con una sonrisa—. Hemos estudiado la jalea real durante mucho tiempo, ¿verdad? Sabemos que posee una gran cantidad de proteínas y lípidos, ácidos grasos y carbohidratos. Dicho esto, ninguno de nosotros ha sido capaz de descubrir todo lo que contiene, así que dependo de la única evidencia que poseo, que no es otra que mi propio estado de salud. Asumo que usted no es un consumidor habitual.

—No. He escrito uno o dos artículos en revistas, pero mi interés es fortuito. Me temo, sin embargo, que me inclino hacia el lado escéptico en el asunto.

—Qué pena —dijo Holmes—. Esperaba que pudiera proporcionarme un tarro para mi viaje de vuelta a Inglaterra. Se me terminó hace un tiempo, ¿sabe? Nada que no pueda remediar una vez llegue a mi casa, pero me gustaría haberme acordado de incluir uno o dos tarros en mi equipaje, lo suficiente al menos para una dosis diaria. Afortunadamente, he traído jamaicanos más que de sobra, así que no carezco de todo lo que necesito.

—Todavía podríamos encontrar un tarro para usted durante nuestro viaje.

—Sería una molestia, ¿no le parece?

—En absoluto.

—En realidad, tiene razón. Considerémoslo el precio que debo pagar por el olvido. Parece que ni siquiera la jalea real sirve para la inevitable pérdida de memoria.

Y esto fue un trampolín más en su conversación, porque el señor Umezaki se acercó a Holmes y, en voz muy baja, como si la pregunta fuera de la mayor importancia, le preguntó por sus famosas facultades. Quería saber, concretamente, cómo había conseguido dominar la habilidad para percibir con tal facilidad lo que a otros se les escapaba.

—Conozco su creencia en la observación como herramienta para encontrar respuestas definitivas, pero me desconcierta el modo en el que, en realidad, contempla una situación concreta. Por lo que he leído, así como por lo que he experimentado personalmente, parece que usted no solo observa, sino que además recuerda sin esfuerzo casi de manera fotográfica... Y, de algún modo, es así como llega a la verdad.

—«Pilatos le preguntó: ¿qué es la verdad?»[4] —dijo Holmes con un suspiro—. Francamente, amigo mío, he perdido mi apetito por la verdad. Para mí, las cosas son solo lo que son; llámelo verdad, si lo desea. Mejor dicho, y he comprendido esto con el tiempo, observo lo que es obvio y reúno toda la información posible del exterior para a continuación sintetizarla en algo de valor inmediato. Las implicaciones universales, místicas o duraderas, que es quizá donde reside la verdad, no me interesan.

—Pero ¿y los recuerdos? —le preguntó el señor Umezaki—. ¿Cómo los utiliza?

—¿Para formar una teoría o llegar a una conclusión?

—Sí, exactamente.

De haber sido más joven, Holmes le habría dicho que la memoria visual es fundamental para resolver ciertos problemas. Porque cuando examinaba un objeto o investigaba una escena del crimen, todo se convertía al instante en precisas palabras o números que se correspondían con las cosas que observaba. Cuando las conversiones formaban un patrón en su mente (una serie de oraciones o ecuaciones especialmente vívidas que podía pronunciar y visualizar) lo encerraba en su memoria y, aunque podía mantenerse latente durante esas épocas en las que estaba ocupado con otras cosas, emergía de inmediato siempre que concentraba su atención en las situaciones que lo habían generado.

—Con el tiempo me he dado cuenta de que mi mente ya no funciona de un modo tan fluido —continuó Hol-

4. Evangelio de san Juan, 18:38.

mes—. El cambio ha sido gradual, pero ahora puedo ver claramente la diferencia. Mi método para recordar, las agrupaciones de palabras y números, ya no es tan sencillo como antes. Mientras viajaba por la India, por ejemplo, me bajé del tren en alguna parte del país, una parada breve en un lugar donde nunca había estado antes, y me abordó un mendigo medio desnudo que bailaba por dinero, un tipo de lo más alegre. Antes habría observado minuciosamente todo lo que había a mi alrededor, la arquitectura de la estación, los rostros de los viandantes, los vendedores, pero eso rara vez ocurre ahora. No recuerdo el edificio de la estación y no podría decir si había comerciantes o gente cerca. Lo único que recuerdo es un mendigo bronceado y sin dientes bailando frente a mí con un brazo extendido para recibir un par de peniques. Lo que me importa ahora es que poseo esa deliciosa visión; dónde ocurrió no tiene importancia. Si esto hubiera pasado hace sesenta años, me turbaría ser incapaz de recordar la ubicación y sus detalles. Pero ahora solo retengo lo que es necesario. Los detalles menores no son esenciales: lo que aparece en mi mente ahora son impresiones rudimentarias, no su frívolo entorno. Y me siento agradecido por ello.

El señor Umezaki no dijo nada. Tenía la expresión distraída y pensativa de alguien que está procesando información. Después, asintió con la cabeza y relajó el rostro.

—Es fascinante... Me refiero a su modo de describirlo —dijo con vacilación.

Sin embargo, Holmes ya no lo escuchaba. La puerta del pasillo se había abierto y una delgada y joven mujer con gafas de sol había entrado en el vagón. Llevaba un quimono gris y una sombrilla cerrada. Se dirigía con vacilación hacia ellos y se detenía cada pocos pasos como para recuperar el equilibrio; entonces, todavía en el pasillo, miró una ventana cercana y se quedó un instante observando el paisaje que se movía con rapidez. Al ponerse de perfil, mostró una amplia y desfiguradora cicatriz queloide que reptaba como tentáculos desde debajo de su ropa; subía por su cuello y su mandíbula hasta el lado derecho de la cara para desvanecerse entre su impecable cabello negro. Cuando siguió avanzando y pasó de largo, Holmes pensó: «Fuiste una joven seductora. No hace mucho, fuiste la mujer más hermosa que nadie ha visto nunca».

137

12

Llegaron a la estación de Hiroshima a primera hora de la tarde. Abandonaron el tren y entraron en una bulliciosa y atestada zona con tenderetes ilegales. El ruido del parloteo de los regateadores, el intercambio de artículos ilícitos y el ocasional berrinche de un niño cansado era atronador, pero después del monótono traqueteo y de las constantes vibraciones inherentes a un viaje en tren, tal clamor humano era bienvenido. Como le indicó el señor Umezaki, estaban entrando en una ciudad recién nacida a los principios de la democracia. Justo aquel mes, el voto popular había nombrado a su alcalde en las primeras elecciones tras la guerra.

No obstante, al atisbar las afueras de Hiroshima desde el vagón de pasajeros, Holmes había visto pocos indicios de que cerca de allí hubiera una animada ciudad; en lugar de eso, se había fijado en las aldeas improvisadas, en los grupos de casuchas de madera levantadas cerca unas de otras y separadas solo por los amplios campos de ambrosías. Cuando el tren aminoró la velocidad, al acercarse a la ruinosa estación, se dio cuenta de que la ambrosía, que brotaba sobre un oscuro y desigual terreno de tierra calcinada y trozos de cemento y escombros, estaba, de hecho, floreciendo sobre la tierra quemada en la que anteriormente se habían alzado edificios de oficinas, distritos comerciales y vecindarios completos.

El señor Umezaki le contó entonces que las ambrosías, que normalmente eran detestadas, se habían convertido en una inesperada bendición después de la guerra. En Hiroshima, la súbita aparición de estas plantas había ofrecido esperanza y una sensación de renacimiento que había disipado la hasta entonces aceptada teoría de que la ciudad sería un lugar estéril durante al menos setenta años. Allí y en el resto de los lugares, su abundancia había evitado que la hambruna causara estragos en la población.

—Las hojas y las flores se han convertido en un ingrediente habitual para rellenar la pasta —dijo Umezaki—. No saben demasiado bien, créame, lo sé, pero los que no pueden seguir con el estómago vacío se las comen para aliviar el hambre.

Holmes había continuado mirando por la ventanilla, buscando indicios más evidentes de la cercanía de la ciudad, pero, cuando el tren entró en el patio de maniobras, solo podía ver las casuchas de madera (cada vez más, algunas con espacio vacío a su alrededor que habían transformado en modestos huertos) y el río Enko, que corría paralelo a las vías.

—No me importaría probar esa pasta rellena yo mismo, ya que tengo el estómago vacío. Parece un mejunje singular.

El señor Umezaki asintió.

—Es singular, sin duda, aunque no en el buen sentido.

—Aun así, resulta intrigante.

Sin embargo, aunque Holmes esperaba un almuerzo tardío de pasta rellena de ambrosía, fue otra especialidad local la que finalmente lo atrajo: una tortita japonesa cubierta por una salsa dulce, rellena con lo que el cliente eligiera de una lista, que despachaban muchos de los vendedores ambulantes y en los puestos de fideos improvisados alrededor de la estación de Hiroshima.

—Se llama *okonomiyaki* —le explicó más tarde el señor Umezaki mientras, sentados ante el mostrador de una tienda de fideos, veían cómo el cocinero preparaba hábilmente su almuerzo sobre una enorme plancha de hierro, cuyos chisporroteantes aromas flotaban hasta ellos para estimular aún más sus apetitos.

Continuó mencionando que había probado el plato por primera vez de niño, mientras estaba de vacaciones en Hiroshima con su padre. Desde aquel viaje infantil, había visitado la ciudad un puñado de veces. Aunque normalmente solo se quedaba lo suficiente para cambiar de tren, a veces había algún vendedor de *okonomiyaki* en la estación.

—Nunca he podido resistirme: el mero olor me lleva de nuevo a aquel fin de semana con mi padre. Vinimos a visitar el jardín Shukkei-en. Rara vez pienso en nuestro viaje juntos, o en nosotros juntos en general, sin el olor del *okonomiyaki* en el ambiente.

Mientras comían, Holmes hizo una pausa entre bocados, hurgó en el interior de la tortita con un palillo y observó la mezcla de carne, fideos y col.

—Es un plato muy sencillo, pero exquisito. ¿No le parece?

El señor Umezaki apartó la mirada del trozo de tortita que tenía entre sus palillos. Parecía ocupado en masticar y no respondió hasta haber tragado.

—Sí —dijo al final—. Sí…

Después, siguiendo las rápidas y confusas indicaciones del atareado cocinero, se dirigieron al jardín Shukkei-en, un retiro del siglo XVII que Umezaki sabía que a Holmes le gustaría visitar. Mientras cargaba con la maleta y dirigía el camino por aceras rebosantes de peatones, postes telefónicos y pinos torcidos, pintó un vívido retrato cuyos detalles estaba extrayendo de sus recuer-

141

dos infantiles del lugar. Porque el jardín, le contó a Holmes, era un paisaje en miniatura. Tenía un estanque inspirado en el famoso lago Xi Hu de China, riachuelos, islotes y puentes que parecían mucho más grandes de lo que eran en realidad. Un oasis inimaginable, pensó Holmes cuando intentó visualizar el jardín, imposible de concebir en una ciudad asolada que intentaba emprender una reconstrucción cuyos sonidos los rodeaban: el golpeteo de los martillos, el rugido de la maquinaria pesada, los obreros bajando la calle cargados de madera y el traqueteo de caballos y coches.

En cualquier caso, admitió el señor Umezaki, la Hiroshima de su juventud ya no existía, y temía que la bomba hubiera dañado el jardín. A pesar de todo, creía que parte de su encanto original permanecería intacto, posiblemente el pequeño puente de piedra que cruzaba el estanque, quizá la linterna de piedra con la imagen esculpida de Yang Kwei Fei.

—Supongo que lo descubriremos pronto —dijo Holmes, ansioso por cambiar las soleadas calles por un entorno sereno y relajante, un sitio donde pudiera detenerse un rato bajo la sombra de los árboles para secarse el sudor de la frente.

Sin embargo, cuando se acercaron al puente que salvaba el río Motoyasu, en el desolado centro de la ciudad, el señor Umezaki se percató de que habían girado mal en una esquina, o de que habían entendido mal las apresuradas instrucciones del cocinero. Aun así se sintieron obligados a no detenerse y seguir adelante hacia lo que les esperaba: la «Cúpula de la Bomba Atómica», tal como la llamó Umezaki cuando señaló la cúpula de hormigón armado que había sido desnudada por la explosión. Su dedo índice siguió subiendo hasta llegar al cielo azul. Y allí, reveló, se produjo la enorme y cegadora explosión, aquel inexplicable *pika-don* que se había tragado la ciudad en una tormenta de fuego y que había provocado varios días de lluvia negra: radioactividad mezclada con las cenizas de las casas, los árboles y los cuerpos que habían sido arrasados por la explosión y que habían subido en remolinos hasta la atmósfera.

Mientras se aproximaban al edificio, empezó a soplar una brisa que llegaba del río y la calurosa tarde se enfrió de repente. Los sonidos de la ciudad, amortiguados por la brisa, eran menos molestos cuando se detuvieron para fumar un cigarro. El señor Umezaki dejó la maleta en el suelo antes de encender el puro de Holmes y ambos hombres se sentaron sobre una columna de cemento caída a cuyo alrededor crecían distintas hierbas y flores silvestres. Aparte de lo que parecía ser un pequeño grupo de árboles recién plantados, en la zona no había nada parecido a una sombra; era un trozo de tierra en la que no había más que una mujer mayor acompañada por otras dos más jóvenes y que parecía un litoral desierto tras el paso de un huracán. A un par de metros de distancia, en la valla que rodeaba el edificio de la Cúpula de la Bomba Atómica, vieron a las mujeres colocando de rodillas una guirnalda de grullas de papel entre las miles de guirnaldas que había ya allí. Mientras fumaban y expulsaban el humo entre sus labios fruncidos, miraron fascinados la estructura de cemento, un ruinoso símbolo que resistía cerca de la zona cero, un intimidatorio homenaje a los muertos. Después de la explosión había sido uno de los pocos edificios que no habían quedado reducidos a escombros fundidos; la estructura de metal que conformaba el esqueleto de la cúpula se arqueaba sobre las ruinas y sobresalía contra el cielo, pero casi todo lo demás se había fragmentado, ardido y desaparecido. En el interior no había suelo, ya que las ondas sísmicas lo habían arrasado todo dejando en pie solo las paredes.

Aun así, a Holmes le dio la impresión de que aquel edificio transmitía esperanza, aunque no estaba seguro

143

del porqué. Quizá, reflexionó, la esperanza se dejaba ver
en los gorriones que se posaban en las oxidadas vigas
del edificio y en los trozos de cielo azul presentes en el
interior de la cúpula hueca, o quizá, como resultado de
aquella inconmensurable destrucción, la desafiante per-
severancia del edificio era en sí misma un heraldo de esperanza. Pero varios minutos antes, al ver por primera
vez el edificio, la cercanía de la cúpula, que sugería tan-
tas muertes violentas, lo había llenado de un profundo
pesar por el camino al que la ciencia moderna había con-
ducido finalmente a la humanidad: aquella incierta
época de alquimia atómica. Recordó las palabras de un
médico londinense al que había interrogado una vez,
un individuo inteligente y razonable que, sin ningún
motivo aparente, había asesinado a su esposa y a sus
tres hijos con estricnina antes de prender fuego a su propia casa. Cuando le preguntaron las razones de su crimen, el médico se negó a hablar; al final, escribió tres
frases en una hoja de papel: «Una gran carga está co-
menzando a presionar la tierra desde todas partes a la
vez. Debido a ello, debemos detenernos. Debemos parar;
de lo contrario, la Tierra se detendrá por completo y dejará de girar alrededor de los que la hemos exprimido».
Solo entonces, muchos años después, consiguió encontrar algo de sentido a aquella críptica explicación, por
poco convincente que fuera.

144

—No tenemos mucho tiempo —dijo el señor Ume-
zaki. Tiró la colilla de su cigarrillo y la aplastó con el pie.
Echó un vistazo a su reloj—. No, me temo que no nos
queda tiempo. Si queremos ver el jardín y tomar el ferri
a Miyajima, deberíamos irnos ya; es decir, si queremos
llegar al balneario de Hofu al anochecer.

—Por supuesto —dijo Holmes, y preparó sus bastones.

Mientras se levantaba de la columna, el señor Umezaki se excusó y se acercó a las mujeres para obtener indicaciones precisas sobre cómo llegar al jardín Shukkei-

en; la brisa le llevó su amistoso saludo y su voz inquisitiva. Todavía saboreando su puro, Holmes observó al señor Umezaki y a las tres mujeres, sonrientes bajo el lúgubre edificio y el sol de la tarde. La mujer más anciana,
cuyo arrugado rostro podía ver con claridad, estaba sonriendo con una alegría inusual que traicionaba la infantil inocencia que a veces reaparece con la edad. Entonces,
como si se hubieran puesto de acuerdo, las tres hicieron
una reverencia y el señor Umezaki, tras hacer lo mismo,
se alejó rápidamente de ellas y su sonrisa se disolvió de
inmediato en una estoica y sombría expresión.

13

$\mathcal{A}$l igual que en la Cúpula de la Bomba Atómica, una alta verja rodeaba el jardín Shukkei-en para impedir la entrada. Sin embargo, el señor Umezaki estaba decidido y, como al parecer habían hecho otros antes, encontró una grieta en la verja. Holmes sospechaba que la habían abierto con unos alicates y la habían ensanchado usando unos guantes, para crear un hueco lo suficientemente grande que permitiera el paso de una persona. Al cabo de poco, estuvieron paseando por los interconectados y enrevesados senderos, que estaban cubiertos de un hollín grisáceo y que se enrollaban alrededor de oscuros estanques sin vida o de los restos de cerezos y ciruelos carbonizados. Caminaban despacio y a menudo se detenían para mirar los frágiles restos quemados del histórico jardín: los ennegrecidos vestigios de las salas de té, un exiguo grupo de azaleas donde antes habían florecido cientos, posiblemente miles.

Sin embargo, el señor Umezaki se mantuvo en silencio ante todo lo que observaban y, para consternación de Holmes, ignoró todas las preguntas que le hizo sobre el antiguo esplendor del jardín. Además, parecía reacio a mantenerse junto a Holmes; a veces caminaba por delante, o se rezagaba de repente mientras Holmes, ajeno a ello, continuaba caminando. De hecho, después de preguntar el camino a las mujeres, el señor Umezaki se había mostrado bastante taciturno, lo que sugería que había recibido alguna información indeseada. Seguramente, suponía Holmes, que el jardín de su recuerdo se había convertido en un inhóspito lugar de propiedad privada, al que estaba prohibido el paso.

Sin embargo, pronto descubrió que no eran los únicos intrusos allí. Caminando hacia ellos por el sendero, vieron a un hombre de aspecto sofisticado, de cincuenta y pocos años y con la camisa remangada, que sostenía la mano de un alegre niño que saltaba a su lado vestido con un pantaloncito azul y una camisa blanca. Cuando se acercaron, el hombre asintió educadamente al señor Umezaki y le dijo algo en japonés. Cuando le contestó, asintió de nuevo con educación. Parecía que quería decir algo más, pero el chico le tiró de la mano para que continuara; asintió por última vez y se alejó.

148 Cuando Holmes le preguntó qué le había dicho el hombre, el señor Umezaki negó con la cabeza y se encogió de hombros. Holmes sabía que aquel breve encuentro había tenido un efecto perturbador en Umezaki. Su anfitrión parecía distraído, no dejaba de mirar sobre su hombro y tenía los nudillos blancos por la fuerza con la que sujetaba el asa de la maleta; parecía que había visto un fantasma. Entonces, antes de adelantarse una vez más, dijo:

—Qué extraño... Creo que acabamos de cruzarnos con mi padre y conmigo mismo, aunque no sé dónde estaba mi hermano pequeño; me refiero a mi hermano de verdad, no Hensuiro. Como usted estaba convencido de que era hijo único y, de hecho, viví la mayor parte de mi vida sin hermanos, no vi la necesidad de mencionárselo. Verá, mi hermano murió de tuberculosis... De hecho, falleció apenas un mes o dos después de que recorriéramos juntos este mismo sendero. —Miró atrás mientras apresuraba el paso—. Qué extraño, Sherlock-*san*. Fue hace muchos años, y aun así parece que ocurrió ayer.

—Es cierto —dijo Holmes—. El irrespetuoso pasado me asalta a veces con vívidas e inesperadas impresiones, momentos que apenas recordaba hasta que volvieron a visitarme.

El camino los llevó hasta un estanque más grande y se curvó hacia un puente de piedra que se arqueaba sobre las aguas. Varias islas diminutas con restos de salas de té, casetas y otros puentes, salpicaban el lago. El jardín parecía, de repente, enorme y alejado de cualquier ciudad. El señor Umezaki se detuvo más adelante y esperó a que Holmes lo alcanzara; entonces ambos hombres miraron durante un rato a un monje sentado con las piernas cruzadas en una de las islas, erguido y totalmente inmóvil, como una estatua, con la cabeza afeitada gacha en oración.

Holmes se agachó cerca de los pies del señor Umezaki, cogió un guijarro de color turquesa del camino y se lo metió en el bolsillo.

—No creo que en Japón exista nada parecido a eso que llaman destino —dijo el señor Umezaki al final, con la mirada fija en el monje—. Tras la muerte de mi hermano, cada vez vi menos a mi padre. Viajaba mucho en aquella época, sobre todo a Londres y a Berlín. Había perdido a mi hermano, que se llamaba Kenji, y el dolor de mi madre impregnaba toda la casa, así que deseaba con todas mis fuerzas acompañarlo en sus viajes. Pero yo todavía iba al colegio y mi madre me necesitaba a su lado más que nunca. Mi padre, sin embargo, me animó: me prometió que, si aprendía inglés y me iba bien en el colegio, algún día podría viajar al extranjero con él. Así que, como puede imaginar que haría un niño ilusionado, pasé mis horas libres aprendiendo a leer, escribir y hablar inglés. Supongo que, en cierto sentido, aquella solicitud avivó mi resolución de convertirme en escritor.

Cuando comenzaron a andar de nuevo, el monje levantó la cabeza hacia el cielo. Estaba entonando algo en voz baja, un gutural sonsonete que se propagaba por el estanque como ondas.

—Más o menos un año después —continuó el señor Umezaki—, mi padre me envío un libro desde Londres, una cuidada edición de *Estudio en escarlata*.[5] Fue la primera novela que leí de principio a fin en inglés, y también mi introducción a los relatos del doctor Watson de sus aventuras. Lamentablemente, no tuve la oportunidad de leer la edición inglesa de sus otros libros durante un tiempo, hasta que salí de Japón para asistir a la universidad en Inglaterra. Mi madre, debido a su estado mental, se negó a permitir que en nuestro hogar se leyera ningún libro relacionado con usted o con Inglaterra. De hecho, se libró de ese ejemplar que me había enviado mi padre sin mi permiso después de encontrarlo escondido. Por suerte, había terminado de leer el último capítulo la noche anterior.

—Una reacción un tanto exagerada por su parte —dijo Holmes.

—Sí —concedió el señor Umezaki—. Estuve dos semanas enfadado con ella. Me negué a dirigirle la palabra y a comer lo que cocinaba. Fue una época difícil para todos.

Llegaron a unas lomas situadas en la orilla norte del estanque, donde, más allá de los límites del jardín, un río cercano y las lejanas colinas proporcionaban una hermosa vista. Había una roca cerca que habían colocado para que hiciera de banco natural, ya que su mitad superior estaba pulida y aplanada. Holmes y el señor Umezaki se sentaron para disfrutar de las vistas del jardín.

---

5. *Estudio en escarlata* es la primera obra de Arthur Conan Doyle en la que aparece Sherlock Holmes.

Holmes se sentía tan erosionado como aquella vieja piedra que descansaba entre las lomas y que resistía, aun cuando todo lo demás estaba desvaneciéndose o desapareciendo. Al otro lado del estanque, en la orilla opuesta, se divisaban las extrañas siluetas de los árboles caídos, las retorcidas y estériles ramas que ya no ocultaban el jardín de las bulliciosas calles y casas de la ciudad. Se quedaron un rato allí, contemplando las vistas sin apenas hablar, hasta que Holmes, que había estado meditando en lo que Umezaki le había contado, dijo:

—Espero no pecar de curioso, pero asumo que su padre ya no vive.

—Cuando se casaron, doblaba la edad a mi madre —dijo el señor Umezaki—, así que estoy bastante seguro de que ha fallecido, aunque desconozco cuándo o dónde ocurrió. Si le soy sincero, esperaba que usted me lo dijera.

—¿Cómo podría saberlo yo?

El señor Umezaki se inclinó hacia delante, unió las yemas de los dedos y miró a Holmes con decisión.

—Durante nuestra correspondencia, ¿no le resultó familiar mi apellido?

—No, no podría decir tal cosa. ¿Debería habérmelo sido?

—El nombre de mi padre, entonces: Umezaki Matsuda, o Matsuda Umezaki.

—Me temo que no lo comprendo.

—Parece que usted tuvo relación con mi padre mientras estuvo en Inglaterra. No he sabido cómo abordar el asunto porque temía que cuestionara mis razones al invitarle a mi casa. Supongo que di por sentado que usted mismo establecería la relación.

—¿Y cuándo se produjo este encuentro? Porque le aseguro que no lo recuerdo.

Umezaki asintió y abrió la maleta que había dejado a

151

sus pies. Buscó entre su ropa y sacó una carta que desdobló y entregó a Holmes.

—Esto llegó con el libro que me mandó mi padre. Era una carta para mi madre.

Holmes acercó la carta a su rostro y la examinó.

152

—Fue escrita hace cuarenta, tal vez cuarenta y cinco años, ¿verdad? Observe cómo han amarilleado los bordes del papel y cómo se ha azulado la tinta negra. —Holmes le devolvió la carta—. Su contenido, desafortunadamente, escapa a mi entendimiento. Así que si me hiciera el favor…

—Haré lo que pueda. —Con expresión distante y alterada, Umezaki empezó a traducir—: «Después de consultarlo con el gran detective Sherlock Holmes, aquí en Londres, me he dado cuenta de que lo mejor para todos es que permanezca en Inglaterra indefinidamente. Como podrás comprobar en el libro, es un hombre sabio e inteligente, y no deberíamos tomar a la ligera su opinión en este asunto. Ya he dispuesto que mis propiedades y mis finanzas queden a tu entera disposición hasta que Tamiki pueda hacerse cargo de esas responsabilidades como adulto». —El señor Umezaki comenzó a doblar la carta y añadió—: La carta tiene fecha del 23 de marzo. El año era 1903, lo que significa que yo tenía once años, y él, cincuenta y nueve. Nunca volvimos a saber de él ni descubrimos por qué se sintió obligado a quedarse en Inglaterra. En otras palabras, esto es todo lo que sabemos.

—Lo lamento —dijo Holmes mientras Umezaki volvía a guardar la carta en la maleta. En aquel momento, no podía decirle que creía que su padre era un mentiroso, pero podía aprovechar su desconcierto para explicarle que no estaba seguro de que esa reunión se hubiera producido—. Es posible que lo conociera, y también que no lo hiciera. No se imagina cuánta gente acudía a nosotros en aquella época, literalmente miles. Y, aun así, pocos perduran en mi mente, aunque creo que recordaría a un japonés en Londres, ¿no le parece? Sin embargo, no puedo asegurárselo. Lo siento, porque sé que esto no le es de mucha ayuda.

El señor Umezaki agitó la mano para quitarle importancia y eso, casi por voluntad propia, provocó que se librara de la gravedad de su semblante.

—No merece la pena —dijo con despreocupación—. Mi padre no me importa demasiado; desapareció hace mucho tiempo, ¿entiende? Está enterrado en mi infancia junto a mi hermano. Tenía que preguntárselo por mi madre, porque ella siempre se lo ha preguntado. Hoy en día, sigue con esa agonía. Sé que debería haberle hablado de esto antes, pero era difícil hacerlo en su presencia, así que decidí contárselo durante el viaje.

—Su discreción y su devoción por su madre son encomiables.

—Gracias —respondió Umezaki—. Y, por favor, este pequeño asunto no debe empañar las verdaderas razones por las que usted está aquí. Mi invitación fue sincera, quiero dejar eso claro. Tenemos mucho que ver y de lo que hablar.

—Naturalmente —dijo Holmes.

Sin embargo, no se dijo nada de interés durante un buen rato después de aquella charla, aparte de algunas breves generalidades pronunciadas por el señor Umezaki.

—Deberíamos irnos o perderemos el ferri.

Ninguno de los dos hombres se sintió inclinado a iniciar una conversación, ni cuando se marcharon del jardín, ni cuando subieron a bordo del ferri que los llevaría a la isla Miyajima, ni cuando vieron el enorme *torii*[6] rojo que se alzaba sobre el mar. Su embarazoso silencio no hizo más que aumentar y se quedó con ellos mientras viajaban en autobús hasta Hofu y mientras se preparaban para pasar la noche en el balneario Momijiso, un lugar donde, según la leyenda, un zorro blanco se había curado una pata herida en las curativas aguas termales y donde, sumergido en una bañera de las célebres aguas, uno podía ver el rostro del zorro flotando entre el vapor. El silencio se disipó justo antes de la cena, cuando el señor Umezaki miró a Holmes directamente y sonrió de oreja a oreja.

—Hace una tarde estupenda.

Holmes le devolvió la sonrisa sin entusiasmo.

—Verdaderamente —respondió, conciso.

6. Arco que suele encontrarse a la entrada de los santuarios sintoístas y que marca la frontera entre el espacio profano y el sagrado.

14

Sin embargo, aunque el señor Umezaki había cerrado el asunto de la desaparición de su padre con un ademán, Holmes estaba preocupado por el dilema de Matsuda. Porque ahora estaba convencido de que el nombre le sonaba. ¿Era posible que esta sensación estuviera provocada porque ya estaba familiarizado con el apellido? Y por eso, durante su segunda noche juntos, mientras comían pescado y bebían sake en una posada de Yamaguchi, preguntó al señor Umezaki por su padre. Su primera pregunta provocó una larga e incómoda mirada.

—¿Por qué me pregunta eso ahora?

—Siento decir que mi curiosidad me supera.

—¿Solo eso?

—Me temo que sí.

El señor Umezaki, cuya efusividad iba aumentando copa tras copa, respondió amablemente a sus preguntas. Cuando ambos estuvieron borrachos, Umezaki se detenía a veces en mitad de una frase, incapaz de terminar lo que estaba diciendo. Se quedó mirando a Holmes sin poder evitarlo, con los dedos apretados alrededor del vaso. Pronto dejó de hablar y fue Holmes, por una vez, quien lo ayudó a levantarse y a caminar. En breve se retiraron a sus respectivas habitaciones. A la mañana siguiente, mientras visitaban tres aldeas y santuarios cercanos, no mencionaron la conversación de la noche anterior.

El tercer día fue el momento cumbre del viaje para Holmes. Tanto el señor Umezaki como él estaban muy animados, aunque sufrían las desagradables consecuencias de haber bebido demasiado, y era un hermoso día de primavera. Su conversación saltó de tema en tema natural y despreocupadamente mientras viajaban en autobús a través de la campiña. Hablaron de Inglaterra y de apicultura; conversaron de la guerra y de los viajes que ambos habían hecho en su juventud. Holmes se sorprendió al descubrir que el japonés había estado en Los Ángeles y que había estrechado la mano a Charles Chaplin; Umezaki, por su parte, quedó fascinado por el relato de Holmes de sus aventuras en el Tíbet, donde había visitado Lhasa y había pasado algunos días con el Dalái Lama.

Aquella amistosa y animada charla continuó hasta la tarde. Visitaron un mercado donde Holmes compró un abrecartas ideal, una espada corta *kusun-gobu*, y fueron testigos de un inusual festival de la fertilidad en otra aldea, donde charlaron discretamente mientras una procesión de sacerdotes, músicos y aldeanos vestidos como demonios desfilaban por la calle. Los hombres sostenían falos erectos de madera y las mujeres llevaban penes más pequeños, tallados y envueltos en papel rojo, mientras que los espectadores tocaban el extremo superior de los falos para asegurar la buena salud a sus hijos.

—Qué interesante —comentó Holmes.

—Supuse que esto le gustaría —dijo el señor Umezaki.

Holmes sonrió ladinamente.

—Amigo mío, creo que esto es mucho más de su interés que del mío.

—Supongo que tiene razón —asintió el señor Umezaki, y sonrió mientras extendía los dedos hacia uno de los falos.

Sin embargo, la noche fue como la anterior: otra posada, cena juntos, rondas de sake, cigarrillos y puros, y más preguntas sobre Matsuda. Ya que era imposible que Umezaki lo supiera todo sobre su padre y que las preguntas de Holmes iban de lo general a lo concreto, sus respuestas eran a menudo indefinidas, o se limitaba a encogerse de hombros o a decir «No lo sé». Aun así, no se negó a responder ni siquiera cuando las preguntas despertaban momentos infelices de su infancia y de la agonía del dolor de su madre.

—Destruyó muchas cosas… Casi todo lo que mi padre había tocado. Prendió fuego a nuestra casa dos veces e intentó convencerme para que me suicidara con ella. Quería que nos metiéramos juntos en el mar para ahogarnos; habría sido su venganza por el daño que nos había hecho mi padre.

—Supongo, entonces, que su madre alberga una gran antipatía hacia mí. La buena mujer apenas puede contener su desprecio; me di cuenta al poco de llegar.

—No, no le tiene demasiado aprecio, pero, si le soy sincero, ella no le tiene demasiado aprecio a nadie, así que no debería tomárselo como algo personal. Apenas tolera a Hensuiro y desaprueba el camino que he tomado en la vida. No me he casado y vivo con mi compañero; ella culpa a mi padre de ello. Cree que un chico no puede convertirse en un hombre a menos que un padre le enseñe lo que eso significa.

—¿No fui yo, supuestamente, crucial en la decisión de abandonarlos?

—Ella cree que sí.

—Entonces debo tomármelo como algo personal. ¿Cómo podría no hacerlo? Espero que usted no comparta su opinión.

—No, de ninguna manera. Mi madre y yo pensamos de un modo distinto. Yo no le guardo ningún rencor. Usted es para mí, si me permite decirlo, un héroe y un nuevo amigo.

—Me halaga —dijo Holmes, y levantó el vaso en un brindis—. Por los nuevos amigos.

Aquella noche, había en el rostro del señor Umezaki una expresión atenta y confiada. Holmes percibió esperanza en ella: Umezaki, al hablar de su padre, al relatar lo que sabía, creía que el detective retirado arrojaría una luz sobre su desaparición o, al menos, que proporcionaría una nueva perspectiva cuando el interrogatorio concluyera. Más tarde, cuando estuvo claro que Holmes no tenía nada que revelar, apareció una expresión distinta en su rostro, triste y un poco malhumorada.

«Cancrosis y melancolía», pensó Holmes después de que el señor Umezaki reprendiera a una camarera que había derramado por accidente sake sobre la mesa.

Posteriormente, durante la última etapa de su viaje, hubo momentos de introspección interrumpidos solo por las exhalaciones de humo de tabaco. A bordo del tren que se dirigía a Shimonoseki, el señor Umezaki escribía en su cuaderno rojo, y Holmes (ocupado con lo que sabía sobre Matsuda) miraba por la ventana siguiendo el curso de un estrecho río que bordeaba las abruptas montañas. A veces, el tren pasaba cerca de casas de campo que tenían un barril de setenta y cinco litros junto a la orilla del río; en el lateral de cada barril ponía, según le había explicado el señor Umezaki, «Agua para la extinción de incendios». También vio, por el camino, pequeñas aldeas rodeadas de montañas. Suponía que llegar a la cima de aquellas montañas era como estar sobre la provincia, ante una imponente vista de todo lo que se extendía debajo: los valles, las aldeas, las lejanas ciudades, quizá todo el mar interior.

Mientras examinaba aquel panorama, Holmes reflexionó sobre todo lo que Umezaki le había contado acerca de su padre. Tenía en la mente un retrato del desaparecido, alguien cuya presencia casi parecía conjurar el pasado: los rasgos finos y la alta estatura, la forma característica de su delgado rostro, la perilla de un intelectual de Meiji. Sin embargo, Matsuda fue también un diplomático y estadista que sirvió como ministro de Asuntos Exteriores de Japón antes de que la desgracia acortara su mandato. Incluso así era considerado un personaje enigmático, conocido por su habilidad para la lógica y el debate, y por su extenso conocimiento de la política internacional. El más importante de sus muchos logros era un libro que documentaba la guerra entre Japón y China, escrito mientras vivía en Londres y que detallaba, entre otras cosas, la diplomacia secreta que tuvo lugar antes del estallido de la guerra.

Ambicioso por naturaleza, las aspiraciones políticas de Matsuda surgieron durante la restauración Meiji, cuando entró al servicio del Gobierno, a pesar de los deseos de sus padres. Aunque lo consideraban un advenedizo, porque no estaba asociado con ninguno de los cuatro clanes del oeste, sus habilidades eran tan impresionantes que al final le ofrecieron la dirección de un grupo de prefecturas. Mientras ocupaba ese cargo, en 1870, realizó su primera visita a Londres. Cuando estaba a punto de dimitir de su puesto gubernamental, fue elegido para unirse al Ministerio de Asuntos Exteriores, pero su prometedora carrera finalizó tres años después, cuando el Gobierno lo descubrió conspirando a favor de su derrocamiento. Este complot fracasado lo condujo a una larga estancia en prisión, donde, en lugar de consumirse tras los barrotes, siguió haciendo un importante trabajo, como su traducción al japonés de *Introducción a los principios de la moral y la legislación*, de Jeremy Bentham.

159

Tras salir de prisión, Matsuda se casó con su joven esposa y, con el tiempo, tuvieron dos hijos. Mientras, pasó varios años viajando al extranjero, entrando y saliendo de Japón con frecuencia y tomando Londres como base en Europa, aunque también viajaba con frecuencia a Berlín y Viena. Aquel fue un largo periodo de estudio para él, en el que se centró en el derecho constitucional. Y aunque era considerado un erudito con un profundo conocimiento de occidente, sus ideales fueron siempre los de un autócrata.

—No se equivoque —le había dicho el señor Umezaki en aquella segunda noche de interrogatorio—. Mi padre creía que un único poder absoluto debía gobernar a su gente. Creo que por eso prefería Inglaterra a Estados Unidos. También creo que sus ideales dogmáticos le hacían demasiado impaciente para tener éxito en la política, y mucho menos para ser un buen padre o marido.

—¿Y cree que se quedó en Londres hasta su muerte?

—Es lo más probable.

—¿Y usted nunca lo buscó, mientras estuvo estudiando allí?

—Durante un breve tiempo, sí, pero encontrarlo resultó imposible. Si le soy sincero, mi búsqueda no fue exhaustiva, porque era un joven encandilado con mi nueva vida y mis nuevos amigos; no sentía una necesidad urgente de contactar con el hombre que nos había abandonado hacía tanto tiempo. Al final desistí y esa decisión me hizo sentir liberado. Para entonces él ya pertenecía, después de todo, a otro mundo. Éramos unos desconocidos.

Sin embargo, el señor Umezaki le confesó que, décadas después, se había arrepentido de aquella decisión. Porque ahora tenía cincuenta y cinco años (solo cuatro años menos que su padre la última vez que lo vio) y albergaba un creciente vacío en su interior, un espacio negro donde moraba la ausencia de su padre. Además, estaba convencido de que su padre debía haber compartido aquel mismo espacio vacío por la familia que nunca había vuelto a ver; tras el fallecimiento de Matsuda, aquella oscura y vacua herida había encontrado de algún modo el camino hasta su único hijo superviviente y se había enconado en su interior como una fuente frecuente de desconcierto y angustia, un problema sin resolver en un corazón envejecido.

—Entonces no es solo por su madre por lo que busca respuestas —dijo Holmes, con sus palabras mancilladas por el alcohol y el cansancio.

—No, supongo que no —contestó el señor Umezaki con cierto grado de desesperación.

—Busca la verdad por usted mismo, ¿no es cierto? Dicho de otro modo, necesita descubrir los hechos para su propio bienestar.

—Sí. —Umezaki reflexionó durante un instante mientras observaba el interior de su vaso de sake, antes de volver a mirar a Holmes—. ¿Y cuál es la verdad? ¿Cómo llega hasta ella? ¿Cómo desentraña el significado de aquello que desea permanecer oculto?

Mantuvo la mirada sobre Holmes, a la espera de que aquellas preguntas provocaran una reacción; si respondía, la desaparición de su padre y el dolor de su niñez empezarían a resolverse.

Pero Holmes estaba callado, como perdido en sus pensamientos. Su expresión introspectiva, mientras pensaba, trajo una punzada de optimismo al señor Umezaki. No había duda de que Holmes estaba consultando el amplio índice de su memoria. Como el contenido de una carpeta enterrada en lo más profundo de un archivador olvidado, los detalles recordados que rodeaban el abandono por parte de Matsuda de su familia y país natal darían paso, cuando fueran por fin recuperados, a una incalculable cantidad de información.

161

Los ojos de Holmes se cerrarían pronto (Umezaki estaba seguro de que la mente rumiante del viejo detective ya estaba llegando a los rincones más oscuros de ese archivador) y, casi de forma imperceptible, se dejaría oír un leve ronquido.

TERCERA PARTE

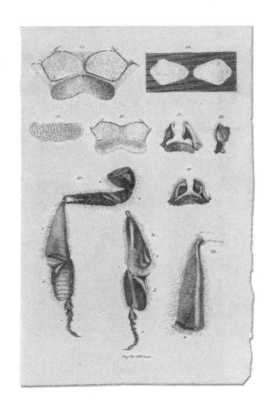

15

$\mathcal{F}$ue Holmes, después de despertarse ante el escritorio de su despacho con los pies entumecidos y salir a dar un paseo para activar su circulación, quien encontró a Roger aquella tarde. El chico estaba muy cerca del colmenar, parcialmente oculto entre las altas hierbas de la pradera, tumbado boca arriba con los brazos en los costados, descansando y mirando las lentas nubes. Y, antes de acercarse más o pronunciar su nombre, Holmes también pensó en aquellas nubes y se preguntó qué sería exactamente lo que había atrapado la atención del niño, ya que allí no había nada extraordinario que ver, nada excepto la gradual evolución del cúmulo y las amplias sombras de las nubes, que debilitaban de forma periódica la luz del sol y se movían por la pradera como olas sobre la costa.

—Roger, muchacho —dijo al final Holmes, mientras vadeaba la hierba con la mirada gacha—, por desgracia, tu madre te necesita en la cocina.

Holmes no había tenido intención de acercarse al colmenar. Solo había planeado un breve paseo por los jardines para examinar sus plantas, arrancar las malas hierbas o aplastar la tierra suelta con un bastón. Pero la señora Munro lo llamó cuando pasó junto a la puerta de la cocina y, mientras se quitaba la harina del delantal, le preguntó si podía buscar al chico por ella. Así que Holmes aceptó, aunque no sin cierta desgana, porque aún tenía trabajo por hacer en el ático y porque un paseo más allá de los jardines se convertiría inevitablemente en una larga pero bienvenida distracción. Estaba seguro de que, una vez pusiera el pie en el apiario, se quedaría hasta el atardecer mirando las colmenas, reordenando la cámara de cría o quitando cuadros innecesarios.

Algunos días después, sin embargo, se daría cuenta de que la petición de la señora Munro había sido tristemente fortuita: si ella misma hubiera ido a buscar al chico, no habría llegado más allá del colmenar, al menos no en un principio; no habría visto el rastro reciente entre las altas hierbas ni, tras recorrer aquel estrecho y curvado trayecto, habría visto a Roger yaciendo inmóvil, con la vista clavada en las sólidas nubes blancas. Sí, habría gritado su nombre desde el camino del jardín, pero, al no recibir respuesta, habría pensado que estaría en alguna otra parte (leyendo en la casita, persiguiendo mariposas en el bosque, quizá recogiendo conchas en la playa). No se habría preocupado de inmediato. La inquietud no se habría extendido por su rostro mientras sus piernas bifurcaban la hierba, mientras se acercaba a él y repetía su nombre.

—Roger —dijo Holmes—. Roger —susurró, de pie junto al chico, mientras presionaba suavemente su hombro con un bastón.

Más tarde, encerrado de nuevo en su despacho, solo recordaría los ojos del chico (aquellas dilatadas pupilas fijas en el cielo que trasmitían un cierto arrebatamiento) y pensaría poco más en lo que había visto entre las temblorosas hierbas: los labios, las manos y las mejillas hinchadas de Roger, las incontables ronchas de las picaduras que formaban patrones irregulares en el cuello, el rostro, la frente y las orejas del niño. Tampoco pensó en las pocas palabras que pronunció cuando se arrodilló junto a Roger, las serias palabras que, si las hubiera oído alguien, habrían sonado más que frías, mucho más que insensibles.

—Completamente muerto, muchacho. Muerto del todo, me temo...

Pero Holmes estaba habituado a la desagradable llegada de la muerte, o al menos eso quería creer, y sus inesperadas visitas ya difícilmente lo sorprendían. Durante su larga vida se había arrodillado junto a multitud de cadáveres (mujeres, hombres, niños y animales por igual, a veces desconocidos, otras no) para observar el modo definitivo en el que la parca había dejado su tarjeta de visita: moratones azulados a lo largo de un lado del cuerpo, piel descolorida, dedos rígidos por el rigor, aquel nauseabundo olor que llegaba hasta las fosas nasales de los vivos; múltiples variaciones del mismo e indiscutible tema. Como escribió una vez: «La muerte, como el crimen, es algo ordinario. La lógica, por otro lado, es un bien extraño. Por lo tanto, mantener una mentalidad lógica, sobre todo al enfrentarse a la mortalidad, puede ser difícil. Sin embargo, es siempre en la lógica, en lugar de en la muerte, en lo que hay que reflexionar».

Y así, también entre las altas hierbas, fue la lógica la que se lanzó como el escudo de una brillante armadura para repeler el desgarrador descubrimiento del cuerpo del chico, a pesar del ligero mareo que sintió, del temblor de sus dedos o de la confusa angustia que estaba empezando a florecer en su mente. En ese momento, que Roger hubiera muerto no era lo importante, se dijo para convencerse. Lo que importaba era cómo había llegado Roger a su fin. Pero, incluso sin examinar el cadáver, sin ni siquiera encorvarse para estudiar aquel rostro hinchado e inflamado, el escenario de la muerte del niño estaba claro.

El chico había sido picado por las abejas, por supuesto. Repetidas veces. Holmes lo supo al primer vistazo. Antes de que Roger pereciera, su piel habría adquirido una tonalidad rojiza, acompañada de un dolor abrasador y un picor generalizado. Puede que huyera de sus atacantes. En cualquier caso, caminó desde el colmenar hasta la pradera, probablemente desorientado, perseguido por el enjambre. No había rastros de vómito en su camisa ni alrededor de sus labios y barbilla, aunque seguramente había sufrido calambres abdominales y náuseas. Su presión sanguínea habría caído en picado, haciendo que se sintiera débil. La garganta y la boca se le habían hinchado, sin duda, impidiéndole tragar o pedir ayuda. A continuación, habría sufrido alteraciones del ritmo cardiaco, así como dificultad para respirar y, posiblemente, la noción de su inminente muerte (era un chico inteligente, habría presagiado su destino). Después, como si cayera a través de una trampilla, se había derrumbado en la hierba, inconsciente, para morir inusualmente con los ojos abiertos.

—Anafilaxia —murmuró mientras limpiaba de suciedad las mejillas del chico.

Una grave reacción alérgica, concluyó. Demasiadas picaduras. El extremo del espectro alérgico, una muerte relativamente rápida y desagradable. Alzó su triste mirada al cielo y observó el progreso de las nubes, sabedor de que el anochecer se iba abriendo paso al final del día.

«¿Qué había ocurrido? —se preguntó finalmente mientras luchaba con sus bastones para mantenerse en pie—. ¿Qué había hecho el chico? ¿Qué había provocado el ataque de las abejas?»

Porque el colmenar parecía tan tranquilo como siempre; cuando cruzó el abejero, buscando a Roger y llamándolo, Holmes no había visto ningún enjambre, y tampoco una actividad inusual en la entrada de las colmenas, nada fuera de lo ordinario. Además, no había una sola abeja cerca de Roger. Sin embargo, tendría que hacer un examen más profundo de las colmenas, una inspección apropiada. Necesitaría un mono, guantes, un sombrero y un velo, no fuera que un destino similar al del chico le esperara a él. Pero primero tenía que informar a las autoridades y a la señora Munro, y debían llevarse el cuerpo de Roger.

El sol ya estaba hundiéndose por el oeste y, tras los campos y los bosques, el horizonte tenía un tenue resplandor blanco. Holmes se apartó de Roger con paso vacilante y cruzó el prado, formando su propio camino torcido para evitar el colmenar y atravesando la hierba hasta que llegó a la gravilla del camino del jardín; allí se detuvo para mirar el tranquilo apiario a su espalda y el punto entre las hierbas donde se ocultaba el cuerpo del niño, ambos lugares bañados ahora en la dorada luz del sol. Justo entonces habló en voz baja y la trivialidad de sus quedas palabras hizo que se sintiera inmediatamente aturullado.

—¿Qué estás diciendo? —dijo de repente en voz alta mientras golpeaba la gravilla con sus bastones—. Qué... estás...

Una abeja obrera pasó volando por allí, seguida de otra, y su zumbido lo cohibió.

La sangre había abandonado su rostro y sus manos temblaban mientras sujetaban los bastones. Inhaló profundamente, intentando recuperar la compostura, y después se dio la vuelta hacia la hacienda, rápido. Pero no pudo continuar porque todo lo que había ante él (los parterres del jardín, la casa, los pinos) era vagamente tangible. Por un momento, se quedó inmóvil del todo, perplejo por lo que había a su alrededor y ante él.

«¿Cómo es posible —se preguntó— que haya terminado en una propiedad que no es la mía? ¿Cómo he llegado hasta aquí?»

—No —dijo—. No, no... Estás equivocado...

Cerró los ojos y llenó su pecho de aire. Tenía que

169

concentrarse, no solo recuperarse, sino también disipar aquella sensación de desconocimiento, porque él mismo había diseñado tanto el camino como el jardín. Había narcisos silvestres cerca, e incluso más cerca estaban las buddlejas púrpuras. Estaba seguro de que, si abría los ojos, reconocería sus cardos, vería sus macizos de hierbas. Y, al final, al separar los párpados, vio los narcisos, las buddlejas, los cardos y los pinos más allá. Entonces obligó a sus piernas a continuar y lo hizo con una lúgubre determinación.

—Por supuesto —murmuró—. Por supuesto...

Aquella noche, Holmes se detendría ante la ventana del ático y miraría la oscuridad. Decidiría no examinar los momentos que precedieran a su retirada al despacho, los detalles de todo lo que se dijo y explicó, la breve conversación con la señora Munro cuando entró en la casa.

—¿Lo ha encontrado? —le preguntó la mujer desde la cocina.

—Sí.

—¿Y ya está en camino?

—Me temo que sí.

—Ya era hora.

O la susurrada llamada telefónica en la que notificó a Anderson el fallecimiento del chico, le contó dónde podría encontrar el cuerpo y le advirtió que se mantuviera lejos del colmenar.

—Algo no va bien con mis abejas, así que tenga cuidado. Si usted se ocupa del niño e informa a su madre, yo me ocuparé de las abejas y le informaré mañana de todo lo que descubra.

—Estaremos allí enseguida. Lamento su pérdida, señor, de verdad que lo siento.

—Dese prisa, Anderson.

Se reprochaba haber evitado a la señora Munro en lugar de enfrentarse a ella directamente, su incapacidad para expresar sus remordimientos, para compartir parte de su agonía con ella, para estar a su lado cuando Anderson y sus hombres entraran en la casa. En lugar de eso, aturdido por la muerte de Roger y por la idea de enfrentarse a la madre del niño con la verdad, había subido las escaleras hasta su despacho y había cerrado la puerta. Se le olvidó volver al colmenar, como había planeado. Se sentó en su escritorio y redactó nota tras nota, apenas consciente del significado de aquellas frases escritas apresuradamente. Estaba pendiente de las idas y venidas de la casa, del repentino dolor de la señora Munro que llegaba de abajo, de sus alaridos guturales y sus sollozos jadeantes, una profunda aflicción que atravesó las paredes y los suelos, que resonó en los pasillos y terminó tan abruptamente como había comenzado. Minutos después, Anderson llamó a la puerta del despacho.

—Señor Holmes... Sherlock...

Así que Holmes le permitió la entrada de mala gana, aunque solo por un momento. Sin embargo, los detalles de su conversación (las cosas que Anderson sugirió, las cosas con las que Holmes se mostró de acuerdo) no calaron en él.

Y en el silencio posterior, una vez que Anderson y sus hombres se marcharon de la casa y se llevaron a la señora Munro en un vehículo y al niño en una ambulancia, se acercó a la ventana del ático desde la que no se podía ver más que una completa oscuridad. Pero, aun así, percibió algo, aquella perturbadora imagen que no podía borrar completamente de su memoria: los ojos azules de Roger en el prado, aquellas enormes pupilas que parecían mirar absortas, aunque estaban insoportablemente vacías.

Volvió a su escritorio y descansó durante un rato en su silla, encorvado hacia delante con los pulgares presionados contra los párpados.

—No —murmuró. Negó con la cabeza—. ¿Es así?

—preguntó en voz alta, levantando la cabeza—. ¿Cómo es posible?

Abrió los ojos y miró a su alrededor como si esperara encontrar a alguien cerca. Pero estaba solo en el ático, como siempre, sentado ante su escritorio con una mano buscando distraídamente su pluma.

Su mirada se posó sobre el trabajo que tenía delante, los montones de páginas, las pilas de notas… Y ese manuscrito sin terminar atado con una goma elástica. Las siguientes horas antes del alba no pensaría mucho en Roger; nunca llegaría a saber que el chico se había sentado en aquella misma silla para estudiar detenidamente el caso de la señora Keller y desear que terminara la historia. Y, aun así, aquella noche, se sintió obligado a terminar su relato, a buscar folios en blanco para escribir, a empezar a confeccionar una conclusión para sí mismo donde previamente nada había existido.

172   Entonces fue como si las palabras se adelantaran a sus propios pensamientos y las páginas se llenaron con facilidad. Las palabras empujaban su mano hacia delante mientras lo llevaban a él hacia atrás, atrás, atrás… A antes de los meses de verano en Sussex, antes de su reciente viaje a Japón, antes de las dos guerras, hasta un mundo que floreció entre el ocaso de un siglo y el nacimiento de otro. No pudo dejar de escribir hasta el amanecer. No pudo parar hasta que la tinta casi se hubo acabado.

16

III

En los jardines de la Sociedad de Física y Botánica

Como John documentó en algunos breves esbozos, a menudo me mostraba poco escrupuloso al trabajar en un caso, y mis acciones no siempre eran desinteresadas; porque, aquí, ser honesto sobre mis intenciones respecto a la fotografía de la señora Keller hubiera sido confesar que no la necesitaba en absoluto. De hecho, el caso estaba cerrado antes de que nos fuéramos de Portman aquella tarde de jueves, y podría haberlo revelado todo al señor Keller si el rostro de aquella mujer no me hubiera seducido de aquel modo. Aun así, al prolongar el final, sabía que podría verla en persona de nuevo, pero desde una perspectiva mejor. Quería la fotografía, además, por mis propias razones, así como por cierto deseo de que permaneciera entre mis posesiones como pago. Y más tarde aquella noche, sentado solo junto a la ventana, la mujer siguió paseándose sin esfuerzo a través de mis pensamientos (con su sombrilla abierta contra el sol, como si quisiera proteger la blancura de alabastro de su piel) mientras su apocada imagen me miraba desde mi regazo.

Sin embargo, pasaron varios días antes de que tuviera la oportunidad de proporcionarle toda mi atención. Durante ese tiempo, empleé mis energías en un asunto de suma importancia que me había encargado el Gobierno francés, un caso muy sórdido que tenía que ver con un pisapapeles de ónice que había sido robado de la mesa de un diplomático en París y que, finalmente, terminó escondido bajo las tablas de un escenario del West End. Aun así, la imagen de la mujer continuaba en mis pensamientos y se manifestaba de un modo cada vez más original, lo que, aunque todo era de mi invención, era tan tentador como desconcertante. Sin embargo, era consciente de que mis cavilaciones estaban basadas en la fantasía y, por tanto, eran seguramente imprecisas, pero no podía negar los enrevesados impulsos que surgían cuando estaba ocupado en tan tontas imaginaciones, porque la ternura que sentía estaba, por una vez, extendiéndose más allá de mi razón.

174

Así que el martes siguiente me disfracé en consecuencia, después de pensar bastante en la persona que mejor encajaría con la inefable señora Keller. Me decidí por Stefan Peterson, un intachable bibliófilo de mediana edad, bondadoso y un poco afeminado; un personaje miope y con gafas, vestido con un desgastado traje de *tweed* y que tenía la costumbre de pasarse nerviosamente la mano por su despeinado cabello mientras tiraba de su corbata azul de una forma distraída.

—Disculpe, señorita —dije, mirando con los ojos entornados mi reflejo en el espejo. Suponía que aquellas serían mis primeras educadas y tímidas palabras a la señora Keller—. Disculpe, señorita... Le ruego que me disculpe...

Me ajusté la corbata y me di cuenta de que la afición a la jardinería de mi personaje competía con su pasión por todo aquello que florecía. Me atusé el cabello, seguro de que su fascinación por la literatura romántica no tenía igual. Él era, después de todo, un ávido lector que prefería el imparcial consuelo de un libro por encima de la mayoría de las interacciones humanas. Aun así, en su interior era un hombre solitario, alguien que, al madurar, había empezado a valorar una leal compañía. Para terminar había estudiado el sutil arte de la quiromancia, más como un modo de entrar en contacto con los demás que como método para divulgar sucesos futuros; si la palma adecuada llegaba a reposar brevemente sobre su mano, imaginaba que su fugaz calidez se quedaría con él durante meses.

Y entonces ya no pude seguir pensando en mí mismo como alguien escondido bajo mi propia creación; en lugar de eso, cuando recuerdo los momentos de aquella tarde, me siento totalmente ajeno a aquel asunto. Fue Stefan Peterson quien caminó bajo la decreciente luz del día, cabizbajo y los hombros encorvados, una indecisa y lastimosa criatura que deambulaba tímidamente en dirección a Montague Street. Nadie se quedó mirándolo, ni nadie se percató de su presencia. Era, para aquellos que pasaban junto a él, alguien a quien olvidarían de inmediato.

Sin embargo, estaba decidido a llevar a cabo su misión y caminó hasta la tienda de Portman antes de que llegara la señora Keller. Entró en la tienda y pasó silenciosamente junto al mostrador, donde, como la vez anterior, el propietario estaba leyendo un libro, con la lupa en la mano y la cara pegada al texto. No se percató de la presencia de Stefan, que, mientras vagaba por un pasillo, empezó a dudar de la capacidad auditiva del anciano, ya que no había oído el chirrido de las bisagras ni el sonido del letrero de ABIERTO al golpear el cristal después de que cerrara la puerta. Caminó por los velados pasillos de estanterías y atravesó las motas de polvo que se arremolinaban entre los escasos rayos de sol; cuanto más se adentraba en la tienda, descubrió, más oscura se volvía esta, hasta que todo lo que había ante él quedó oculto por las sombras.

Llegó a la escalera, subió siete peldaños y se puso en cuclillas; desde allí podría observar claramente la entrada de la señora Keller sin que lo viera. Las lastimeras vibraciones de la armónica llegaron de la planta de arriba cuando los dedos del chico comenzaron a deslizarse sobre los cristales; minutos después, la puerta de la tienda se abrió y, como había hecho los anteriores martes y jueves, la señora Keller entró desde la calle con su sombrilla bajo un brazo y un libro en sus enguantadas manos. Sin prestar atención al propietario (ni él a ella) se adentró en los pasillos y se detuvo varias veces para examinar los estantes y rozar los lomos de varios tomos como si sus dedos se hubieran visto obligados a hacerlo. Permaneció visible un rato, aunque siempre de espaldas a él; la observó acercarse poco a poco a los rincones más oscuros, cada vez menos visible. Finalmente, desapareció de su vista por completo, pero no antes de ver cómo colocaba el libro que llevaba sobre un estante superior y lo cambiaba por otro que al parecer había escogido al azar.

«Tú no eres una ladrona —se dijo a sí mismo—. No, lo cierto es que tomas los libros prestados.»

Cuando desapareció de su vista, no pudo más que suponer su localización exacta; cerca, sí, ya que percibía su perfume. Lo que ocurrió a continuación no le sorprendió, aunque sus ojos no estaban totalmente preparados: un repentino resplandor blanco iluminó la parte trasera de la tienda, inundando los pasillos momentáneamente con su brillantez y desapareciendo tan rápido como había surgido. Bajó enseguida los peldaños, con el fulgor de aquella luz que sabía que había envuelto a la señora Keller, aún grabada en sus pupilas.

Atravesó un estrecho pasillo entre una doble hilera de estanterías mientras inhalaba los poderosos vapores de su fragancia y se detuvo en las sombras junto a la pared opuesta. Mientras miraba el muro, sus ojos comenzaron a adaptarse a su entorno y susurró en voz baja:

—Justo aquí, en ningún otro sitio.

El sonido apagado de la armónica de cristal seguía resonando en sus oídos. Miró a su izquierda y solo vio libros precariamente amontonados; a la derecha, más montones de libros. Y allí, justo delante de él, estaba el portal por el que se había marchado la señora Keller: una salida trasera, una puerta cerrada enmarcada por la misma luz que había cegado su visión. Dio dos pasos hacia delante y empujó la puerta. Necesitó todo su autocontrol para evitar salir corriendo tras ella. Con la puerta abierta, la luz volvió a derramarse en el interior de la tienda. Aun así, dudó en traspasar el umbral y, con cautela, mientras miraba con los ojos entornados las enredaderas que cubrían un pasillo de pérgola, avanzó gradualmente con paso cauteloso y reservado.

Los fragantes aromas de los tulipanes y los narcisos ocultaron pronto el perfume de la mujer. Entonces se obligó a no ir más allá del final de la pérgola, desde donde miró a través de las enredaderas de la celosía y contempló el diminuto jardín de elaborado diseño: parterres que crecían junto a un denso seto podado con forma oblicua y plantas perennes y rosas que cubrían el perímetro vallado. El propietario había creado un oasis ideal en el corazón de Londres, uno que apenas podía verse desde la ventana de la señora Schirmer. El viejo hombre había adaptado aquel jardín a los distintos microclimas de su patio trasero, seguramente en los años anteriores a su pérdida de visión: allí donde el tejado del edificio evitaba los rayos del sol, había plantado un follaje multicolor para resaltar las zonas más oscuras; en el resto de los lugares, los lechos perennes alojaban dedaleras, geranios y lirios.

Un camino de grava de río se curvaba en dirección al

177

centro del jardín y terminaba en una zona cuadrada de césped rodeada por un seto de boj. Sobre el césped había un pequeño banco y, junto a él, una enorme urna de terracota pintada de color cobre. Y sentada en el banco, con la sombrilla sobre su regazo y el libro que había elegido entre las manos, estaba la señora Keller, leyendo a la sombra del edificio mientras el sonido de la armónica de cristal flotaba desde la ventana hasta el jardín como una enigmática brisa.

«Por supuesto, por supuesto», pensó.

En ese momento, la mujer apartó la vista del libro y ladeó la cabeza para escuchar con atención mientras la música disminuía un instante y, al final, se elevaba de un modo más refinado y menos disonante. Estaba seguro de que la señora Schirmer había relevado a Graham frente a la armónica para mostrar al chico cómo debían manipularse los cristales adecuadamente. Y mientras aquellos diestros dedos extraían notas exquisitas del instrumento, transformando el mismo aire con su arrulladora textura, estudió a la señora Keller desde lejos: el sutil arrebatamiento de su expresión, la suave exhalación de su respirar entre sus labios separados, su postura relajada, sus ojos cerrándose lentamente y la secreta presencia de una tranquilidad interior que emergía, aunque fuera por algunos minutos, acorde con la música.

Es difícil recordar cuánto tiempo permaneció allí, observándola tras la celosía, porque él también estaba cautivado por todo lo que enriquecía aquel jardín. Su concentración se rompió finalmente con el chirrido de la puerta trasera seguido por una violenta tos que acompañó al propietario al cruzar el umbral. El anciano entró en la pérgola con el blusón manchado de tierra, los guantes marrones y una regadera; poco después pasó junto a la nerviosa figura que estaba agazapada tras la celosía y salió al jardín sin prestar atención a sus intrusos. Llegó a los parterres de flores justo cuando se disipaban las últimas notas de la armónica; la regadera se escapó de su mano, cayó de lado y se vació casi por completo.

En aquel instante, terminó el hechizo: la armónica de cristal había enmudecido y el propietario estaba ante sus rosales tanteando la tierra en busca de su regadera. La señora Keller recogió sus pertenencias y se levantó del banco para acercarse al anciano con su ya conocida ociosidad; se encorvó ante las manos extendidas del viejo para enderezar la regadera, y este, sin descubrir su etérea presencia, agarró el asa y tosió. Entonces, como la sombra de una nube pasando sobre la tierra, la mujer se dirigió a una pequeña puerta de forja que había en la parte de detrás del jardín. Allí giró la llave que había en la cerradura y abrió la chirriante puerta lo suficiente para pasar. Y entonces le pareció que ella nunca había estado ni en el jardín ni en la tienda; su presencia estaba, en cierto sentido, nublosa en su mente, y disminuyó hasta desaparecer como las notas finales del instrumento de la señora Schirmer.

En lugar de salir tras ella, se marchó a través de la tienda. Al atardecer, subió los peldaños que conducían a mi apartamento. Aun así, mientras iba de camino, maldijo su indecisión, que lo había mantenido escondido en el jardín. Solo más tarde (después de quitarse el disfraz de Stefan Peterson, doblarlo pulcramente y guardarlo en mi cómoda) fui consciente del alcance de aquel fracaso. ¿Cómo era posible que un hombre tan versado y erudito como él se hubiera sentido desconcertado ante una mujer de ingenio tan modesto? Porque el pasivo semblante de la señora Keller revelaba poco que fuera excepcional en ella. ¿Es que el aislamiento y el desinterés que habían rodeado su vida de estudio, las solitarias horas que había pasado estudiando el comportamiento y el pensamiento humano, no le habían proporcionado la perspicacia que se requería en aquel momento?

179

«Debes ser fuerte —quería recalcar—. Debes pensar más como lo hago yo. Ella es real, sí, pero también es imaginaria, un deseo producto de tu propia necesidad. Estás tan solo que te has decidido por el primer rostro que ha llamado tu atención. Podría haber sido cualquiera, ¿sabes? Después de todo, mi querido amigo, eres un hombre; ella solo es una mujer, y hay miles como ella repartidas por esta gran ciudad.»

Tenía solo un día para preparar el plan de acción de Stefan Peterson. Decidí que el jueves siguiente esperaría fuera de la tienda de Portman hasta que ella entrara en la tienda; en aquel momento, él se acercaría al callejón tras el jardín del propietario y esperaría, oculto, a que se abriera la puerta trasera. La tarde siguiente, mi plan se desarrolló sin contratiempos: a las cinco en punto, aproximadamente, la señora Keller salió por la puerta trasera con su sombrilla y un libro. Comenzó a caminar inmediatamente y él la siguió a distancia. Aunque quería acercarse más, algo lo mantenía a raya. Aun así, sus ojos podían ver las horquillas que recogían su espeso cabello negro y la insignificante curva de sus caderas. De vez en cuando, se detenía para mirar el cielo, y eso le permitía ver su perfil: la línea de su mandíbula, la casi transparente suavidad de su piel. Entonces parecía que estaba hablando en voz baja y su boca se movía sin sonido. Cuando terminaba de hablar, volvía a mirar hacia delante y seguía caminando. Atravesó Russell Square, bajó Guilford Street y giró a la izquierda en Gray's Inn Road, en dirección a la intersección de King's Cross. Caminó durante un corto espacio de tiempo por una calle contigua, donde, tras desviarse de la acera, empezó a caminar junto a las vías del ferrocarril cerca de la estación de Saint Pancras. Era un recorrido enrevesado e indirecto, pero, a juzgar por su paso decidido, aquel no era un simple paseo. Y cuando, finalmente, atravesó las grandes puertas de forja de la Sociedad de Física y Botánica, la tarde ya había comenzado a transformarse en noche.

El parque en el que se encontró después de seguirla más allá de los altos muros de ladrillo rojo contrastaba notablemente con aquella parte de la urbe. Fuera, en una amplia arteria que acogía todo el tráfico de la ciudad, la carretera bullía en cualquier dirección y las aceras estaban atestadas de peatones; pero tras las puertas de forja, donde los olivos se alzaban entre los sinuosos caminos de gravilla y los parterres de hierbas y flores, había veinticinco mil metros cuadrados de un frondoso y bucólico terreno que rodeaba una casa solariega que, en 1722, sir Philip Sloane había legado a la sociedad. Allí, a la sombra de aquellos árboles, paseaba la señora Keller mientras hacía rotar ociosamente su sombrilla. Giró a la derecha del camino principal para tomar un estrecho sendero. Pasó junto a algunas viboreras y *atropa belladona*, junto a cola de caballo y artemisa, y se detuvo de vez en cuando para tocar levemente las flores y susurrar algo. Él también estaba allí con ella, pero no se decidía a acortar la distancia que los separaba, aunque era consciente de que eran las únicas personas que caminaban por aquella senda.

Continuaron paseando junto a los lirios y los crisantemos, uno tras el otro, hasta que, por un momento, la perdió de vista en un punto en el que el camino se curvaba tras un alto seto. Solo podía ver la sombrilla, que flotaba sobre el follaje. Entonces esta también desapareció, y sus pasos sobre la gravilla dejaron de oírse. Y cuando él dobló la esquina, ella estaba mucho más cerca de lo que esperaba. Se sentó en un banco que marcaba una bifurcación en el camino, colocó la sombrilla sobre su regazo y abrió el libro. Él sabía que el sol se ocultaría pronto tras las murallas del parque, tiñéndolo todo de tonos más oscuros.

«Debes actuar ahora. Ahora, mientras aún hay luz», se dijo a sí mismo.

181

Se acercó con nerviosismo a la mujer mientras se ajustaba la corbata.

—Disculpe…

Le preguntó por el libro que estaba leyendo, ya que, según le explicó educadamente, era coleccionista y un ávido lector, y sentía siempre una gran curiosidad por saber qué leían los demás.

—Acabo de empezarlo —le contestó, y lo miró con cautela mientras él se sentaba a su lado.

—Maravilloso —le dijo con entusiasmo, como para ocultar su propia incomodidad—. Este es un lugar encantador en el que disfrutar de algo nuevo, ¿no le parece?

—Así es —le contestó ella con voz serena.

Tenía las cejas gruesas, casi tupidas, lo que le daba a sus ojos azules una expresión severa. Parecía molesta por algo. ¿Era por su presencia, o solo era la natural reticencia de una mujer prudente y recatada?

—Si me permite… —dijo, señalando el libro con la cabeza.

La señora Keller dudó un instante antes de ofrecerle el libro. Él, tras señalar la página que estaba leyendo con su dedo índice, miró la cubierta.

—Ah, *Vísperas de otoño*, de Menshov. Muy bueno. Yo también siento predilección por los escritores rusos.

—Ya veo —dijo ella.

Se hizo un largo silencio, roto por el medido tamborileo de sus dedos sobre la cubierta del libro.

—Una buena edición… La encuadernación está bien cosida.

La mujer lo miró mientras le devolvía el libro y él quedó impactado al ver su extraño rostro asimétrico, la ceja levantada y esa media sonrisa forzada que también había visto en la fotografía. Entonces se incorporó y cogió su sombrilla.

—Disculpe, señor, pero debo irme.

Le había parecido poco atractivo. ¿Cómo si no podría explicarse su marcha justo después de llegar al banco?

—Lo siento. La he molestado.

—No, no —dijo ella—, en absoluto. Pero se está haciendo tarde y me esperan en casa.

—Por supuesto —contestó él.

Había algo sobrenatural en sus ojos azules, en su pálida piel y en su conducta en general: los lentos y serpenteantes movimientos de sus piernas al alejarse, el modo en el que deambulaba, como una aparición, por el sendero. Sí, había algo aleatorio, equilibrado e incognoscible, estaba seguro, mientras se alejaba de él y rodeaba el seto. Ahora que el crepúsculo reptaba sobre el parque, se sentía perdido. Aquello no debía acabar tan abruptamente; se suponía que debía de haberle parecido interesante, especial, quizás un espíritu afín. Entonces, ¿qué había pasado? ¿Qué le faltaba? ¿Por qué, cuando parecía que cada molécula de su ser lo atraía hacia ella, se había marchado tan rápidamente? ¿Y qué fue lo que, justo entonces, le hizo seguirla por el sendero, aunque parecía que lo consideraba una molestia? No lo sabía, no comprendía por qué su mente y su cuerpo estaban, en aquel momento, en desacuerdo: uno actuaba con más juicio que el otro, pero el más racional de los dos parecía también el menos determinado.

Aun así, el indulto lo esperaba más allá del seto, porque ella no se había dado prisa en alejarse, como él había creído; en lugar de eso, estaba agachada junto a los lirios. Había dejado el libro y la sombrilla a un lado, en el suelo, y el dobladillo de su vestido gris se arrastraba por la gravilla. Estaba tan concentrada en la llamativa flor que había atraído al cuenco de su mano que no se dio cuenta de que él se había acercado y, debido a la decreciente luz, tampoco vio su sombra cuando se detuvo a su espalda. Y mientras estaba junto a ella observó con atención cómo sus dedos presionaban suavemente las lineales hojas. Entonces, cuando re-

183

tiró la mano, descubrió que una abeja obrera se había posado en su guante. Pero ella no se asustó, no sacudió el guante para espantar a la criatura ni la aplastó con el puño. Una ligera sonrisa se extendió por su rostro mientras examinaba a la abeja de cerca con aparente reverencia y le susurraba palabras de afecto. La obrera, a cambio, se quedó sobre su palma (sin inquietarse ni enterrar su aguijón en su guante), como si la considerara su igual.

«Qué comunión tan inusual», pensó, pues jamás había sido testigo de algo igual. Al final, la mujer liberó a la criatura posándola sobre la misma flor de donde había salido y cogió la sombrilla y el libro.

—*Iris* significa «arcoíris» —tartamudeó, aunque ella no se sorprendió al descubrirlo allí. Lo miró con expresión impasible y él escuchó la desesperación de su propia voz, pero no pudo evitar seguir hablando—: Es fácil deducir por qué, ya que crecen de muchos colores. Azules y púrpuras; blancos y amarillos, como estos; rosas y naranjas; marrones y rojos; incluso negros. Es una flor resistente, ¿sabe? Con suficiente luz podría crecer en regiones desérticas o en el frío y lejano norte.

Su expresión ausente dio paso a una de permisividad y, al empezar a caminar, dejó espacio para que él avanzara a su lado mientras le contaba todo lo que sabía sobre la flor. Iris era la diosa griega del arcoíris, la mensajera de Zeus y Hera cuya labor era conducir las almas de las mujeres muertas hasta los Campos Elíseos. Por eso, los griegos plantaban lirios violetas en las tumbas de las mujeres; los antiguos egipcios adornaban sus cetros con un lirio que representaba la fe, la sabiduría y el valor; los romanos honraban a la diosa Juno con la flor y la usaban en las ceremonias de purificación.

—Puede que usted ya sepa que el lirio de Florencia, *Il Giaggiolo*, es la flor oficial de esa ciudad. Y, si alguna vez ha visitado la Toscana, sin duda habrá olido los lirios morados que se cultivan entre los muchos olivos de allí. Es un aroma muy parecido al de las violetas.

Ahora lo miraba con atención, fascinada, como si aquel encuentro fortuito hubiera sido el mejor momento de una aburrida tarde.

—Tal como lo describe, parece realmente agradable —dijo ella—. Pero, no, nunca he visitado la Toscana. No he estado en Italia.

—Oh, pues debería, querida, debería. No hay lugar mejor que su región montañosa.

Entonces, en ese instante, no se le ocurrió nada más que decir. Las palabras, temía, se le habían agotado, y había poco más que añadir. Ella apartó los ojos y miró hacia delante. Él esperaba que ella dijera algo, pero estaba seguro de que no lo haría. Así que, por frustración o por pura impaciencia, decidió liberarse del interminable peso de sus propios pensamientos y hablar sin pensar antes en el significado real de lo que iba a decir.

—Me gustaría saber, si no le parece una indiscreción, qué le atrae de algo tan común como un lirio.

La mujer inhaló profundamente el templado aire de primavera y, sin ninguna razón aparente, negó con la cabeza.

—¿Qué me atrae de algo tan común como un lirio? Es algo que nunca me había preguntado. —Aspiró profundamente de nuevo y sonrió para sí misma—. Supongo que florece incluso en las condiciones más adversas, ¿no? Y los lirios perduran: después de haberse marchitado aparece otro igual para ocupar su lugar. En ese aspecto, las flores tienen una vida breve pero persistente, así que sospecho que se ven menos afectadas por lo maravilloso u horrible que ocurra a su alrededor. ¿Responde eso a su pregunta?

—En cierto sentido, sí.

Llegaron al punto donde el camino se unía con el paseo

principal. Él aminoró el paso, mirándola. Cuando dejó de caminar, ella también lo hizo. Pero ¿qué era lo que quería decirle entonces, mientras examinaba su rostro? ¿Qué había sido, en la tenue luz del crepúsculo, lo que había provocado su desesperación una vez más? La mujer miró sus imperturbables ojos y esperó a que continuara.

—Tengo un don —se escuchó decir a sí mismo—. Me gustaría compartirlo con usted, si me lo permite.

—¿Un don?

—Más bien una afición, en realidad, aunque ha resultado ser bastante beneficiosa para otros. Verá, soy una especie de quiromántico aficionado.

—No lo comprendo.

Extendió un brazo hacia ella y le mostró su palma.

—Aquí puedo ver el futuro con bastante precisión.

Podía mirar la mano de cualquier desconocido, le explicó, y descifrar el curso de su vida: si le esperaba un verdadero amor, un matrimonio feliz, el número de hijos que tendría, sus preocupaciones espirituales y si disfrutaría de una larga vida.

—Si me permite un momento, me gustaría mucho ofrecerle una demostración de mi talento.

Cuán despreciable se sintió y qué sibilino tuvo que parecerle a ella. La expresión desconcertada de la mujer le hizo estar seguro de que iba a rechazar su ofrecimiento educadamente, pero, en lugar de eso (aunque seguía teniendo esa expresión), se arrodilló, dejó la sombrilla y el libro a sus pies. A continuación, se incorporó. Sin rastro de duda, se quitó el guante derecho y, clavando sus ojos en los del hombre, extendió su mano desnuda con la palma hacia arriba.

—Muéstremelo.

—Muy bien.

Él tomó su mano entre las suyas, a pesar de que era difícil vislumbrar algo a la luz del atardecer. Se encorvó para

186

ver mejor y lo único que pudo distinguir fue la blancura de
su carne, la pálida piel apagada por las sombras, la oscuridad del final del día. Nada se distinguía en su superficie: no
había líneas claras ni muescas pronunciadas. No había nada
más que una suave y pura capa; lo único que podía percibir
en su palma era su falta de textura. Estaba impoluta más allá
de cualquier medida y carecía de las delatoras marcas de la
existencia, como si, de hecho, ni siquiera hubiera nacido.
Un truco de la luz, razonó. Un efecto visual. Pero una voz
interior acosaba sus pensamientos: esta es la mano de una
mujer que nunca llegará a ser anciana, que nunca tendrá
arrugas ni se tambaleará al ir de una habitación a otra.

Aun así, en su palma había otro tipo de claridad, uno
que contenía tanto el pasado como el futuro.

—Sus padres han muerto —le dijo—. Su padre falleció
cuando usted era niña, su madre murió recientemente.

La mujer no se movió ni contestó. Él le habló de sus hijos perdidos, de la preocupación de su esposo por ella. Le
dijo que era querida, que recuperaría la esperanza y que, con
el tiempo, encontraría una gran felicidad.

—Hace bien en creer que forma parte de algo más
grande —le dijo—, de algo benevolente, como Dios.

Y allí, bajo las sombras de los jardines y de los parques,
estaba la afirmación que buscaba. Allí era libre, estaba a
salvo de las bulliciosas calles por donde pasaba carruaje tras
carruaje, donde la posibilidad de la muerte estaba siempre
acechando, y donde los hombres fanfarroneaban, proyec-
tando sus largas y ambiguas sombras tras ellos. Sí, podía
verlo sobre su piel: se sentía viva y protegida cuando se ais-
laba en la naturaleza.

—No puedo decir nada más, ya que está oscureciendo.
Pero estaría encantado de continuar cualquier otro día.

La mano de la mujer había comenzado a temblar. Negó
con la cabeza, consternada, y se apartó inesperadamente,
como si las llamas estuvieran lamiendo sus dedos.

—No, lo siento —respondió, atribulada, mientras se arrodillaba para recoger sus pertenencias—. Tengo que irme, de verdad. Muchas gracias.

Entonces, como si no estuviera a su lado, la mujer se giró y corrió por el camino principal. Pero la calidez de su mano persistía entre las suyas; su fragancia seguía allí. No intentó llamarla ni abandonar el jardín en su compañía. Era justo que se fuera sin él, y había sido una tontería esperar algo más de ella aquella noche. Seguramente era lo mejor, pensó mientras la observaba alejarse. Lo que ocurrió a continuación, sin embargo, era apenas creíble; más tarde insistiría en que aquello no había ocurrido como lo recordaba, que lo había imaginado. Porque la mujer se desvaneció ante sus ojos, disolviéndose como una nube del éter más puro. Pero lo que quedó, flotando como una hoja en el aire, fue el guante que había sostenido a la abeja. Atónito, corrió hasta el punto en el que había desaparecido y se agachó para coger el guante. Mientras regresaba a Baker Street, volvió a cuestionar la precisión de su recuerdo, aunque estaba seguro de que el guante se había alejado de él, como un espejismo, hasta que también quedó fuera de su alcance y desapareció.

Y pronto, como la señora Keller y el guante, Stefan Peterson también se desmaterializaría, perdido para siempre con el cambio de características faciales, tras despojarme de la ropa y doblarla cuidadosamente. Cuando terminé, me había quitado de los hombros una inmensa carga. Y, aun así, no estaba totalmente satisfecho, porque había muchas cosas en aquella mujer que seguían atrayéndome. A menudo pasaba días sin dormir cuando tenía alguna preocupación, repasando las evidencias una y otra vez, y examinando el asunto desde cada ángulo. Así que, con la señora Keller merodeando por mis pensamientos, me di cuenta de que el descanso me evitaría durante un tiempo.

Aquella noche deambulé por mis aposentos en mi largo

batín azul y reuní las almohadas de mi cama y los cojines del sofá y de las butacas. Entonces construí una especie de diván improvisado en la sala de estar, sobre el que me recosté con una buena provisión de cigarrillos, una caja de cerillas, y la fotografía de la mujer. Al final conseguí verla, bajo la parpadeante luz de la lámpara, atravesando el velo de humo azul con las manos extendidas hacia mí, mirándome fijamente a los ojos, y yo me quedé inmóvil, con el cigarrillo humeando entre mis labios, hasta que la luz alumbró sus suaves y definidos rasgos. Entonces fue como si su apariencia resolviera los laberintos que estaban acosándome; había venido, había rozado mi piel y, en su presencia, me sumí con facilidad en un sosegado sueño. Me desperté algún tiempo después para descubrir que un sol de primavera iluminaba la habitación. Todos los cigarrillos estaban consumidos y la bruma del tabaco aún flotaba en el techo... Pero no había ni rastro de ella, más que aquel distante y pensativo rostro aprisionado tras una lámina de cristal.

189

17

La mañana llegó.

Su pluma casi se había quedado sin tinta. Los folios blancos casi se habían acabado, y el escritorio estaba cubierto por el febril empeño nocturno de Holmes. Al contrario que las desordenadas notas sin sentido, había sido una labor más concentrada la que había estimulado su mano hasta el amanecer; aquella continuación de la historia de una mujer a la que había conocido hacía décadas y que, por alguna razón, se había colado a la fuerza en sus pensamientos durante la noche, volviendo a él como un vívido espectro mientras descansaba en su escritorio, con los pulgares presionados contra sus párpados cerrados.

—No se ha olvidado de mí, ¿verdad? —le preguntó la difunta señora Keller.

—No —susurró.

—Yo tampoco.

—¿De verdad? —inquirió mientras levantaba la cabeza—. ¿Cómo es posible?

Ella, como el joven Roger, había caminado a su lado entre las flores y por los senderos de gravilla, a menudo diciendo muy poco (su atención erraba de acá para allá, hacia los objetos curiosos que se encontraba por el camino) y, como el chico, su paso por la vida de Holmes había sido efímero y lo había dejado desconsolado y sin rumbo tras su partida. Por supuesto, ella nunca había sabido nada sobre su verdadera identidad, no había tenido ni idea de que era un famoso investigador que la seguía, usando un disfraz; en lugar de eso, siempre lo conoció como un tímido coleccionista de libros, un hombre apocado que compartía su pasión por la jardinería y la literatura rusa... Un extraño al que había conocido un día en el parque, un hombre amable que se había acercado a ella nerviosamente mientras estaba sentada en un banco, para preguntarle con amabilidad sobre la novela que estaba leyendo.

—Disculpe, no he podido evitar fijarme, ¿está usted leyendo *Vísperas de otoño*, de Menshov?

—Así es —respondió ella con voz serena.

—El estilo es excepcional, ¿no le parece? —continuó él con entusiasmo, como si intentara esconder su propia incomodidad—. Tiene sus defectos, por supuesto... Pero en una traducción los errores se pueden esperar y supongo que son perdonables.

—No he encontrado ninguno. En realidad, acabo de empezar a leerlo...

—Aun así, los hay —dijo él—. Es posible que no se haya dado cuenta, es fácil pasarlos por alto.

Cuando se sentó a su lado, lo miró con cautela. Sus cejas oscuras eran muy gruesas, casi tupidas, lo que daba a su mirada azul una apariencia severa. Parecía molesta por algo. ¿Era por su presencia o era solo cosa de la reticencia natural en una mujer cautelosa y recatada?

—¿Me permite? —dijo, señalando con la cabeza el libro que tenía entre las manos. Después de un instante de silencio, la mujer se lo entregó, y él, marcando la página con su dedo índice, buscó entre las primeras hojas del libro—. ¿Ve? Aquí, por ejemplo. Al principio de la historia, los estudiantes del gimnasio iban descamisados, por lo que Menshov escribe: «El imponente hombre puso a los muchachos de torsos desnudos en fila, y Vladimir, sintiéndose expuesto junto a Andréi y Serguéi, pegó sus largos brazos a sus costados». Más tarde, sin embargo, en la misma página, escribe: «Tras descubrir que el hombre era general, Vladimir se colocó las manos a la espalda y se abrochó discretamente sus puños antes de cuadrar sus estrechos hombros». Puede encontrar muchos ejemplos de este tipo en las novelas de Menshov... O al menos en las traducciones de su obra.

En su relato, Holmes no había conseguido recordar la conversación exacta que había iniciado su relación, solo que le había preguntado por el libro y que le había desconcertado la larga mirada que ella le había dedicado (el extraño atractivo asimétrico de su rostro, la ceja levantada y aquella medio sonrisa reacia que había visto por primera vez en su fotografía, era propio del tipo que habría calificado como «heroína imperturbable»). Había algo sobrenatural en aquellos ojos azules, en su pálida piel y en su conducta en general: los lentos y serpenteantes movimientos de sus extremidades, el modo en que deambulaba, como un fantasma, por los senderos del jardín. Algo aleatorio, equilibrado e incognoscible; algo aparentemente resignado y fatalista.

Dejó su pluma a un lado y volvió a la cruda realidad de su despacho. Llevaba ignorando sus necesidades físicas desde el amanecer, pero tenía que salir del ático (por mucho que temiera la idea) para vaciar su vejiga, beber agua y, antes de comer nada, investigar el colmenar a la luz del día. Reunió cuidadosamente las páginas sobre su escritorio, las ordenó y las organizó en un montón. Después bostezó y se desperezó arqueando la espalda. Su piel y su ropa olían a tabaco, rancio y acre, y se sentía mareado después de haber pasado la noche trabajando con la cabeza y los hombros encorvados sobre el escritorio. Colocó sus bastones y se impulsó para levantarse poco a poco. Giró y co-

193

menzó a caminar hacia la puerta, ajeno al crujir de los huesos de sus piernas, a los suaves chasquidos de las articulaciones puestas en movimiento.

Entonces, mientras sus impresiones sobre Roger y la señora Keller se mezclaban en su mente, Holmes salió de su lugar de trabajo lleno de humo y buscó casi por instinto la bandeja con la cena que el chico solía dejar en el pasillo, aunque sabía incluso antes de cruzar el umbral que allí no habría nada. Atravesó el pasillo, siguiendo la ruta que lo había llevado tristemente hasta su despacho. Sin embargo, el estupor de la noche anterior había desaparecido; la horrible nube negra que había embotado sus sentidos y que transformó una agradable tarde en la más oscura de las noches se había disipado, y Holmes estaba preparado para la tarea que le esperaba: bajar a una casa vacía, vestirse correctamente y caminar con indolencia hasta los confines del jardín, desde donde se acercaría al colmenar vestido de blanco, como un fantasma escondido tras un velo.

194

Sin embargo, se quedó junto a la escalera durante mucho tiempo, como si esperara a que Roger acudiera para ayudarlo a bajar. Cerró sus cansados ojos y el muchacho subió rápidamente las escaleras. Más tarde, el niño se materializó en otras partes, en los lugares donde lo había visto en el pasado: sumergido en las pocetas que creaba la marea con el pecho erizado por el agua fría; corriendo a través de la hierba con su cazamariposas extendido y una camisa de algodón sin remeter y remangada; colgando un alimentador cerca de las colmenas, en un punto soleado, para las criaturas a las que tanto cariño había tomado. Curiosamente, cada fugaz atisbo del chico era en primavera o en verano. Aun así, Holmes sentía el frío del invierno; podía imaginar, de repente, al niño bajo tierra, enterrado bajo la frígida tierra.

Las palabras de la señora Munro lo encontraron entonces: «Es un buen chico —le dijo cuando entró a trabajar como ama de llaves—. Es introvertido, bastante tímido... Muy tranquilo, como su padre. No será una carga para usted, se lo prometo».

Sin embargo, ahora sabía que el niño se había convertido en una carga, en una carga muy dolorosa. Al mismo tiempo, se decía a sí mismo que todas las vidas tenían un final, ya fuera la de Roger o la de cualquier otro. Y cada uno de los muertos junto a los que se había arrodillado había tenido una vida. Fijó su vista al final de la escalera y, mientras comenzaba su descenso, volvió a repetirse las preguntas que llevaba planteándose sin éxito desde su juventud:

—¿Cuál es el propósito de todo esto? ¿Para qué sirve este círculo de miseria? Debe de tener algún fin, pues lo contrario significaría que el universo está gobernado por el azar. Pero ¿qué fin?

Cuando llegó a la segunda planta, donde usó el excusado y se refrescó la cara y el cuello con agua fría, Holmes oyó, durante un instante, el tenue canto de lo que imaginó que sería un insecto o un pájaro, y pensó en los gruesos tallos en los que seguramente se resguardaba. Porque ningún tallo o insecto tomaba parte en la miseria de la humanidad. Quizá, meditó, aquella era la razón por la que, al contrario que la gente, ellos podían volver una y otra vez. Solo más tarde, cuando llegó a la primera planta de la casa, se dio cuenta de que el canto procedía del interior: un suave sonsonete, esporádico y humano, que alegraba la cocina; era la voz de una mujer o de un niño, sin duda, aunque estaba claro que no era la de la señora Munro y, con toda certeza, tampoco la de Roger.

Media docena de pasos ligeros lo llevaron a la entrada de la cocina, desde donde vio el vapor que subía de una olla hirviendo sobre el hornillo. Entonces entró y la vio en la tabla de cortar, de espaldas a él mientras pelaba una patata y tarareaba de forma inconsciente. Pero fue su largo y ondulado cabello negro lo que lo inquietó inmediatamente: el cabello negro y suelto, la piel rosada y blanca de sus brazos, aquella diminuta silueta que le recordaba a la pobre señora Keller. Se quedó sin habla, incapaz de asimilar aquella aparición, hasta que, al final, separó los labios y habló con desesperanza:

—¿Por qué has venido?

El tarareo terminó y la aparición giró de forma abrupta la cabeza para revelar a una chica de aspecto ordinario, una niña no mayor de dieciocho años: ojos grandes y apacibles, y una expresión amable y, posiblemente, estúpida.

—Señor...

Holmes se acercó para detenerse ante ella.

—¿Quién eres? ¿Qué estás haciendo aquí?

—Soy yo, señor —respondió, sincera—. Soy Em... Soy la hija de Tom Anderson. Creí que usted ya lo sabía.

Se hizo el silencio. La chica bajó la cabeza para evitar su mirada.

—¿La hija del agente Anderson? —preguntó Holmes en voz baja.

—Sí, señor. No pensé que quisiera desayunar, así que estaba preparando el almuerzo.

—Pero ¿qué estás haciendo aquí? ¿Dónde está la señora Munro?

—Está dormida, la pobre.

La chica no parecía triste, más bien contenta por tener algo que contar. Mantuvo la cabeza baja, como si se dirigiera a los bastones que estaban junto a sus pies, y, mientras hablaba, emitía un pequeño silbido, como si soplara las palabras a través de sus labios.

—El doctor Baker ha estado con ella toda la noche, pero ahora está durmiendo. No sé qué medicamento le habrá dado.

—¿Está en la casa de invitados?

—Sí, señor.

—Entiendo. ¿Y Anderson te ha enviado aquí?

Parecía apabullada.

—Sí, señor —dijo—. Creía que usted lo sabía... Creía que mi padre le había dicho que iba a venir.

Holmes recordó entonces que Anderson había llamado a la puerta del despacho la noche anterior. El agente le hizo algunas preguntas y dijo algunas cosas triviales mientras le colocaba una cariñosa mano en el hombro, pero todo estaba entre brumas.

—Por supuesto —dijo, y miró la ventana sobre el fregadero, el sol que iluminaba la encimera. Inspiró con dificultad y miró de nuevo, un poco confuso, a la chica—. Lo siento, han sido unas horas muy difíciles.

—No tiene que disculparse, señor. —Levantó la cabeza—. Lo que necesita ahora es comer algo.

—Creo que solo tomaré un vaso de agua.

Apático por la falta de sueño, Holmes se rascó la barba y bostezó. La chica le sirvió rápidamente su bebida con una sonrisa satisfecha y agradecida.

—¿Algo más?

—No —dijo, y colgó un bastón de su muñeca para tener una mano libre y poder aceptar lo que le ofrecía.

—Tengo la olla hirviendo con el almuerzo —le dijo mientras volvía a su puesto frente a la tabla de cortar—. Si cambia de idea sobre el desayuno, hágamelo saber.

La chica levantó un cuchillo de mondar de la encimera. Se encorvó despreocupadamente para cortar un trozo de patata y se aclaró la garganta mientras hacía dados con el cuchillo. Y, después de que Holmes vaciara el vaso, lo colocó en el fregadero y continuó tarareando. Así que la dejó y se marchó de la cocina sin decir nada más. Recorrió el pasillo y salió por la puerta delantera mientras escuchaba aquel vacilante tarareo tan poco melodioso que lo acompañó durante un rato (hasta el patio, hacia el cobertizo del jardín) incluso cuando ya no podía oírlo.

Sin embargo, la voz de la chica se alejó revoloteando como las mariposas a su alrededor mientras se aproximaba al cobertizo, reemplazado por sus pensamientos sobre la belleza de su jardín: las flores mirando el despejado cielo, el aroma del altramuz en el aire, los pájaros gorjeando en los pinos cercanos y las abejas zumbando por todas partes, posándose en los pétalos y desapareciendo en el interior de las flores.

«Obreras caprichosas. Insectos de hábitos volátiles», pensó.

Miró el cobertizo de madera del jardín; el consejo de un antiquísimo escritor romano acudió a su cabeza. No recordaba su nombre, pero el anticuado mensaje del hombre se movió con facilidad a través de su mente: «No debes soplar o exhalar sobre ellas, ni hacer aspavientos a su alrededor, ni tampoco defenderte cuando creas que van a atacarte. En lugar de eso, mueve la mano cuidadosamente ante tu rostro y apártalas con suavidad; y al final dejarás de ser un desconocido para ellas».[7]

Quitó el cerrojo y abrió la puerta del cobertizo totalmente, para que la luz del sol lo precediera en la sombría y polvorienta cabaña. Sus rayos iluminaron las estanterías repletas de bolsas de tierra y semillas, de palas, cultivadores y macetas vacías. También estaba allí la ropa doblada de un abejero novato. Colgó su abrigo en un rastrillo que estaba apoyado en una esquina y lo dejó allí mientras se ponía el mono blanco, los guantes claros, el sombrero de ala ancha y el velo. Al poco tiempo, salió de allí transformado. Examinó el jardín desde detrás de la gasa del velo y caminó arrastrando los pies por el sendero y a través de la pradera hasta el colmenar, con los bastones como única marca visible de su identidad.

7. La cita pertenece a Columela, escritor romano experto en agricultura.

Sin embargo, cuando Holmes deambuló entre sus colmenas todo le pareció normal; de repente, se sintió incómodo en aquel incómodo traje. Miró el oscuro interior de una colmena, y después de otra, y vio las abejas entre sus ciudades de cera: limpiándose sus antenas, frotando sus patas delanteras vigorosamente sobre sus ojos compuestos, preparándose para salir volando. En aquel primer examen, todo le pareció normal en el mundo de las abejas (la vida casi mecánica de aquellas criaturas sociales, aquel constante y armonioso zumbido) y no había rastro alguno de que una rebelión estuviera fraguándose entre la ordenada rutina de aquella comunidad de insectos. En la tercera colmena encontró lo mismo, como en la cuarta y en la quinta. Todas las reservas que había albergado se evaporaron rápidamente, reemplazadas por los sentimientos de humildad y asombro por la compleja civilización de la colmena a los que ya estaba habituado. Cogió sus bastones de donde los había apoyado durante su inspección y lo invadió una sensación de invulnerabilidad:

«Vosotras no me haréis daño —fue su tranquilizador pensamiento—. No hay nada aquí que debamos temer.»

Sin embargo, mientras se encorvaba para levantar el techo de la sexta colmena, una ominosa sombra cayó sobre él. Se asustó y miró a los lados a través del velo; primero vio ropa negra (un vestido de mujer con encajes), después un brazo derecho cuyos delgados dedos sostenían un bidón rojo. Pero fue el estoico rostro que estaba mirándolo fijamente lo que le preocupó más: aquellas pupilas dilatadas, sedadas, que expresaban su dolor a través de la insensible ausencia de emoción, le recordaron a la joven que había acudido a su jardín con su bebé muerto, pero pertenecían a la señora Munro.

—No estoy convencido de que este lugar sea seguro —le dijo mientras se incorporaba—. Debería volver de inmediato.

199

La mirada de la mujer no cambió; ni siquiera parpadeó.

—¿Me ha oído? —le dijo—. No puedo asegurar que estar aquí sea peligroso, pero podría serlo.

Ella siguió mirándolo fijamente. Sus labios se movieron, sin decir nada por el momento, hasta que preguntaron, en un susurro:

—¿Va a matarlas?

—¿Qué?

Esta vez habló un poco más alto.

—¿Va a destruir a sus abejas?

—Por supuesto que no —respondió, sin dudar. Aunque la compadecía, tuvo que ignorar la creciente sensación de que estaba entrometiéndose.

—Debería hacerlo —dijo—, o lo haré yo.

Ya se había dado cuenta de que era gasolina lo que llevaba (porque el bidón era de él, que lo usaba para quemar la madera seca del bosque cercano). Además, acababa de ver la caja de cerillas que la mujer llevaba en la otra mano, aunque en su estado no creía que pudiera reunir la energía suficiente para incendiar las colmenas. Aun así, había decisión en la monotonía de su voz, cierta resolución. Holmes sabía que, a veces, a los afligidos los poseía una poderosa y despiadada indignación. Aquella señora Munro (impávida, fría, pasiva, en cierto modo) no tenía nada que ver con la charlatana y sociable ama de llaves a la que conocía desde hacía años; aquella señora Munro, a diferencia de la otra, hacía que se sintiera indeciso y tímido.

Holmes se alzó el velo y le mostró una expresión tan contenida como la suya.

—Está alterada, mi querida niña, y confusa. Le ruego que vuelva a la casita. Le diré a la muchacha que llame al doctor Baker.

No se movió. No apartó su mirada de él.

—Voy a enterrar a mi hijo dentro de dos días —le

dijo claramente—. Me iré esta noche, y él vendrá conmigo. Irá a Londres en una caja. No es justo.

Un hondo pesar se apoderó de Holmes.

—Lo siento, querida. Lo siento tanto...

Su voz se alzó sobre la de Holmes.

—Ni siquiera tuvo la decencia de decírmelo. Se escondió en su ático para no verme.

—Lo siento...

—Creo que es un viejo egoísta. Y creo que es el responsable de la muerte de mi hijo.

—Tonterías —dijo, pero lo único que sentía era la angustia de la mujer.

—Lo culpo a usted tanto como a esos monstruos que cría. De no haber sido por usted, él no habría estado aquí, ¿verdad? No, habría sido usted el que habría acabado muerto, y no mi chico. Ese no era su trabajo, ¿no? Él no debería haber estado aquí... Él no debería haber estado aquí, a solas.

Holmes examinó su solemne rostro (las mejillas hundidas, los ojos inyectados en sangre) e intentó encontrar las palabras adecuadas.

—Pero él quería estar aquí. Usted lo sabe. Si hubiera creído que existía algún peligro, ¿cree usted que habría dejado que se ocupara de las colmenas? ¿Sabe cuánto me duele su pérdida? También sufro por usted. ¿Es que no se da cuenta?

Una abeja rodeó la cabeza de la mujer y aterrizó un instante en su cabello, pero tenía las pupilas fijas en Holmes y no prestó atención a la criatura.

—Entonces mátelas —dijo—. Si le importamos, destrúyalas. Haga lo que debe hacer.

—No, querida. Eso no haría ningún bien a nadie, ni siquiera al chico.

—Entonces lo haré yo, y usted no podrá detenerme.

—Usted no va a hacer nada.

La mujer permaneció inmóvil y, durante varios se-

201

gundos, Holmes pensó en sus posibilidades. Si conseguía tirarlo al suelo, podría hacer poco para evitar aquella devastación. Ella era más joven; él era débil. Pero si él atacara primero, si pudiera golpearle la barbilla o el cuello con un bastón, ella podría caer... Y si caía, podría golpearla de nuevo varias veces. Miró sus bastones, ambos apoyados contra la colmena. A continuación, la miró a ella. Los minutos pasaron en silencio sin que ninguno de los dos se moviera un centímetro. Al final ella se rindió y negó con la cabeza.

—Ojalá no lo hubiera conocido nunca, señor —dijo con voz temblorosa—. Ojalá no me hubiera encontrado con usted... No derramaré una sola lágrima cuando fallezca.

—Por favor —le imploró él mientras cogía sus bastones—, este lugar no es seguro para usted. Vuelva a la casa.

Sin embargo, la señora Munro ya se había girado y caminaba lentamente, como si anduviera en sueños. Para cuando llegó al límite del colmenar ya había soltado la lata de gasolina y la caja de cerillas. Después, mientras atravesaba el prado y desaparecía de la vista, Holmes oyó su llanto, sus sollozos cada vez más intensos aunque más tenues a medida que se alejaba por el camino hacia la casa.

Se detuvo delante de la colmena y siguió mirando el prado, las altas hierbas que se mecían en la estela de la señora Munro. La mujer había perturbado la tranquilidad del colmenar, ahora un prado sereno. Tenía trabajo importante que hacer, quería gritar, pero se contuvo porque la mujer estaba devastada por la tristeza y él solo podía pensar en la tarea que tenía entre manos: inspeccionar las colmenas y encontrar algo de paz en el abejero.

«Tiene razón —pensó—. Soy un viejo egoísta.»

Aquella idea le hizo fruncir el ceño con preocupación. Apoyó sus bastones de nuevo y se sentó en el suelo mientras una sensación de vacío crecía en su interior. Sus oídos recogieron el grave y concentrado murmullo de la colmena, el sonido que, en aquel momento, se negaba a convocar los años de satisfacción y aislamiento que había pasado cuidando el colmenar; en lugar de eso, expresaba la innegable y profunda soledad de su existencia.

El vacío lo habría consumido por completo y hubiera comenzado a sollozar como la señora Munro de no haber sido por la solitaria intrusa amarilla y negra que se posó en el lateral de la colmena y atrajo su atención. La criatura se detuvo el tiempo suficiente para que Holmes pronunciara su nombre, *vespula vulgaris*, antes de que echara a volar de nuevo, zigzagueando, en dirección al lugar de la muerte de Roger. Cogió sus bastones y la perplejidad arrugó su frente: ¿y los aguijones? ¿Había aguijones en la ropa del chico, en su piel?

Evocó el cadáver de Roger y lo único que consiguió recordar fueron los ojos del niño. Aunque no podía estar seguro, probablemente habría advertido a Roger sobre las avispas, le habría mencionado el peligro que suponían para el colmenar. Le habría explicado, casi con toda seguridad, que la avispa era la enemiga natural de la abeja, capaz de aplastar abeja tras abeja con sus mandíbulas (algunas especies mataban casi cuarenta abejas por minuto) y de arrasar una colmena entera para robar sus larvas. Seguramente le había contado al chico la diferencia entre el aguijón de una abeja y el de una avispa: el de la abeja tiene forma de anzuelo y se engancha en la piel, destripando a la criatura; el de la avispa apenas penetra en la piel, por lo que puede retirarlo y usarlo varias veces.

Holmes se puso en pie. Cruzó el colmenar rápidamente y se adentró en las altas hierbas siguiendo un camino paralelo al que Roger había creado previamente,

203

con la esperanza de trazar el trayecto del niño desde el abejar hasta el lugar de su muerte.

«No, no estabas huyendo de las abejas —razonó—. No estabas huyendo de nada, todavía no.»

El camino de Roger se curvaba abruptamente en la mitad para desviarse hacia el punto que había ocultado el cadáver, el callejón sin salida donde el chico había caído: un pequeño claro de caliza rodeado de hierba. Allí, Holmes vio dos surcos artificiales que se extendían desde el lejano jardín, para rodear el colmenar, y que conducían al claro (uno creado por Anderson y sus hombres, el otro por Holmes tras encontrar el cadáver). Entonces se preguntó si debía seguir forjando su propio sendero por la pradera en busca de lo que sabía que seguramente encontraría. Pero cuando se giró y miró la hierba aplastada, cuando se fijó en la curva que había llevado al chico hasta el claro, volvió sobre sus propios pasos.

Se detuvo cerca de la curva y miró el rastro de Roger. La hierba había sido aplastada regular y deliberadamente, lo que sugería que el chico, como él mismo, había caminado poco a poco desde el colmenar. Miró el claro. La hierba estaba aplastada a intervalos, lo que significaba que había corrido por allí. Miró la curva, aquel cambio de dirección, aquella abrupta partida.

«Caminaste hasta aquí —pensó—, y corriste a partir de aquí.»

Avanzó hasta detenerse sobre el rastro del chico. Miró entre la hierba justo más allá de la curva. A varios metros de distancia, vio un destello plateado entre los gruesos tallos.

—¿Qué es eso? —se dijo a sí mismo, buscando el centelleo de nuevo.

No, no se había equivocado: algo brillaba entre la hierba. Se acercó para ver mejor y abandonó el rastro del chico para descubrir que había entrado en otro sendero menos obvio, una desviación que había llevado al chico, paso a paso, hasta la zona más densa del prado. Impaciente, Holmes apresuró el paso, aplastando la zona por la que el chico había caminado tan cuidadosamente, ajeno a la avispa que montaba en su hombro... Y al resto de las avispas que sobrevolaban su sombrero. Dio un par de pasos más, encorvado, y encontró la fuente del extraño brillo. Era una regadera caída de lado, una que pertenecía a su jardín. Su boquilla, aún húmeda, saciaba la sed de tres avispas. Obreras negras y amarillas iban y venían alrededor de la regadera en busca de alguna gota.

—Una mala decisión, muchacho —dijo, golpeando la regadera con el bastón mientras las avispas, sorprendidas, levantaban el vuelo—. Un terrible error.

Antes de seguir, se bajó el velo, un tanto preocupado por la avispa que pasó volando frente a él como un centinela. Porque sabía que estaba cerca de su avispero y, también, que no podían hacer nada para defenderse. Después de todo, él estaba mejor equipado para su destrucción que el chico, así que terminaría lo que Roger no había conseguido hacer. Pero, mientras examinaba el terreno, vigilando cada paso que daba, se sentía lleno de remordimientos. A pesar de todo lo que le había enseñado al chico, se había olvidado de un hecho de vital importancia: que verter agua en un avispero solo serviría para acelerar la ira de los insectos. Holmes deseó habérselo dicho: era como usar gasolina para apagar un fuego.

—Pobre niño —dijo, mirando un agujero del suelo que parecía una boca abierta—. Mi pobre niño —repitió, y hundió uno de sus bastones justo al lado de los bordes del agujero.

Se acercó para examinar las avispas que estaban aferradas a él (siete u ocho criaturas alteradas por la violación del bastón que exploraban furiosamente la circunferencia de su atacante). Sacudió el bastón para dispersar a las avispas. Entonces miró el agujero, los embarrados bordes por donde el agua se había derramado, y vio la oscuridad de su interior tomando forma, retorciéndose mientras avispa tras avispa comenzaban a despegar desde la abertura. Muchas subían directamente, algunas aterrizaban en el velo, otras se arremolinaban alrededor del agujero.

«Así que esto fue lo que ocurrió —pensó—. Así, mi pobre niño, fue como te atraparon.»

Holmes retrocedió, sin miedo, y se dirigió con tristeza al colmenar. Más tarde llamaría a Anderson y pronunciaría exactamente lo que el forense local estaba a punto de registrar en su informe, algo que la señora Munro descubriría en el dictamen de aquella tarde: no había aguijones en la piel ni en la ropa del niño, lo que indicaba que Roger había sido víctima de avispas, no de abejas. Además, Holmes dejó claro que el chico había intentado proteger las colmenas. No había duda de que había visto avispas en el colmenar, que había intentado encontrar el nido y que, cuando intentó erradicar a las criaturas ahogándolas, provocó un ataque a gran escala.

Holmes compartió más cosas con Anderson, varios detalles menores. El chico había huido en dirección contraria al colmenar mientras le picaban, quizás intentando alejar a las avispas de las colmenas. Antes de llamar al agente, sin embargo, cogió el bidón de gasolina y las cerillas que la señora Munro había dejado caer. Dejó un bastón junto al colmenar y, con el bidón en la mano libre, atravesó de nuevo la pradera y vertió gasolina en el agujero mientras las empapadas avispas intentaban inútilmente salir. Una única cerilla terminó el trabajo. La llama atravesó la tierra como una mecha e inflamó la entrada con un siseo. Se produjo una fugaz erupción de fuego entre los bordes de la tierra que terminó en un instante con la reina, los huevos fecundados y la multitud de obreras atrapadas en el interior de la colonia; nada escapó del interior después, excepto una voluta de humo que se disipó sobre la impertérrita hierba. El amplio e intrincado imperio revestido por el papel amarillo del nido desapareció en un destello, como el joven Roger.

«Hasta nunca», pensó Holmes mientras volvía a través de la hierba.

—¡Hasta nunca! —dijo en voz alta, con la cabeza levantada hacia un cielo sin nubes y con la visión distorsionada por la llanura de éter azul.

Y, tras decir esas palabras, lo embargó una inmensa melancolía por todos los que soportaban la vida, por todos los que vagaban, habían vagado y algún día vagarían bajo aquella perfecta y siempre presente quietud.

—Hasta nunca —repitió, y comenzó a llorar en silencio tras el velo.

18

¿*P*or qué brotaban las lágrimas? ¿Por qué estaban húmedas las puntas de sus dedos después de tocarse la barba (mientras descansaba en la cama, cuando caminaba por el despacho, cuando fue al colmenar a la mañana siguiente y la mañana después de aquella), aunque ningún devastador sollozo o intenso lamento o parálisis transfigurara su rostro? En algún lugar, quizás en un pequeño cementerio a las afueras de Londres, estaba la señora Munro con sus familiares, todos vestidos con ropa tan sombría como las nubes grises que rumiaban sobre el mar y la tierra. ¿Estaría ella llorando, también? ¿O habría derramado todas sus lágrimas durante el solitario viaje a Londres? ¿Se habría apoyado, al llegar a la ciudad, en la fuerza de la familia, en el consuelo de los amigos?

«Eso es irrelevante. Ella está en otro sitio y yo estoy aquí, y no puedo hacer nada por ella», se dijo a sí mismo.

Aun así, se había esforzado por ayudarla. Antes de su partida, por dos veces envió a la hija de Anderson con un sobre que contenía dinero de sobra para el viaje y los gastos funerarios. La chica le informó ambas veces, con gesto apocado aunque amable, de que la mujer había rechazado el sobre.

209

—No ha querido cogerlo, señor... Y tampoco ha querido hablarme.

—Está bien, Em.

—¿Quiere que lo intente de nuevo?

—Mejor no. No creo que sirviera para nada.

Ahora estaba solo en el colmenar. En su rostro había una expresión abstraída, estricta y consternada, como si él también estuviera entre los asistentes al entierro de Roger. Incluso las colmenas (las blancas hileras de cajas, las sobrias formas rectangulares que se elevaban sobre la hierba) parecían monumentos funerarios en su honor. Esperaba que aquel pequeño cementerio fuera similar al colmenar. Un lugar sencillo, bien cuidado y verde, sin malas hierbas, sin edificios ni carreteras visibles cerca, sin el ajetreo de los automóviles o de los humanos perturbando a los muertos. Un lugar tranquilo en la naturaleza, un buen sitio donde el chico pudiera descansar y su madre pudiera despedirse de él.

Pero ¿por qué estaba llorando con tanta facilidad pero sin emoción, como si las lágrimas tuvieran voluntad propia? ¿Por qué no podía llorar a lágrima viva, sollozando contra las palmas de sus manos? ¿Y por qué, cuando murieron sus seres queridos y el dolor fue tan intenso como el que sentía ahora, evitó asistir a sus funerales y jamás derramó una sola lágrima, como si el dolor fuera algo mal visto?

—No importa —murmuró—. Es inútil.

No se esforzaría por encontrar las respuestas, al menos no aquel día, ni llegaría a creer que su llanto podía ser el resultado concentrado de todo lo que había visto, conocido, querido, perdido y contenido a través de las décadas: los fragmentos de su juventud, la destrucción de las grandes ciudades e imperios, las grandes guerras que habían cambiado la geografía, y después la lenta atrofia de sus queridos compañeros y de su propia salud, memoria e historia personal; todas las complejidades implícitas en la vida, cada profundo e influyente momento condensado en una sustancia salada que brotaba de sus ojos cansados. En lugar de eso, se sentó en el suelo sin pensar nada más, como una estatua de piedra que ha sido inexplicablemente colocada sobre la hierba cortada.

Había estado allí sentado anteriormente, en aquel mismo lugar cerca del colmenar. Cuatro piedras que habían llevado desde la playa dieciocho años antes marcaban aquel punto, piedras de color negro grisáceo que habían sido pulidas y aplanadas por la marea y que encajaban perfectamente en la palma de su mano. Estaban colocadas a la misma distancia (una frente a él, otra detrás, una a la izquierda, otra a la derecha) formando una discreta y modesta zona que, en el pasado, había refrenado y ensordecido su desesperación. Era un sencillo truco mental, una especie de juego, aunque a menudo resultaba beneficioso: dentro de la zona delimitada por las piedras, podía recordar y pensar en todos aquellos que se habían marchado; más tarde, cuando saliera de la parcela, el dolor que había llevado hasta aquel espacio se quedaría allí, aunque fuera durante un breve espacio de tiempo. «*Mens sana in corpore sano*» era el mantra que pronunciaba cuando entraba en el espacio entre las rocas y que repetía al salir. «Todo viene en círculo, incluso el poeta Juvenal.»[8]

Primero en 1929 y después en 1946, había usado habitualmente aquel punto para entrar en contacto con los muertos y para moderar su aflicción en la privacidad del

---

8. Referencia a *El valle del terror*, la última novela de Sherlock Holmes escrita por Conan Doyle: «Todo viene en círculo, incluso el profesor Moriarty». La cita se ha mantenido tal como aparece en la versión española. Viene a significar que el círculo se cierra en el mismo punto en el que se abre, que ha terminado y empezado un ciclo.

colmenar. Pero 1929 casi fue su perdición, un periodo mucho más doloroso que el actual, porque la anciana señora Hudson (su ama de llaves y cocinera desde su época de Londres, la única persona que lo había acompañado a la granja de Sussex tras su retiro) se cayó en la cocina y se rompió la cadera, la mandíbula y perdió varios dientes y la conciencia. Era probable, según supo más tarde, que la cadera se le fracturara antes de la letal caída, ya que sus huesos se habían vuelto demasiado frágiles para su sobrepeso. Falleció en el hospital debido a una neumonía. «Un final apacible», le escribió Watson después de que le comunicaran su defunción. «La neumonía es, como bien sabe, una bendición para los agónicos, un ligero empujón para aquellos ancianos que no terminan de partir.»

Sin embargo, tan pronto como archivó la carta del doctor Watson (y el sobrino de la señora Hudson recogió sus pertenencias y contrató a una nueva e inexperta ama de llaves), aquel compañero de sus muchos años, el buen doctor, murió inesperadamente por causas naturales. Aquella noche había disfrutado de una agradable cena con sus hijos y nietos: se había bebido tres copas de vino tinto, se rio de un chiste que su nieto mayor le susurró al oído y, a las diez, deseó buenas noches a todos. Murió antes de medianoche. La dolorosa noticia llegó en un telegrama que le envió la tercera esposa de Watson y que la joven ama de llaves, la primera de las muchas mujeres que pasaron por la hacienda y que, tras soportar a su irascible señor, terminaban dimitiendo antes de un año, le entregó sin ceremonia alguna.

En los días que siguieron, Holmes deambuló por la playa durante horas, del amanecer al anochecer, contemplando el mar y, durante largos periodos, las muchas piedras que había bajo sus pies. No había visto ni hablado directamente con Watson desde el verano de 1920, cuando el doctor y su esposa pasaron un fin de semana con él. Aun así, había sido una visita incómoda, más para

Holmes que para sus invitados; no se llevaba demasiado bien con la tercera esposa, a la que encontraba aburrida y controladora y, después de recordar algunas de sus aventuras juntos, se dio cuenta de que ya no tenía demasiado en común con el doctor Watson. Sus conversaciones nocturnas se disolvían inevitablemente en incómodos silencios que rompía la fatua necesidad de la esposa de mencionar a sus hijos o su amor por la cocina francesa, como si el silencio fuera su enemigo declarado.

Sin embargo, Holmes consideraba al doctor Watson parte de su familia, así que la súbita muerte de aquel hombre, unida a la reciente pérdida de la señora Hudson, fue como si una puerta se cerrara de golpe sobre todo lo que lo había definido previamente. Y mientras paseaba por la playa o se detenía para observar las olas que se curvaban sobre sí mismas, comprendió lo perdido que estaba. En cuestión de un mes había desaparecido todo lo que lo unía con su antiguo ser, pero él permanecía. Entonces, el cuarto día de sus paseos por la playa, empezó a examinar las piedras: se las acercaba a la cara y descartaba alguna en favor de otra, hasta que finalmente decidió las cuatro que más le gustaban. El más diminuto guijarro, él lo sabía, contenía los secretos del universo. Además, las piedras que subieron la colina en el interior de sus bolsillos eran anteriores a su vida; habían esperado en la orilla, inmutables, mientras él era concebido, mientras nacía, crecía y envejecía. Aquellas cuatro piedras comunes, como las demás por las que había caminado, estaban imbuidas de todos los elementos que daban forma a la humanidad, a cada criatura posible, a cada cosa imaginable; poseían, sin duda, rastros rudimentarios tanto del doctor Watson como de la señora Hudson y, evidentemente, también de sí mismo.

Así que Holmes dejó las piedras en un lugar concreto y se sentó entre ellas con las piernas cruzadas para limpiar su mente de aquello que le preocupaba: el desorden provocado por la ausencia permanente de dos personas que le importaban mucho. Aun así, decidió, sentir la ausencia de alguien también era, en cierto sentido, sentir su presencia. Mientras respiraba el aire del otoño en el colmenar, mientras exhalaba su remordimiento («tranquilidad de pensamiento», era su mantra mudo, «tranquilidad de la mente», justo como había aprendido de los lamaístas del Tíbet), notaba el inicio del fin para sí mismo y para los muertos, como si estuvieran disipándose gradualmente, intentando partir en paz, permitiéndole por fin levantarse y seguir adelante ahora que su efímero dolor estaba controlado entre las venerables rosas. «*Mens sana in corpore sano.*»

Durante la segunda mitad de 1929, se sentó en aquel lugar en seis ocasiones diferentes. Cada meditación era más breve que la anterior: tres horas y dieciocho minutos, una hora y dos minutos, cuarenta y siete minutos, veintitrés minutos, nueve minutos, cuatro minutos. Al año siguiente, ya no necesitaba sentarse entre las piedras, y la poca atención que le dedicó desde entonces fue para mantenerlo limpio (quitar las malas hierbas, cortar el césped y presionar las piedras firmemente contra la tierra como hacía con las que delimitaban el sendero del jardín). Pasarían casi doscientos meses antes de que se sentara allí de nuevo, pocas horas después de que le informaran de la muerte de su hermano, Mycroft. Era una gélida tarde de noviembre y el vapor de su respiración se disipaba como una visión etérea.

Sin embargo, era en una visión interior en la que estaba concentrado, una de hacía cuatro meses que estaba ya tomando forma en su mente y dándole la bienvenida al Salón de Forasteros del Club Diógenes,[9] donde Hol-

9. Club de caballeros ficticio del que Mycroft Holmes fue cofundador.

mes había tenido su última reunión con el único familiar vivo que le quedaba. Ambos disfrutaron de un puro mientras se bebían un brandi. Mycroft tenía buen aspecto (la mirada clara y un poco de color en sus rollizas mejillas), aunque su salud estaba decayendo y había empezado a perder facultades mentales. Sin embargo, aquel día estuvo increíblemente lúcido y narró algunas de sus hazañas bélicas, encantado de contar con la compañía de su hermano menor. Y aunque Holmes acababa de empezar a enviar tarros de jalea real al Club Diógenes, creía que la sustancia estaba ya mejorando el estado de Mycroft.

—Ni siquiera con tu imaginación, Sherlock —había dicho Mycroft, a punto de echarse a reír—, podrías recrear el momento en el que salí a gatas de una barcaza de desembarque con mi viejo amigo Winston. «Soy el señor Camachuel —dijo Winston, ya que ese era su nombre en clave—. He venido a ver con mis propios ojos cómo van las cosas por el norte de África.»

Sin embargo, Holmes sospechaba que las dos grandes guerras habían sido una terrible tensión para su brillante hermano. Mycroft había continuado en servicio hasta bien pasada su edad de jubilación; aunque rara vez abandonaba su butaca del Club Diógenes, era indispensable para el Gobierno. Un hombre misterioso, una de las figuras más importantes del Servicio Secreto Británico, su hermano mayor se había mantenido en activo durante semanas, sin dormir de forma adecuada y consiguiendo la energía engullendo vorazmente, mientras supervisaba una multitud de intrigas, tanto nacionales como internacionales. No le sorprendió que, al final de la Segunda Guerra Mundial, la salud de Mycroft decayera rápidamente; tampoco le asombró observar una mejora en la vitalidad de su hermano que, estaba seguro, era producto del uso continuado de la jalea real.

215

—Me he alegrado de verte, Mycroft —le dijo Holmes cuando se levantó para marcharse—. Una vez más te has convertido en la antítesis del letargo.

—¿Como un tranvía por un camino rural? —apuntó Mycroft, sonriendo.

—Algo así, sí —respondió Holmes mientras cogía la mano de su hermano—. Me temo que he dejado pasar demasiado tiempo desde la última vez. ¿Cuándo nos veremos de nuevo?

—Me temo que no volveremos a hacerlo.

Holmes estaba encorvado sobre la butaca de su hermano y tenía la suave y pesada mano de Mycroft bajo la suya. Si no hubiera visto su mirada, en claro contraste con su sonrisa, se hubiera reído. Uno confuso y el otro resignado, mantuvieron la mirada mientras se comunicaban lo mejor que podían: «como tú, parecían decir, he caminado en dos siglos diferentes y mi trayecto está a punto de finalizar».

—Querido Mycroft —dijo Holmes, golpeando suavemente la espinilla de su hermano con el bastón—, me temo que has cometido un error de cálculo.

Pero, como siempre, Mycroft no se equivocó. Una carta anónima enviada desde el club Diógenes cortó el último lazo de Holmes con el pasado. No le ofrecían sus condolencias; solo le comunicaban que su hermano había muerto en paz el martes 19 de noviembre y que, cumpliendo con su última voluntad, el cuerpo sería sepultado anónimamente y sin ceremonias.

«Qué propio de Mycroft», pensó mientras doblaba la carta y la dejaba junto al resto de los papeles de su escritorio.

«Cuánta razón tuviste», reflexionó más tarde sentado entre las piedras, aquella fría noche, sin percatarse de que Roger lo espiaba desde el jardín ni de que la señora Munro lo reprendió al descubrirlo.

—Déjalo en paz, hijo. Hoy está raro, Dios sabrá por qué.

Por supuesto, Holmes no le comunicó a nadie la muerte de Mycroft, ni tampoco habló del segundo envío que recibió del club Diógenes, justo una semana después de la carta: un pequeño paquete en los peldaños de entrada a la casa que casi pisó al salir para dar un paseo matutino. Bajo el papel marrón encontró una vieja edición de *El martirio de un hombre*, de Winwood Reade. Era la misma copia que su padre, Siger, le había dado para la larga convalecencia que pasó en la habitación del ático de la casa de campo que tenían en Yorkshire. El libro iba acompañado por una breve nota de Mycroft. Era una novela deprimente, pero había causado una gran impresión en el joven Holmes. Y al leer la nota, al sostener el libro de nuevo, un recuerdo que había suprimido hacía mucho salió a la superficie, porque había prestado el libro a su hermano mayor en 1867, insistiendo en que lo leyera.

—Cuando termines, deberás compartir conmigo tu opinión. Quiero saber qué te parece.

«Muchas reflexiones interesantes, aunque un poco largo para mi gusto. He tardado años en acabarlo», fue la breve evaluación de Mycroft setenta y ocho años después.

No fue la única vez que los muertos le ofrecieron sus palabras. Había notas que la señora Hudson había escrito para sí misma, posiblemente recordatorios, en los muebles de la cocina, en el armario de las escobas, repartidas por la casita del ama de llaves... Su sustituta las encontraba de casualidad y se las entregaba a Holmes, siempre con la misma expresión perpleja. Guardó las notas durante un tiempo, como si fueran piezas de un puzle disparatado, pero al final no consiguió encontrar sentido a sus mensajes, ya que todos consistían en sustantivos: sombrerera, zapatillas; cebada, jaboncillo; girándula, mazapán; sabueso, chapucero; calendario, plancha; zanahoria, bata; fruto, anticipación; traqueida,

217

plato; pimienta, bollito. Las notas, concluyó sin sentimiento, debían terminar en la chimenea de la biblioteca. Los crípticos garabatos de la señora Hudson cayeron presa de las llamas un día de invierno junto a varias cartas enviadas por desconocidos.

Anteriormente, tres diarios inéditos del doctor Watson habían corrido la misma suerte, y por una buena razón. De 1874 a 1929, el doctor había registrado su vida diaria casi al detalle en los incontables volúmenes que se alineaban en las estanterías de su despacho. Pero los tres diarios que legó a Holmes (que cubrían el periodo comprendido entre el 16 de mayo de 1901 y finales de octubre de 1903) eran de naturaleza más sensible. En su mayor parte relataban cientos de casos menores, un par de hazañas notables y una anécdota especialmente graciosa sobre el robo de unos caballos de competición (*Cagalera en las carreras*),[10] pero junto a lo trivial y lo digno de atención había un puñado de asuntos sórdidos y potencialmente dañinos: varios deslices de parientes de la familia real, un dignatario extranjero aficionado a los muchachos negros y un escándalo de prostitución que había amenazado con exponer a catorce miembros del Parlamento.

Así que fue prudente que el doctor Watson le donara esos tres diarios, no fuera que cayeran en las manos equivocadas. Además, Holmes decidió que los diarios debían ser destruidos; en caso contrario, los textos del doctor se publicarían tras su muerte. Suponía que todo lo demás, si no había sido ya publicado como relatos de ficción, merecía desaparecer para mantener los secretos de aquellos que habían buscado su confidencialidad. Evitó hojearlos y se resistió incluso a echarles

10. Juego de palabras con los dos significados de «*the trots*»: diarrea y trotes.

un breve vistazo antes de lanzarlos a la chimenea de la biblioteca, donde el papel y las cubiertas humearon abundantemente antes de la irrupción de las llamas azules y naranjas.

Sin embargo, muchos años después, mientras viajaba por Japón, Holmes recordó la destrucción de aquellos diarios con ciertas dudas. Según la historia de Umezaki, su padre había acudido a pedirle consejo en 1903, lo que significaba que (si la historia era cierta) los detalles de aquel encuentro seguramente habían quedado reducidos a cenizas. Mientras descansaban en una posada de Shimonoseki, Holmes volvió a ver los diarios del doctor Watson ardiendo en la chimenea: aquellas brillantes ascuas en las que había estado grabado el pasar de los días se desintegraron de forma gradual y subieron por la chimenea para flotar hasta el cielo como almas ascendentes que es imposible recuperar. El recuerdo embotó su mente; tumbado en el futón, con los ojos cerrados, experimentó una sensación de vacío, de inexplicable pérdida. Esa intensa y desesperada sensación regresó a él meses después; lo encontró sentado entre las piedras en aquella mañana nublada y gris.

Y mientras Roger estaba siendo enterrado en alguna parte, Holmes no pudo percibir ni comprender nada, ni pudo deshacerse de la asfixiante sensación de haber sido despojado de algo; sus mermadas facultades viajaban ahora por una región inhabitada, desterrado de todo lo que le era familiar, poco a poco y sin posibilidad de volver al mundo normal. Y, aun así, una única lágrima lo resucitó. Bajó hasta su barba, se deslizó hasta su mandíbula y se quedó colgando de un pelo de su barbilla.

—De acuerdo —dijo en un suspiro.

Abrió sus ojos hinchados, miró el colmenar y sus dedos se levantaron de la hierba para atrapar la lágrima antes de que cayera.

$\mathcal{A}$llí, cerca del colmenar (y más tarde en otro lugar: la luz del sol aumentó y la nublada mañana de verano se convirtió en un ventoso día de primavera), en otra costa, en aquella lejana tierra. Yamaguchi-ken, el pico más occidental de Honshu desde el que podía verse la isla de Kyushu, al otro lado del estrecho.

—*Ohayo gozaimasu* —dijo la rolliza camarera mientras Holmes y Umezaki se sentaban en las esteras de tatami.

Ambos llevaban un quimono gris y habían ocupado una mesa con vistas al jardín. Estaban hospedados en Shimonoseki Ryokan, una posada tradicional donde se proporcionaba un quimono a cada huésped y donde se le ofrecía la oportunidad, a petición, de probar la comida local que había surgido a raíz de la hambruna (una variedad de sopas, bolas de arroz y diferentes platos con carpa como ingrediente principal).

La camarera fue del salón a la cocina y de la cocina al salón cargada de bandejas. Era una mujer gruesa cuya barriga sobresalía del fajín de su cintura; los tatamis vibraban cuando se aproximaba. El señor Umezaki se preguntó en voz alta cómo era posible que siguiera tan gorda con la poca comida que había en la región. Pero la mujer se inclinaba continuamente ante sus huéspedes sin entender el inglés de Umezaki, yendo y viniendo del salón como un perro obediente y bien alimentado. Cuando todos los humeantes cuencos y platos estuvieron sobre la mesa, el señor Umezaki se quitó las gafas y cogió los palillos. Y Holmes, que examinaba el desayuno mientras cogía cuidadosamente los palillos, bostezó para despojarse de lo que había sido un sueño irregular, ya que el viento había estado sacudiendo las paredes hasta el amanecer y su aterrador lamento lo había mantenido medio despierto.

—¿Qué suele soñar por las noches, si no le importa que le pregunte? —le preguntó de repente el señor Umezaki mientras cogía una bola de arroz.

—¿Qué sueño por las noches? Estoy seguro de que no sueño nada en absoluto.

—¿Cómo es posible? Debe de soñar de vez en cuando. ¿No lo hace todo el mundo?

—De niño soñaba... Estoy bastante seguro de eso. No sé cuándo dejé de hacerlo, seguramente después de la adolescencia, o tal vez más tarde. En cualquier caso, no recuerdo los detalles de los sueños que haya podido tener. Tales alucinaciones son infinitamente más útiles a artistas y creyentes, ¿no le parece? Para los hombres como yo, sin embargo, son una molestia poco importante.

—He leído sobre personas que afirman no soñar, pero nunca lo he creído. Siempre he dado por sentado que, por alguna razón, tienen la necesidad de suprimir sus sueños.

—Bueno, es posible que sueñe, pero que me haya acostumbrado a ignorarlo. Pero ahora le pregunto yo, amigo mío: ¿qué pasa por su cabeza por la noche?

—Multitud de cosas. Mis sueños pueden ser muy concretos, ¿sabe? Lugares en los que he estado, rostros cotidianos, a menudo situaciones mundanas... Otras veces se trata de remotas y desconcertantes escenas: mi infancia, amigos muertos, gente a la que conozco bien pero que no parece la misma. A veces me despierto confuso, sin saber quién soy o qué he visto. Es como si me encontrara en alguna parte entre lo real y lo imaginado, aunque solo por un breve momento.

Holmes sonrió y miró por la ventana. Más allá del salón, en el jardín, la brisa mecía los crisantemos rojos y amarillos.

—Conozco esa sensación.

—Creo que mis sueños son fragmentos de mi memoria —dijo el señor Umezaki—. La memoria misma es como el tejido de la existencia. Yo creo que los sueños son conexiones rotas con el pasado, como bordes deshilachados que se desvían del tejido, pero que siguen siendo parte de él. Puede que sea una idea fantasiosa, no sé. Aun así, ¿no cree usted que los sueños son una especie de recuerdo, una abstracción de lo que fue?

Holmes continuó mirando por la ventana un momento.

—Sí, es una idea un tanto fantasiosa. En lo que a mí respecta, mi piel ha mudado y se ha regenerado durante noventa y tres años, así que esas hebras sueltas de las que habla deben de ser muchas. Y, aun así, estoy seguro de que no sueño nada. O tal vez sea que el tejido de mi memoria es extremadamente resistente; de otro modo, según su metáfora, estaría perdido en el tiempo. De todas formas, no creo que los sueños sean una abstracción del pasado; podrían ser símbolos de nuestros miedos o deseos, tal como sugirió el doctor austriaco.

Con los palillos, Holmes cogió una rodaja de pepinillo de un cuenco. El señor Umezaki lo observó mientras se la llevaba lentamente a la boca.

—Los miedos y los deseos —dijo Umezaki— también son productos del pasado, aunque carguemos con ellos. Pero los sueños son mucho más que eso, ¿no? ¿No parece que ocupemos otra región mientras dormimos, un mundo construido con las experiencias que tenemos en este?

—No tengo la más remota idea.

—¿Cuáles son sus miedos y deseos? Yo tengo muchos.

Holmes no contestó, a pesar de que el señor Umezaki guardó silencio y esperó su respuesta. Mientras miraba el cuenco de pepinillos, una expresión profundamente preocupada apareció en su rostro. No, no respondería a la pregunta, ni diría que sus miedos y deseos eran, en cierto sentido, uno y el mismo: la pérdida de memoria que lo acosaba cada vez más a menudo, que lo despertaba durante la vigilia, jadeando, con la sensación de que lo familiar, lo seguro, se estaba tornando en su contra, dejándolo indefenso y expuesto mientras intentaba seguir respirando; el olvido que también atenuaba la desesperación de sus pensamientos, que enmudecía la ausencia de aquellos a los que jamás volvería a ver y que lo anclaba al presente, donde todo lo que quería o necesitaba estaba al alcance de su mano.

—Discúlpeme —dijo el señor Umezaki—. No pretendía incomodarle. Debimos haber hablado de esto anoche, cuando fui a verle, pero no me pareció el momento apropiado.

Holmes bajó los palillos. Cogió dos rodajas del cuenco usando los dedos y se las comió. Cuando terminó, se limpió los dedos en el quimono.

—Mi querido Tamiki, ¿piensa acaso que anoche soñé con su padre? ¿Es esa la razón por la que me hace estas preguntas?

—No exactamente.

—O fue usted quien soñó con él y ahora desea contarme la experiencia, de manera velada, mientras desayunamos.

—He soñado con él, sí, aunque hace mucho tiempo.

—Comprendo —dijo Holmes—. Entonces, dígame: ¿a qué viene todo esto?

—Lo siento. —El señor Umezaki inclinó la cabeza—.
Le pido disculpas.

Holmes se dio cuenta de que estaba siendo brusco,
pero era irritante que le pidieran constantemente una
respuesta que no poseía. Además, aún estaba molesto
por la intromisión de Umezaki en su habitación la noche anterior. Cuando el zumbido quejumbroso y lasti-
mero del viento en las ventanas lo despertó, encontró la
borrosa silueta del hombre arrodillada junto al futón.
Se cernió sobre él, como una nube negra, y le preguntó
en un susurro: «¿Está bien? Dígame, ¿qué le pasa?»,
porque no podía pronunciar palabra, no podía mover los
brazos ni las piernas. Qué difícil había sido en aquel
momento recordar dónde estaba exactamente, comprender la voz que se dirigía a él en la oscuridad: «Sherlock, ¿qué le pasa? Puede contármelo».

Solo cuando el señor Umezaki atravesó en silencio la
habitación y abrió y cerró el panel deslizante que separaba sus habitaciones, Holmes volvió en sí. Se puso de
costado y escuchó el melancólico estruendo del viento.
Tocó el tatami que había bajo el futón y presionó los dedos contra la estera. Entonces cerró los ojos y pensó en
lo que el señor Umezaki le había preguntado, asimi-
lando por fin sus palabras: «Dígame, ¿qué le pasa?
Puede contármelo». Porque Holmes sabía que, a pesar
de todo lo que había dicho antes sobre disfrutar de su
viaje juntos, el señor Umezaki estaba decidido a descubrir algo sobre su padre, aunque para ello tuviera que
hacer guardia junto a su cama. ¿Por qué otro motivo habría entrado en su habitación? ¿Qué otra explicación
cabría esperar? Holmes también había interrogado a
personas dormidas en alguna ocasión (ladrones, adictos
al opio, sospechosos de asesinato). Lo había hecho de un
modo similar, susurrándoles al oído para reunir información de sus murmullos ahogados, somnolientas con-
fesiones que más tarde sorprendían a los acusados por

225

su exactitud. No desaprobaba el método, pero hubiera deseado que Umezaki dejara el misterio de su padre al menos hasta que su viaje finalizara.

Holmes habría querido decirle que aquellos hechos pertenecían al pasado y que no ganaba nada preocupándose por ello ahora. Era posible que las razones por las que Matsuda abandonó Japón fueran justificables, y que el bienestar de su familia fuera un factor de peso. Sin embargo, entendía que se sintiera incompleto sin haber tenido nunca un padre presente. Y, a pesar de todo lo que pensó aquella noche, en ningún momento consideró que la búsqueda del señor Umezaki fuera irrelevante. Todo lo contrario; Holmes siempre había creído que merecía la pena investigar los enigmas de la propia existencia. Pero, en el caso de Matsuda, sabía que cualquier pista que hubiera podido ofrecerle (si existía alguna) había sido destruida en la chimenea años antes; el recuerdo de los diarios quemados del doctor Watson lo angustió, embotó su mente y le impidió seguir pensando. Ni siquiera continuó oyendo el viento que surcaba las calles rajando el papel de las ventanas.

—Soy yo el que debería disculparse —dijo Holmes en el desayuno, y extendió la mano sobre la mesa para dar una palmadita a la mano del señor Umezaki—. He pasado una mala noche por culpa del tiempo y me he levantado con el pie izquierdo.

El señor Umezaki, con la cabeza aún inclinada, asintió.

—Es solo que estoy preocupado. Creí oírle llorar mientras dormía… Era un sonido terrible.

—Por supuesto —dijo Holmes, llevándole la corriente—. ¿Sabe? He caminado por páramos en los que el viento daba la impresión de ser alguien gritando, un plañido o gemido distante, casi como un grito de ayuda. Una tempestad puede engañar a sus oídos; yo mismo he caído en esa trampa, se lo aseguro.

Retiró la mano, sonriendo, y acercó los dedos al cuenco de pepinillos.

—Entonces, ¿cree que me equivoqué?

—Es posible, ¿no?

—Sí —dijo el señor Umezaki, levantando la cabeza con alivio—. Es posible, supongo.

—Muy bien —dijo Holmes, sosteniendo una rodaja ante sus labios—. Esto pone fin a este asunto. ¿Podemos dar comienzo al día? ¿Qué planes tenemos para esta mañana, otro paseo por la playa? ¿O deberíamos dedicarnos a nuestro propósito inicial, la búsqueda de la pimienta de Sichuan?

Sin embargo, Holmes notó que el señor Umezaki parecía perplejo. ¿Cuántas veces habían hablado sobre las razones por las que Holmes estaba de visita en Japón (el deseo de probar alguna receta preparada con pimienta de Sichuan o de observar el arbusto en su estado silvestre), y sobre su destino, que los conduciría, más tarde aquel día, a una rústica *izakaya* junto al mar (una versión japonesa de un pub inglés, según descubrió Holmes nada más pasar el umbral)?

Cuando entraron en la *izakaya*, los parroquianos levantaron las cabezas de sus vasos de cerveza o sake con cierta desconfianza. Había un caldero hirviendo y la esposa del propietario estaba cortando hojas de pimentero. Aun así, desde la llegada de Holmes, ¿cuántas veces había hablado el señor Umezaki del pastel que vendían en la *izakaya*, ese que se cocinaba amasando el polvo de los frutos y las semillas del pimentero junto a la harina, para darle sabor? ¿Y cuántas veces habían mencionado la correspondencia que habían mantenido durante meses, cuyo contenido siempre versaba sobre su interés en el denso arbusto de crecimiento lento (nutrido por la exposición al salitre, el sol y el cálido viento) que quizás alargaba la vida? Ni una, parecía.

La *izakaya* olía a pimienta y pescado. Se sentaron a

227

una mesa, bebieron té y escucharon las ruidosas conversaciones a su alrededor.

—Esos dos son pescadores —dijo el señor Umezaki—. Están discutiendo por una mujer.

El propietario salió inmediatamente de detrás de una cortina y mostró sus desdentadas encías al sonreír. Saludó entre risas a los clientes a los que conocía, con voz autoritaria y cómica, y finalmente se acercó a su mesa. El hombre parecía encantado de contar con la presencia del anciano inglés y de su refinado compañero; dio una palmada al señor Umezaki en el hombro y guiñó un ojo a Holmes, como si fueran todos buenos amigos. Se sentó a la mesa y miró a Holmes mientras decía algo al señor Umezaki en japonés, un comentario que hizo que todos los de la *izakaya* se rieran, excepto Holmes.

—¿Qué ha dicho?

—Ha tenido gracia —le dijo Umezaki—. Me ha dado las gracias por traer a mi padre a su establecimiento. Dice que somos dos gotas de agua, pero que usted es un poco más guapo.

—Estoy de acuerdo con eso último —dijo Holmes.

El señor Umezaki tradujo el mensaje al propietario, que estalló en carcajadas y asintió.

Cuando terminó su té, Holmes le dijo a Umezaki:

—Me gustaría echar un vistazo a ese caldero. ¿Le importaría preguntarle a nuestro amigo si puedo? Dígale que me encantaría ver cómo se cocina con la pimienta.

Cuando le hizo llegar la petición, el propietario se levantó de inmediato.

—Dice que se lo mostrará gustoso —le dijo el señor Umezaki—, pero es su esposa la que cocina. Ella es la única que puede mostrarle el proceso.

—Maravilloso —dijo Holmes, levantándose—. ¿Viene conmigo?

—En un momento, en cuanto acabe mi té.

—Es una oportunidad única, ¿sabe? Espero que no le importe si no le espero.

—No, en absoluto —dijo el señor Umezaki, aunque miró a Holmes con aspereza, como si de algún modo estuviera desertando.

Pronto, sin embargo, ambos estaban ante el caldero con hojas del arbusto en las manos mientras miraban cómo la esposa removía el caldo. Después les indicaron dónde crecía el pimentero: en un punto alejado de la playa, entre las dunas.

—¿Podríamos ir mañana por la mañana? —preguntó el señor Umezaki.

—No es demasiado tarde para ir ahora.

—Está bastante lejos, Sherlock-*san*.

—¿Podríamos hacer parte del camino? Al menos hasta que empiece a anochecer.

—Como quiera.

Echaron una última y curiosa mirada a la *izakaya*, al caldero, a la sopa y a los hombres ante los vasos, antes de salir y empezar a caminar por la arena en dirección a las dunas. Al atardecer aún no habían encontrado ni rastro del arbusto, así que decidieron volver para cenar en la posada. Ambos estaban cansados por la caminata y se retiraron temprano, en lugar de quedarse bebiendo como era habitual. Pero, aquella noche (la segunda de su estancia en Shimonoseki), Holmes se despertó a medianoche tras un sueño intermitente. Al principio le sorprendió no oír el viento, como la noche anterior. Después recordó lo que había estado pensando minutos antes de caer dormido: la decadente *izakaya* junto al mar, las hojas de pimentero hirviendo en un caldero de sopa de carpa. Estaba bajo las mantas, mirando el techo en la penumbra. Después de un rato sintió sueño y cerró los ojos, pero no durmió; en lugar de eso, pensó en el desdentado propietario, de nombre Wakui, y en cuánto se había divertido el señor Umezaki con sus comentarios graciosos, entre ellos un chiste de mal gusto sobre el emperador:

—¿Por qué dicen que el general MacArthur es el ombligo de Japón? Porque está por encima del capullo.[11]

Pero ningún comentario había gustado más a Umezaki que la divertida broma sobre que Holmes fuera su padre. A última hora de la tarde, mientras caminaban juntos por la playa, volvió a recordar la anécdota.

—Es extraño pensarlo… Si mi padre viviera, apenas sería un poco mayor que usted.

—Supongo —dijo Holmes mirando las dunas, buscando algún rastro del arbusto en la arenosa tierra.

—Usted será mi padre inglés, ¿qué le parece? —Cogió sin previo aviso el brazo de Holmes para caminar a su lado—. Wakui es un tipo divertido. Me gustaría visitarlo mañana.

Solo entonces se dio cuenta de que había sido elegido, aunque quizá no conscientemente, como sustituto de Matsuda. Era obvio que tras la madurez y prudencia del señor Umezaki acechaban las heridas psíquicas de la infancia, pero el resto no fue evidente hasta que repitió la frase de Wakui y agarró su brazo en la playa. Entonces quedó claro de repente: «La última vez que supiste de tu padre fue la primera vez que supiste de mí —pensó Holmes—. Matsuda desaparece de tu vida y llego yo, en forma de libro; uno reemplaza al otro».

Por eso las cartas desde Asia, la posterior invitación tras meses de genial correspondencia, el viaje a través de la campiña japonesa, los días que habían pasado juntos, como un padre y un hijo recuperando el tiempo per-

11. Como comandante supremo de las fuerzas aliadas en Japón su autoridad estaba por encima del emperador Shōwa.

dido tras muchos años separados. Y si Holmes no podía ofrecerle respuestas concretas, quizá su cercanía (al hacer un largo viaje para conocer al señor Umezaki, al dormir en la casa de la familia en Kobe y embarcarse en un viaje al oeste para visitar el jardín de Hiroshima a donde Matsuda había llevado a Umezaki de pequeño) le proporcionaría una solución. Lo que también había quedado claro era que al señor Umezaki le importaba poco el pimentero japonés, la jalea real y cualquier otra cosa de la que habían hablado en aquellas inteligentes cartas. Una estratagema simple pero efectiva: había investigado cada tema, lo había articulado en sus cartas y, seguramente, después lo había olvidado.

«Estos chicos de padres ausentes», pensó Holmes, imaginando al señor Umezaki y al joven Roger mientras caminaba por las dunas. «Esta época de almas solitarias y anhelantes», pensó mientras los dedos de su anfitrión se tensaban sobre su brazo.

Sin embargo, al contrario que el señor Umezaki, Roger entendía el destino de su padre y creía que la muerte del hombre, aunque trágica en lo personal, había sido verdaderamente heroica, desde un punto de vista más general. Umezaki, sin embargo, no podía refugiarse en nada parecido, así que lo hacía en el frágil anciano inglés al que acompañaba por los arenosos montículos junto a la playa, y al que, en realidad, se aferraba, en lugar de guiarlo.

—¿No deberíamos volver?

—¿Se ha cansado de buscar?

—No, estaba preocupado por usted.

—Creo que estamos demasiado cerca para abandonar ahora.

—Está oscureciendo.

Holmes abrió los ojos y miró el techo de nuevo mientras sopesaba el problema. Porque para satisfacer al señor Umezaki tendría que revelar algo que debía ser

231

engendrado a partir de una verdad, como el doctor Watson cuando trabajaba en la trama de un relato, razonó, mezclando lo que era y lo que nunca había sido en una única e incuestionable creación. Sí, su relación con Matsuda no era imposible, y sí, la desaparición del hombre podía explicarse, aunque sería necesaria una minuciosa explicación. ¿Y dónde se conocieron? Quizás en la Sala de Forasteros del Club Diógenes, por petición de Mycroft. Pero ¿por qué?

«Si la labor de un detective se limitara a razonar desde esta habitación, Mycroft, tú serías el mejor criminólogo que ha existido nunca. Sin embargo, eres totalmente incapaz de realizar el trabajo de campo necesario para poder decidir sobre un asunto. Supongo que me has llamado por eso.»[12]

Se imaginó a Mycroft en su butaca. A su lado estaba T. R. Lamont, (¿o era R. T Lanner?), un hombre severo y ambicioso de ascendencia polinesia, miembro de la Sociedad Misionaria de Londres, que había vivido en la isla Mangaia, en el Pacífico, y que, mientras ejercía de espía en el Servicio Secreto Británico, mantenía una rígida supervisión policial sobre la población indígena en nombre de la moralidad. Con la esperanza de ayudar a las ambiciones expansionistas de Nueva Zelanda, a Lamont o Lanner se le había tenido en cuenta para un papel más importante: el de súbdito británico, una posición que le permitiría negociar con los jefes de las islas Cook para allanar el camino de la anexión de las islas a Nueva Zelanda.

¿O tal vez era J. R. Lambeth? No, no, recordó Holmes, era Lamont, seguro que era Lamont. En cualquier caso, era 1898 o 1899… ¿O era 1897? Y Mycroft había

12. Fragmento de *El intérprete griego,* el primer relato donde aparece Mycroft

llamado a Holmes para pedirle su opinión sobre Lamont. «Como sabes, puedo emitir una excelente opinión como experto, pero recabar los detalles del verdadero valor de alguien no es mi *métier*», le escribió su hermano en un telegrama.

—Debemos jugar bien nuestras cartas —le explicó Mycroft, conocedor de la influencia de Francia en Tahití y en las islas de la Sociedad—. Naturalmente, la reina Makea Takau quiere anexionar sus islas, pero nuestro Gobierno sigue siendo un administrador reacio. El primer ministro de Nueva Zelanda, por otro lado, ya le ha echado el ojo, así que estamos obligados a ayudar en todo lo que podamos. Y viendo cómo se relaciona el señor Lamont con los nativos, con quienes comparte más de un par de rasgos físicos comunes, creemos que podría sernos útil.

Holmes observó a aquel reservado individuo de baja estatura que estaba sentado a la derecha de su hermano. Miraba el suelo a través de sus gafas, con el sombrero en el regazo, empequeñecido por la enorme figura a su izquierda.

—Aparte de ti, Mycroft, ¿a quién te refieres cuando dices «nos»?

—Eso, querido Sherlock, como todo lo que se comenta en mi presencia, es secreto y no viene al caso en este momento. Lo que necesitamos es tu consejo en el dilema de nuestro compañero.

—Entiendo...

Pero no era a Lamont, o Lanner, o Lambeth, a quien Holmes veía ahora junto a Mycroft, sino a la alta figura de rostro alargado y perilla de Matsuda Umezaki. Les presentaron en aquel salón privado. Holmes se percató inmediatamente de que el hombre encajaba con los requisitos del puesto. Por el expediente que Mycroft le había facilitado, era evidente que Matsuda era un hombre inteligente (autor de varios libros notables, uno de

233

ellos sobre diplomacia secreta), competente como agente (su historial en el Ministerio de Asuntos Exteriores japonés lo confirmaba), un anglófilo desencantado con su propio país y dispuesto a viajar, siempre que fuera necesario, desde Japón a las islas Cook, después a Europa, y a continuación de vuelta a Japón.

—¿Crees que es el hombre adecuado? —le preguntó Mycroft.

—Efectivamente —dijo Holmes con una sonrisa—. «Creemos» que es el hombre perfecto.

Porque, como Lamont, Matsuda sería discreto y mediaría por la anexión de las islas Cook mientras su familia pensaba que estaba estudiando derecho constitucional en Londres.

—Le deseo suerte, señor —dijo Holmes al estrechar la mano de Matsuda después de la entrevista—. Estoy seguro de que su misión irá como la seda.

Se encontraron una vez más en el invierno de 1902 o, mejor aún, a principios de 1903 (dos años después del inicio de la ocupación de las islas por parte de Nueva Zelanda), cuando Matsuda fue en busca del consejo de Holmes sobre los problemas en Niue, una isla anteriormente asociada con Samoa y Tonga que fue ocupada un año después de la anexión. Una vez más, habían acudido a Matsuda debido a su posición de influencia, aunque ahora en beneficio de Nueva Zelanda, en lugar de Inglaterra.

—Admito que es una oportunidad muy jugosa, Sherlock... Quedarme indefinidamente en las islas Cook para suprimir las protestas en Niue y conseguir ponerla bajo la jurisdicción de una administración independiente mientras superviso la mejora de las instalaciones públicas del resto de las islas.

Estaban sentados en la sala de estar de Holmes, en Baker Street, hablando mientras bebían una botella de claret.

—¿Teme que su labor se vea como una traición al Whitehall? —le preguntó Holmes.

—En cierta manera, sí.

—Yo no me preocuparía, amigo mío. Ha cumplido con su misión admirablemente. Supongo que ahora es libre de utilizar su talento en otra parte, ¿por qué no?

—¿De verdad lo cree?

—Por supuesto, por supuesto.

Y, como Lamont, Matsuda le dio las gracias a Holmes y le pidió que su conversación quedara entre ellos. Terminó su copa antes de marcharse e hizo una reverencia mientras salía por la puerta principal hacia la calle. Volvió a las islas Cook inmediatamente y viajó de isla en isla para conocer a los cinco jefes nativos más importantes y a los siete menores, planificó sus ideas para un futuro consejo legislativo y, finalmente, se trasladó a Erromango, en las Nuevas Hébridas, donde fue visto por última vez mientras se dirigía hacia las regiones interiores, un lugar que rara vez visitaban los forasteros, un reino aislado y exuberante conocido por sus enormes tótems de cráneos, así como por sus collares de huesos humanos.

Por supuesto, la historia tenía lagunas. Holmes temía confundir detalles, nombres, fechas y algunas minucias históricas si el señor Umezaki lo presionaba. Además, no podía ofrecer una explicación adecuada al hecho de que Matsuda hubiera abandonado a su familia para vivir en las islas Cook. Pero, teniendo en cuenta lo desesperado que estaba por encontrar respuestas, Holmes estaba seguro de que la historia sería suficiente. Las razones desconocidas que habían empujado a Matsuda a comenzar una nueva vida no eran asunto suyo, ya que tales motivos estarían, sin duda, basados en consideraciones personales o privadas, unas que no conocía. Aun así, lo que Umezaki descubriría sobre su padre no era poca cosa: Matsuda había desempeñado un papel crucial en la prevención de la invasión francesa de las islas Cook, así como en la supresión de las revueltas en Niue. Y, antes de su desaparición en la jungla, había intentado arengar a los isleños para que algún día formaran su propio Gobierno.

—Su padre —le diría más tarde a Umezaki— era un hombre al que el Gobierno británico tenía en alta estima, pero para los ancianos de Rarotonga y aquellos de las islas contiguas lo suficientemente mayores para recordarlo, su nombre era legendario.

Al final, ayudado por el suave resplandor de la lámpara encendida junto al futón, Holmes cogió sus bastones y se levantó. Después de ponerse el quimono, cruzó la habitación intentando no tropezar. Cuando llegó al panel de papel se detuvo un instante. En la habitación de Umezaki se oían ronquidos. Golpeó el suelo ligeramente con un bastón sin dejar de mirar el panel. Entonces oyó lo que parecía una tos seguida de suaves movimientos (el cuerpo de Umezaki al cambiar de postura, el susurro de las sábanas). Escuchó un poco más, pero no oyó nada. Al final tanteó el panel en busca de un pomo, pero lo único que encontró fue una ranura que lo ayudó a deslizarlo.

La habitación adyacente era un duplicado de la de Holmes: iluminada por la tenue y amarillenta luz de una lámpara, con un futón en el centro de la estancia, un escritorio empotrado y, apoyados contra una pared, los cojines que se usaban para sentarse o arrodillarse. Se aproximó al futón. Las sábanas estaban tiradas en el suelo y apenas podía ver al señor Umezaki, que dormía medio desnudo, boca arriba, inmóvil y en silencio, sin aparentar siquiera estar respirando. A la izquierda del colchoncillo, junto a la lámpara, había un par de zapatillas. Y cuando Holmes se arrodilló, el señor Umezaki se despertó de repente, hablando, atemorizado, en japonés, mientras miraba la oscura figura que estaba junto a él.

—Debo hablar con usted —le dijo Holmes, y colocó los bastones sobre su regazo.

El señor Umezaki se incorporó sin dejar de mirarlo. Cogió la lámpara y la levantó para iluminar el sobrio rostro de Holmes.

—¿Sherlock-*san*? ¿Está usted bien?

Holmes entornó los ojos ante el resplandor de la lámpara. Posó la palma de su mano sobre la mano de Umezaki y apartó la lámpara cuidadosamente. Después, desde las sombras, habló:

—Solo le pido que escuche y que, cuando termine, no vuelva a insistir en el asunto. —Umezaki no contestó, así que Holmes continuó—: Con los años he convertido en una regla el hecho de que nunca, bajo ninguna circunstancia, hablo sobre los casos que fueron estrictamente confidenciales o que involucraron el interés nacional. Espero que lo comprenda; hacer excepciones a esta regla podría poner en riesgo vidas y comprometería mi buena situación. Pero ahora me doy cuenta de que soy un hombre viejo, y es justo decir que mi situación es irreprochable. Creo que también es justo decir que la gente cuya privacidad he mantenido durante décadas ya no está en este mundo. En otras palabras, he sobrevivido a todo lo que una vez me definió.

—Eso no es cierto —replicó el señor Umezaki.

—Por favor, no me interrumpa. Si no dice nada más, le hablaré de su padre. Verá, me gustaría explicarle lo que sé de él antes de olvidarlo, y lo único que quiero es que escuche. Y cuando haya terminado y abandone su habitación, le pido que no vuelva a hablarme del asunto. Porque esta noche, amigo mío, usted será la primera excepción a una regla que me ha acompañado toda la vida. Ahora, por favor, deje que proporcione paz a nuestras mentes, si es que puedo.

Dicho esto, Holmes empezó a relatar su historia con un tono lento y susurrante, casi onírico. Cuando sus su-

surros concluyeron, los dos hombres se quedaron mirando un instante, sin moverse ni decir una palabra, dos formas indistintas sentadas como si fueran el oscuro reflejo una de la otra, con las cabezas ocultas en las sombras y el suelo iluminado bajo ellas... Hasta que Holmes se levantó, sin decir nada, y arrastró los pies hasta su habitación, cansado, camino de la cama, mientras sus bastones resonaban sobre las esteras.

20

*D*esde su regreso a Sussex, Holmes nunca había pensado demasiado en lo que le contó a Umezaki aquella noche en Shimonoseki, ni había reflexionado sobre el obstáculo que había supuesto para su viaje el enigma de Matsuda. En lugar de eso, cuando se encerraba en el despacho del ático y su mente lo llevaba hasta allí, se imaginaba las lejanas dunas por las que el señor Umezaki y él habían paseado. En concreto, se veía a sí mismo dirigiéndose a ellas de nuevo, caminando por la playa con Umezaki hasta que ambos se detenían para observar el océano o las pocas nubes blancas que flotaban sobre el horizonte.

—Qué buen tiempo hace, ¿verdad?

—Oh, sí —asintió Holmes.

Era su último día de visita en Shimonoseki y, aunque ninguno había dormido bien (Holmes había dormido intermitentemente antes de acudir a la habitación de Umezaki, y Umezaki se quedó despierto mucho después de que Holmes se marchara), estaban de buen humor y habían reanudado la búsqueda del pimentero japonés. Aquella mañana, el viento había cesado y el cielo era el propio de un espléndido día de primavera. La ciudad también parecía reanimada cuando salieron de la posada después de un desayuno tardío: la gente salía de sus ca-

sas o tiendas para barrer el suelo que el viento había en-
suciado; en el santuario bermellón de Akama-jingu, una
pareja de ancianos entonaba sutras bajo el sol. Al acercarse a la costa, vieron raqueros en la orilla, una docena
de mujeres y ancianos hurgando entre los despojos del
mar, recogiendo crustáceos o los objetos útiles que hubiera llevado la marea: algunos llevaban madera de aca-
rreo en la espalda, otros gruesos fardos de algas húmedas alrededor del cuello como andrajosas y sucias boas.
Pronto estuvieron deambulando junto a aquellas personas, avanzando por el estrecho sendero que conducía a
las dunas y que se ampliaba gradualmente hasta convertirse en el único y brillante terreno a su alrededor.

La superficie ondulada de las dunas, salpicada de
hierbas, trozos de conchas o piedras, ocultaba la vista del
océano. Los inclinados montículos parecían extenderse
sin fin por la costa; ascendían y caían hacia la lejana cor-
dillera al este o hacia el cielo en el norte. Aunque no hacía viento, la arena se desplazaba mientras caminaban y
se arremolinaba en sus estelas, espolvoreando los perni-
les de sus pantalones con un polvo salado. Tras ellos, las
impresiones de sus pisadas se desvanecían lentamente,
como si una mano invisible las estuviera borrando. Delante, donde las dunas se encontraban con el cielo, un
espejismo titilaba como si la tierra desprendiera vapor.
Todavía podían oír las olas rompiendo contra la orilla,
los raqueros gritándose unos a otros, las gaviotas graz-
nando sobre el mar.

Para sorpresa de Umezaki, Holmes señaló dónde habían buscado la noche anterior y dónde creía que debían
buscar ahora: al norte, junto a aquellas dunas que caían
en pendiente cerca del mar.

—Verá que la arena está más húmeda allí, lo que
convierte la zona en un lugar de crecimiento ideal para
nuestro arbusto.

Siguieron caminado sin detenerse, con los ojos en-

trecerrados para evitar el sol y escupiendo la arena que
se pegaba a sus labios. Las dunas se tragaban a veces sus
zapatos; otras, Holmes estaba a punto de perder el equilibrio y era rescatado por la mano firme del señor Umezaki. Al final, la arena se endureció bajo sus pies y el
océano apareció a unos metros de distancia. Llegaron a
un área abierta cuajada de hierbas silvestres, varios grupos de matojos y un único y voluminoso trozo de madera que seguramente había pertenecido al casco de un
barco pesquero. Se detuvieron un instante para recuperar el aliento y quitarse la arena de las perneras de los
pantalones. Después, el señor Umezaki se sentó en el
tronco y se secó con un pañuelo el sudor que goteaba de
su frente y bajaba por su rostro hasta la barbilla, mientras Holmes, que se había llevado un jamaicano encendido a los labios, comenzaba a explorar con atención las
hierbas silvestres y el follaje cercano. Finalmente, se detuvo junto a un enorme arbusto cubierto de moscas; la
plaga sobrevolaba la planta y se reunía en gran número
sobre las flores.

—Así que aquí estás, amigo —exclamó Holmes, y
dejó a un lado sus bastones.

Tocó suavemente los tallos, que estaban armados con
parejas de espinas cortas en la base de las hojas. Se fijó
en las flores masculinas y femeninas en plantas distintas (flores en agrupaciones axilares; unisexuales, verdo-
sas, diminutas, de unos dos centímetros de largo, entre
cinco y siete pétalos blancos). Las flores masculinas tenían unos cinco estambres; las femeninas, cuatro o cinco
carpelos con dos óvulos cada uno. Miró las semillas, re-
dondas, brillantes y negras.

—Bellísimo —dijo, dirigiéndose al pimentero como
si fuera un confidente.

El señor Umezaki se agachó junto al arbusto, dio una
calada a su cigarrillo y exhaló el humo sobre las moscas,
que se dispersaron. Pero no era el pimentero lo que ha-

241

bía atraído su atención, sino la fascinación de Holmes por la planta. Las ligeras puntas de sus dedos acariciaban las hojas mientras murmuraba palabras que repetía como un mantra:

—Compuesto pinnado, de tres a cinco centímetros de largo... El eje principal angosto y alado, espinoso, de tres a siete pares de foliolos, más el foliolo final, brillante...

La ligera sonrisa y el brillo en su mirada no dejaban dudas sobre la satisfacción y el asombro del anciano.

Y cuando Holmes miró a Umezaki, vio en él una expresión parecida, una que no había advertido en el rostro de su compañero en todo el viaje: una expresión sincera de alivio y aceptación.

—Hemos encontrado lo que buscábamos —dijo, mirando su propio reflejo en las gafas del señor Umezaki.

—Sí, creo que sí.

—Sé que es una cosa muy simple, pero me emociona, y soy incapaz de decir por qué.

—Comparto su sentimiento.

El señor Umezaki hizo una reverencia y se enderezó casi inmediatamente. Entonces fue como si tuviera algo urgente que expresar, pero Holmes negó con la cabeza para disuadirlo.

—Saboreemos este momento en silencio, ¿de acuerdo? Nuestras explicaciones podrían no hacer justicia a una oportunidad tan excepcional, y no queremos eso, ¿verdad?

—No.

—Bien —dijo Holmes.

Después de eso, no hablaron durante un tiempo. Umezaki terminó su cigarrillo y se encendió otro mientras Holmes miraba, sentía e investigaba el pimentero japonés y mascaba incansablemente su jamaicano. Cerca, las olas rodaban sobre sí mismas y se oía acercarse a los raqueros. Aun así, fue aquel acuerdo de silencio el que, más tarde, dejaría una vívida impresión en la mente de Holmes: los dos hombres junto al océano, junto al pimentero, en las dunas, en un perfecto día de primavera. Si intentaba visualizar la posada donde se habían hospedado, las calles por las que habían caminado juntos o los edificios junto a los que habían pasado, apenas conseguía recordar nada. Aun así, aquellas imágenes de los montículos de arena, del mar, del arbusto y del compañero que lo había atraído hasta Japón se habían grabado en su memoria. Recordaba su breve silencio y el extraño sonido que llegaba desde la playa (débil al principio y cada vez más fuerte, la voz atenuada y monótona de unos bruscos acordes) y que terminó con su silencio mutuo.

—Es un músico de *shamisen* —dijo el señor Umezaki tras ponerse en pie para mirar por encima de las hierbas que le hacían cosquillas en la barbilla.

Holmes cogió sus bastones.

—¿Un músico de qué?

—De *shamisen*. Es como un laúd.

El señor Umezaki lo ayudó a mirar más allá de la vegetación. Vieron una larga procesión de niños que avanzaba lentamente hacia el sur, en dirección a los raqueros; a la cabeza iba un hombre de cabello alborotado, vestido con un kimono negro y que tocaba un instrumento de tres cuerdas con una púa grande, mientras pinzaba las cuerdas con el dedo índice y corazón de la mano contraria.

—Ya había visto esto antes —dijo Umezaki después de que la procesión pasara—. Son vagabundos que tocan por comida o dinero. La mayoría lo hace bien, y en las ciudades grandes es posible encontrar muy buenos músicos.

Como aquellos niños hechizados por el flautista de Hamelín, estos seguían al hombre de cerca mientras cantaba y tocaba. La procesión se detuvo cuando llegó

243

hasta los raqueros, y también la música y el canto. El grupo se dispersó y los niños se sentaron en la arena alrededor del músico. Los raqueros desataron sus fardos y se despojaron de sus cargas. Algunos se sentaron y otros se arrodillaron entre la chavalería. Cuando todo el mundo estuvo acomodado, el músico empezó a cantar con un estilo lírico aunque narrativo, intercalando su aguda voz con unos acordes que emitían una especie de vibración eléctrica.

El señor Umezaki ladeó perezosamente la cabeza mientras miraba la playa. Entonces, como si se le acabara de ocurrir, dijo:

—¿Quiere que vayamos a escucharlo?

—Creo que deberíamos —contestó Holmes, mirando la reunión.

Sin embargo, no dejaron las dunas inmediatamente, porque Holmes tenía que echar un último vistazo al arbusto. Arrancó varias hojas y se las guardó en un bolsillo, aunque las muestras se le perdieron en algún momento del regreso a Kobe. Antes de cruzar la playa, sus ojos se demoraron unos segundos más en el pimentero japonés.

—Nunca había visto uno como tú —dijo a la planta—, y mucho me temo que no volveré a hacerlo. No...

Entonces pudo marcharse. Atravesó las hierbas silvestres con el señor Umezaki, camino de la playa, donde se sentaron junto a los raqueros y los niños para escuchar al músico de *shamisen* (un hombre parcialmente ciego que viajaba a pie por Japón, según descubrió más tarde) mientras cantaba sus historias y pulsaba las cuerdas. Las gaviotas planeaban y se lanzaban en picado sobre sus cabezas, animadas al parecer por la música, mientras un barco arañaba el horizonte en dirección al puerto. Holmes podía ver todo esto con claridad (el cielo perfecto, la audiencia fascinada, el estoico músico, la extraña melodía y el tranquilo océano), porque aquella escena había sido la agradable cúspide de su viaje. El resto, sin embargo, pasaba por su mente como parpadeantes atisbos de un sueño: la procesión que volvió a formarse al final de la tarde, con el músico ciego a la cabeza guiando a sus seguidores por la playa entre piras ardientes de madera de rescate. Al final, el cortejo entró en la *izakaya* con techo de paja que había junto al mar. Wakui y su esposa los recibieron en el interior.

La luz del sol iluminaba las ventanas cubiertas de papel; las sombras de las ramas de los árboles estaban borrosas y difuminadas. «Shimonoseki, último día, 1947», había escrito Holmes en una servilleta que a continuación se guardó como recuerdo de aquella tarde. Al igual que Umezaki, iba ya por su segunda cerveza. Wakui los informó de que se habían quedado sin el pastel especial hecho de pimienta de Sichuan, pero, de todos modos, permanecieron allí para refrescarse en el interior de la *izakaya*. Holmes había disfrutado de un par de copas para celebrar su descubrimiento. Allí, aquel último día, mientras bebía con el señor Umezaki, rememoró el solitario arbusto que crecía más allá de la ciudad, cubierto de insectos, espinoso, carente de belleza, pero, aun así, único y útil; en cierto sentido, no muy distinto de sí mismo, pensó con humor.

Los parroquianos empezaban a llenar la *izakaya*, atraídos por la música de *shamisen* que sonaba al fondo del bar. Los niños volvían a sus casas, con las caras enrojecidas por el sol y la ropa llena de arena, y se despedían del músico con la mano mientras le daban las gracias.

—Se llama Chikuzan Takahashi. Viene aquí cada año, según me ha dicho Wakui. Los niños se pegan a él como moscas.

Pero ya no quedaba pastel, así que hubo cerveza y sopa para el músico ambulante, y también para Holmes y el señor Umezaki. Los botes estaban descargando sus capturas. Los pescadores atravesaban la calle, cansados, hasta la puerta abierta del establecimicnto, atraídos por el seductor aroma del alcohol que llegaba hasta ellos como una consoladora brisa. El sol poniente estaba llamando a la noche y Holmes experimentaba una sensación de plenitud, inefable pero completa; era como el gradual despertar de una noche de sueño reparador. ¿Era producto de su segunda, tercera o cuarta bebida, del descubrimiento del pimentero o de la música de un día de primavera?

El señor Umezaki bajó su cigarrillo, se inclinó sobre la mesa y dijo, tan quedamente como pudo:

—Si me lo permite, me gustaría darle las gracias.

Holmes miró a Umezaki como si fuera un incordio.

—¿Por qué? Debería ser yo quien le diera las gracias a usted. Ha sido una experiencia espléndida.

246

—Pero si me permitiera... Usted ha arrojado luz sobre uno de los dilemas de mi vida. Es posible que no haya recibido todas las respuestas que buscaba, pero usted me ha dado más que suficiente, y le doy las gracias por ayudarme.

—Amigo mío, le aseguro que no tiene ni idea de lo que está hablando —dijo Holmes con obstinación.

—Necesitaba decírselo, eso es todo. Le prometo que no volveré a hablar de ello.

Holmes jugueteó con su vaso.

—Bueno, si tan agradecido está, podría demostrarlo llenándome el vaso, porque parece que se está acabando —dijo al final.

Entonces el señor Umezaki le mostró su gratitud (en más de un sentido, porque rápidamente pidió otra ronda, y otra poco después, y otra) sonriendo durante toda la velada sin razón aparente, haciéndole preguntas sobre el pimentero como si, de repente, le interesara, expresando su alegría a los clientes que lo miraban, inclinándose, asintiendo y levantando su vaso. Aunque borracho, se puso en pie rápidamente para ayudar a Holmes a levantarse cuando terminaron de beber. Y, a la mañana siguiente, mientras viajaban en tren a Kobe, el japonés se mantuvo sociable y atento, relajado en su asiento, sonriendo, sin, al parecer, verse afectado por la resaca que acosaba a Holmes. Señalaba las vistas que se iban encontrando (un templo escondido tras los árboles, una aldea donde había tenido lugar una famosa batalla feudal) y, de vez en cuando, preguntaba:

—¿Se siente bien? ¿Necesita algo? ¿Quiere que abra la ventana?

—Estoy bien, gracias —refunfuñaba Holmes; cómo extrañó, en aquel momento, las horas de introspección que habían caracterizado sus anteriores viajes.

Aun así, sabía que los viajes de vuelta siempre eran más tediosos que los de ida, ya que al salir todo es maravillosamente singular y cada nuevo destino ofrece una multitud de descubrimientos. Por lo tanto, durante la vuelta, lo mejor es dormir todo lo posible, descansar mientras se restan kilómetros y el cuerpo inconsciente se dirige a casa. Pero cada vez que despertaba, al entreabrir los párpados y bostezar en su mano, ahí estaba aquel rostro excesivamente atento, de aquella infinita sonrisa junto a él.

—¿Se siente bien?

—Estoy perfectamente.

Holmes nunca habría imaginado que se alegraría de ver la implacable expresión de Maya o que, al llegar a Kobe, el normalmente afable Hensuiro le mostraría menos entusiasmo que el excesivo Umezaki. Sin embargo, a pesar de las molestas sonrisas y del inverosímil vigor, Holmes sospechaba que las intenciones del señor Umezaki eran, como mínimo, honorables: para crear una impresión favorable durante los últimos días que pasaría allí su invitado, para eliminar el aura de sus

247

cambios de humor y de su infelicidad, quería mostrarse como un hombre cambiado, como alguien que se había beneficiado de la ayuda de Holmes y que le estaría eternamente agradecido por lo que ahora creía que era la verdad.

Este cambio, sin embargo, no varió la opinión de Maya. ¿Le habría contado Umezaki lo que había descubierto, o lo sabía y no le importaba?, se preguntó Holmes. Evitaba al anciano siempre que le era posible y ni siquiera lo miraba; cuando se sentaba a la mesa, refunfuñaba con desdén. En realidad, daba igual si la mujer se había enterado o no del relato de Holmes sobre Matsuda, ya que la noticia no supondría ningún alivio para ella. Como fuera, la mujer continuaba culpándolo, aunque ese hecho tenía pocas consecuencias, naturalmente. Además, aquellas últimas revelaciones sugerían que Holmes había enviado, sin querer, a Matsuda para que fuera canibalizado y, como resultado, su único hijo había perdido a su padre, un golpe devastador para el chico que, en su mente, lo había desprovisto de una figura paterna y lo había alejado del amor de una mujer que no fuera ella. Sin importar qué mentira eligiera (el contenido de una carta que Matsuda había enviado años antes o la historia que él había contado a Umezaki aquella noche), Holmes sabía que podía contar con su desprecio; era absurdo esperar lo contrario.

Incluso así, sus últimos días en Kobe fueron agradables aunque tranquilos: dio largos paseos por la ciudad con el señor Umezaki y Hensuiro, bebieron después de las cenas y se fueron pronto a la cama. Había olvidado los detalles de lo que se había dicho, hecho o dialogado, y eran la playa y las dunas lo que llenaba ese vacío. Y aunque recelaba de las atenciones de Umezaki, se fue de Kobe sintiendo verdadero afecto por Hensuiro, el joven pintor que lo agarró del codo sin ningún motivo oculto para invitarlo a su estudio y mostrarle sus pinturas (los cielos rojos, los paisajes negros, los retorcidos cuerpos grises y azulados) mientras miraba con modestia el suelo salpicado de pintura.

—Son bastante, no sé..., modernas, Hensuiro.

—Gracias, *sensei*, gracias.

Holmes examinó un lienzo sin acabar: unos desoladores dedos huesudos salían de entre los escombros desesperadamente; en el fondo había un gato atigrado de color naranja arrancándose su propia pata a mordiscos. Entonces miró a Hensuiro, sus sensibles y casi tímidos ojos castaños, su rostro amable e infantil.

—Un alma tan gentil y una perspectiva tan áspera; es difícil reconciliar ambas cosas.

—Sí, gracias... Sí.

Sin embargo, entre las obras terminadas que se apoyaban contra las paredes, Holmes se topó con una pintura que era distinta del resto: un retrato formal de un atractivo joven de unos treinta años posando sobre un fondo de oscuras hojas verdes y vestido con un quimono, unos pantalones *hakama*, una chaqueta *haori*, calcetines *tabi* y zuecos *geta*.

—¿Quién es? —le preguntó Holmes, que no sabía si era un autorretrato o incluso el señor Umezaki en su juventud.

—Es mi hermano —dijo Hensuiro, y le explicó lo mejor que pudo que su hermano había muerto, pero no debido a la guerra o por alguna tragedia. No, le indicó moviendo un dedo índice sobre su muñeca: su hermano se había suicidado—. La mujer que amaba también. —Volvió a cortar su muñeca con el dedo—. ¿Sabe?, mi único hermano...

—¿Un doble suicidio?

—Sí, creo que sí.

—Comprendo —dijo Holmes. Se encorvó para ver mejor el rostro del sujeto, coloreado con óleos—. Es una obra magnífica. Me gusta mucho.

—*Honto ni arigato gozaimasu, sensei.* Gracias.

Más tarde, minutos antes de su partida de Kobe, Holmes sintió la extraña necesidad de darle a Hensuiro un abrazo de despedida, pero se resistió a hacerlo y se despidió con un asentimiento y un golpecito de bastón contra la espinilla del joven. Fue el señor Umezaki, sin embargo, quien se acercó a él en el andén de la estación de ferrocarril, le colocó las manos en los hombros y se inclinó en una reverencia.

—Esperamos volver a verle algún día... Tal vez en Inglaterra. Tal vez podríamos ir a visitarle.

—Tal vez —dijo Holmes.

Después subió al tren y se sentó junto a la ventanilla. El señor Umezaki y Hensuiro seguían en el andén, mirándolo, pero Holmes (a quien le disgustaban las despedidas sentimentales, aquella, a menudo, ansiosa necesidad de aprovechar al máximo los últimos minutos) evitó sus miradas y se entretuvo en colocar sus bastones y en estirar las piernas. Más tarde, cuando el tren comenzó a moverse, miró brevemente hacia donde habían estado y frunció el ceño al descubrir que ya se habían marchado. No descubrió los regalos que habían introducido en secreto en los bolsillos de su abrigo hasta que estuvo a punto de llegar a Tokio: un pequeño vial de cristal que contenía una pareja de abejas japonesas y un sobre con el nombre de Holmes escrito, y en cuyo interior había un haiku del señor Umezaki:

Me desvelo y
alguien llora en sueños.
Responde el viento.

Las dunas ocultan,
sinuosas, arteras,
el pimentero.

Un *shamisen*.
El abrazo nocturno
de los árboles.

El calor llega.
El amigo se va.
Dudas resueltas.

Aunque el origen del haiku estaba claro, Holmes se sintió desconcertado por el vial que sostenía ante su rostro. Contempló las dos abejas muertas selladas en su interior: una sobre la otra, con las patas entrelazadas. ¿De dónde había salido? ¿Del colmenar urbano de Tokio? ¿De alguna otra parte, mientras viajaba con el señor Umezaki? No lo sabía con seguridad, como tampoco podía explicar la procedencia de la mayor parte de los artículos que terminaban en sus bolsillos, pero tampoco era capaz de imaginar a Hensuiro cogiendo las abejas y colocándolas con cuidado en el vial antes de introducirlo disimuladamente en su bolsillo, desde donde acecharían entre trozos de papel y briznas de tabaco, una concha azul y granos de arena, el guijarro de color turquesa del jardín Shukkei y una única semilla de pimentero.

251

—¿Dónde os he encontrado? Piensa...

Por mucho que lo intentó, no consiguió recordar cómo había conseguido el vial. Aun así, era evidente que había recogido aquellas abejas muertas por una razón; seguramente para examinarlas, quizá como recordatorio o, posiblemente, como regalo para el joven Roger, un regalo por ocuparse del colmenar en su ausencia, por supuesto.

Y, de nuevo, dos días después del funeral de Roger, Holmes se vio a sí mismo leyendo el haiku escrito a mano tras descubrirlo bajo los montones de papeles de su escritorio. Se vio con las yemas de los dedos sobre los arrugados bordes, inclinado hacia delante en su silla, con un jamaicano entre los labios y el humo ascendiendo en espiral hacia el techo. Y un poco después se vio al dejar el papel: dio una calada al puro, exhaló a través de las fosas nasales y miró la ventana y el nebuloso techo. Vio el humo flotando como volutas de éter. Entonces se vio a sí mismo en aquel tren, con el abrigo y los bastones sobre el regazo, dejando atrás el campo, dejando atrás Tokio, bajo puentes levantados sobre las vías de ferrocarril. Se vio en un barco de la Armada Real, entre soldados que lo miraban, mientras estaba sentado o comía a solas, como una reliquia de una era pasada. Se vio evitando las conversaciones, aunque la comida de a bordo y la monotonía del viaje eran difíciles de recordar. Se vio regresando a Sussex y el momento en el que la señora Munro lo encontró, dormido en la biblioteca, antes de ir al colmenar y entregar a Roger el vial de las abejas.

252 —Esto es para ti. *Apis cerana japonica.* Las llamaremos, para simplificarlo, abejas japonesas. ¿Qué te parecen?

—Gracias, señor.

Se vio despertándose en la oscuridad, escuchando sus propios jadeos, sintiéndose como si la mente lo hubiera abandonado, pero encontrándola intacta a la luz del día, cuando se puso en marcha como un aparato obsoleto. Y cuando la hija de Anderson le llevó el desayuno de jalea real sobre pan frito y le preguntó:

—¿Sabe algo de la señora Munro?

Se vio a sí mismo negando con la cabeza y diciendo:

—No he recibido noticias.

«Pero ¿y las abejas japonesas? —reflexionó mientras cogía sus bastones—. ¿Dónde las había guardado el chico?»

Se incorporó, miró por la ventana y vio la mañana nublada y gris que había seguido a la noche, sofocando el amanecer mientras él trabajaba en su escritorio.

«¿Dónde os ha puesto?», pensó cuando salió de la hacienda, con la llave de repuesto de la casa de invitados apretada contra la palma de la mano que agarraba uno de sus bastones.

253

21

$\mathcal{M}$ientras las nubes de tormenta se extendían sobre el mar y su propiedad, Holmes abrió la vivienda de la señora Munro y entró lentamente en una habitación que tenía las cortinas cerradas, las luces apagadas y en la que el olor a madera silvestre de las bolas de alcanfor escondía el resto de los aromas. Se detenía cada tres o cuatro pasos para mirar la oscuridad y recolocar sus bastones, como si esperara que una silueta difusa e inimaginable saltara sobre él desde las sombras. Continuó avanzando (el golpeteo de sus bastones caía con menor fuerza y mayor cautela que sus propios pasos) hasta que atravesó la puerta de Roger y entró en la única habitación de la casa que no estaba totalmente sellada a la luz del día. Estaba, por primera y última vez, entre las pocas pertenencias del chico.

Se sentó en el borde de la pulcra cama de Roger y miró a su alrededor. La cartera del chico, colgada del pomo de la puerta. El cazamariposas, apoyado en un rincón. Al final se levantó y merodeó lentamente por la estancia. Los libros. Las revistas *National Geographic*. Las piedras y las conchas sobre la cómoda, las fotografías y los coloridos dibujos de las paredes. Los objetos sobre su mesa de estudio: seis libros de texto, cinco lápices afilados, tiralíneas, papel en blanco... Y el vial con las dos abejas.

—Vaya —dijo, y levantó el vial para mirar un instante el contenido.

Las criaturas permanecían imperturbables en su interior, como lo estaban cuando las encontró en el tren de Tokio. Colocó el vial sobre la mesa y se aseguró de dejarlo exactamente como lo había encontrado. Qué meticuloso había sido el chico, qué preciso: todo estaba ordenado, alineado. Los objetos sobre su mesita de noche también estaban ordenados con cuidado: unas tijeras, un bote de pegamento líquido, un álbum de recortes con la portada negra y sin adornos.

Y pronto fue el álbum de recortes lo que Holmes tuvo en sus manos. Se sentó de nuevo en la cama y pasó detenidamente sus páginas. Examinó los complicados *collages* que representaban la fauna y los bosques, los soldados y la guerra, y por último posó su mirada sobre la desolada imagen del antiguo edificio de la prefectura del Gobierno en Hiroshima. Cuando terminó con el álbum de recortes, el hastío que había arrastrado desde el amanecer lo atrapó por completo.

Fuera, la difusiva luz del sol se atenuó de repente.

Las delgadas ramas de los árboles arañaban los cristales de las ventanas casi sin hacer ruido.

—No lo sé —murmuró incomprensiblemente, allí, en la cama de Roger—. No lo sé —dijo de nuevo, y se recostó sobre la almohada del niño y cerró los ojos, con el libro de recortes apretado contra su pecho—. No tengo ni idea.

Holmes cayó dormido a continuación, aunque no en el tipo de sueño que nace del total agotamiento, ni siquiera en un sueño inquieto en el que la fantasía y la realidad se entrelazan, sino más bien en un estado letárgico que lo sumió en una inmensa quietud. Inmediatamente, ese amplio y profundo sueño lo llevó a otra parte, lejos del dormitorio donde su cuerpo descansaba. Estuvo fuera más de seis horas; su respiración permane-

ció constante y suave, sus extremidades cambiaban de
postura o se encogían. No oyó los truenos al mediodía
ni percibió la tormenta que golpeó sus tierras, que hizo
que las altas hierbas se inclinaran abruptamente hacia el
suelo, mientras las punzantes y duras gotas de lluvia
humedecían la tierra. Cuando la tormenta pasó, no oyó
que la puerta delantera se abría, ni notó la ráfaga del
aire refrescado por la lluvia que atravesó la sala de estar
y el pasillo hasta la habitación de Roger.

Sin embargo, Holmes sintió que el frío le acariciaba
la cara y el cuello, y despertó como si unas gélidas manos rozaran suavemente su piel.

—¿Quién está ahí? —murmuró al despertar.

Abrió los párpados y miró la mesita de noche (tijeras, pegamento líquido). A continuación, oteó el pasillo:
aquel oscuro pasaje entre la iluminada habitación del
niño y la puerta abierta, donde, después de algunos segundos, se dio cuenta de que alguien lo esperaba en las
sombras, inmóvil y mirándolo; se podía ver la silueta
por la luz que venía desde atrás. Las ráfagas de aire agi-
taban suavemente su ropa, haciendo ondear el dobladi
llo de un vestido.

—¿Quién es? —preguntó, incapaz de incorporarse.

Y solo cuando la figura retrocedió (deslizándose hacia atrás, parecía, hasta atravesar el umbral) se hizo visible. La observó mientras arrastraba una maleta antes
de cerrar la puerta delantera y devolver la oscuridad a la
casa.

—Señora Munro…

La mujer apareció, como si se sintiera atraída hacia la
habitación del niño, mientras su cabeza flotaba como
una esfera blanca sin forma en el centro de un fondo negro. Aun así, la oscuridad no era una única sombra, sino
que parecía fluctuar y agitarse: la tela de su vestido, sospechaba Holmes; el traje de luto. De hecho, llevaba un
vestido negro con tiras de encaje y de diseño austero;

tenía la piel pálida y ojeras azuladas bajo los ojos. El dolor había apagado su juventud, tenía la cara descompuesta y sus movimientos eran torpes y lentos. Atravesó el umbral y asintió sin expresión cuando se acercó a él, sin rastro de la agonía que había oído el día en que murió Roger, ni la ira que había mostrado en el colmenar. En lugar de eso, era algo benigno lo que sentía en ella, algo complaciente y sedado.

«No puedes seguir culpándome a mí, ni a mis abejas. Nos has juzgado mal, querida niña, y te has dado cuenta de tu error», pensó.

Extendió las pálidas manos hacia él y le quitó el álbum de recortes de los dedos. Evitó su mirada, pero Holmes vio sus amplias pupilas y reconoció en ellas el mismo vacío que había visto en el cadáver de Roger. Sin decir nada, la mujer volvió a colocar el álbum sobre la mesita de noche, tal como el chico lo habría hecho.

—¿Por qué está aquí? —le preguntó Holmes después de poner los pies en el suelo para impulsarse sobre el colchón y sentarse.

Al oír su propia voz, su rostro enrojeció de vergüenza, porque ella lo había pillado durmiendo en su casa, abrazado al álbum de recortes de su hijo muerto. Debía ser ella quien preguntara. Sin embargo, la señora Munro no parecía molesta por su presencia, y eso hizo que se sintiera mucho más incómodo. Miró a su alrededor y vio sus bastones apoyados contra la mesita de noche.

—No esperaba que volviera tan pronto —se oyó decir a sí mismo mientras intentaba coger los bastones—. Espero que el viaje no haya sido demasiado duro.

Avergonzado por lo superficial de sus palabras, su cara se puso aún más roja.

La señora Munro estaba delante de la mesa de estudio, de espaldas a él, mientras Holmes seguía sentado sobre la cama, de espaldas a ella. Había decidido que lo mejor para ella era estar en su casa, le explicó. Cuando Holmes escuchó la voz tranquila con la que se dirigió a él, su inquietud desapareció.

—Tengo mucho que hacer aquí —dijo ella—. Asuntos que debo resolver. Asuntos míos y de Roger.

—Debe de estar hambrienta —le dijo, preparando sus bastones—. Pediré a la chica que le traiga algo. ¿O tal vez querría cenar conmigo?

Se preguntaba si la hija de Anderson habría vuelto ya de hacer sus compras en la ciudad. Mientras se levantaba, la señora Munro le contestó:

—No tengo hambre.

Holmes se giró hacia ella. La mujer lo miraba de soslayo con unos ojos reacios y vacíos que no llegaban a concentrarse en él.

—¿Hay algo que pueda hacer por usted? —Eso fue lo único que se le ocurrió preguntar—. ¿Desea algo?

—No se preocupe por mí, gracias —le contestó, evitando su mirada.

259

Entonces Holmes comprendió la verdadera razón por la que había vuelto tan pronto. Al mirarla (observando los objetos del escritorio, descruzando los brazos), vio el perfil de una mujer que no sabía cómo cerrar aquel capítulo de su vida.

—Va a marcharse, ¿verdad? —le preguntó abruptamente. Las palabras se habían escapado de su boca a mitad de un pensamiento.

Los dedos de la mujer se deslizaron por la mesa, acariciaron el tiralíneas y el papel en blanco, y se detuvieron un instante sobre la pulida superficie de madera, el lugar donde Roger había terminado sus deberes, donde había elaborado los complicados dibujos de las paredes y, seguramente, donde había reflexionado sobre sus revistas y libros. Aunque estuviera muerto, la mujer había visto al chico sentado allí mientras cocinaba, limpiaba y se ocupaba de las tareas de la casa. Y también

Holmes había imaginado a Roger en la mesa de estudio, inclinado hacia delante, como él mismo, mientras el día se convertía en noche y la noche en día. Quería compartir aquella imagen con la señora Munro, decirle lo que creía que ambos imaginaban, pero, en lugar de eso, se mantuvo en silencio, esperando la respuesta que finalmente atravesó los labios del ama de llaves:

—Sí, señor. Dejo la casa.

«Por supuesto», pensó Holmes, como si entendiera su decisión. Aun así, se sintió tan herido por la firmeza de su respuesta que tartamudeó, como alguien que suplicara una segunda oportunidad.

—Por favor, no tome decisiones precipitadas. No tiene que decidirlo ahora, en este momento.

—Pero no ha sido una decisión precipitada, ¿sabe? He pasado horas pensando en ello y me es imposible hacer otra cosa. Aquí no me queda nada de valor... Solo estas cosas, nada más. —Cogió una pluma roja y la hizo girar pensativamente entre los dedos—. No, no ha sido precipitada.

De repente, la brisa resonó en la ventana sobre la mesa de Roger y las ramas arañaron el cristal. El viento se intensificó súbitamente, agitando el árbol y provocando que sus ramas golpearan los paneles con mayor fuerza. Abatido por la respuesta de la señora Munro, Holmes suspiró con resignación.

—¿Y adónde irá, a Londres? ¿Qué será de usted?

—Si le soy sincera, no lo sé. No creo que importe.

Su hijo había muerto. Su marido había muerto. Hablaba como alguien que ha enterrado a sus seres más queridos y que siente que, al hacerlo, una parte de su ser ha quedado también sepultada. Holmes recordó un poema que había leído en su juventud, aquel único verso que había obsesionado su niñez: «Iré al más allá solo, así que buscadme allí». Abrumado por la complaciente desesperación de su ama de llaves, se acercó a ella.

—Por supuesto que importa. Abandonar la esperanza es abandonarlo todo, y usted no debe hacer eso, querida. En cualquier caso, tiene la obligación de persistir; si no lo hace, su amor por el chico no perdurará.

«Amor» era una palabra que la señora Munro nunca le había oído pronunciar. Lo miró de soslayo y lo detuvo con la frialdad de su mirada. Entonces, como si quisiera cambiar de tema, miró de nuevo la mesa de estudio y dijo:

—He aprendido mucho sobre ellas.

Holmes vio que se refería al vial de las abejas.

—¿De verdad? —le preguntó.

—Son japonesas... Insectos amables y tímidos, ¿verdad? No como esas suyas.

Puso el vial en la palma de su mano.

—Está en lo correcto. Veo que se ha informado.

Le sorprendía que la señora Munro supiera tan pocas cosas, pero frunció el ceño cuando la mujer no tuvo nada más que decir. Su mirada seguía clavada en el vial, concentrada en las abejas muertas del interior.

—Son unas criaturas excepcionales —dijo Holmes, incapaz de soportar el silencio—. Tímidas, como usted ha dicho, aunque incansables cuando tienen que exterminar a un enemigo.

Le contó que el avispón japonés gigante cazaba distintas especies de abejas y avispas. Cuando un avispón descubría un nido, dejaba una secreción para marcar el lugar; esa secreción era una señal para que el resto de los avispones de la zona se reunieran y atacaran la colonia. Las abejas japonesas, sin embargo, podían detectar la secreción del avispón, lo que les permitía prepararse para el inminente asalto. Cuando los avispones entraban en la colmena, las abejas rodeaban a los atacantes y los envolvían con sus cuerpos para someterlos a una temperatura de cuarenta y siete grados (demasiado para un avispón, perfecto para una abeja).

—Son realmente fascinantes, ¿no le parece? —concluyó—. Me topé con un colmenar en Tokio, ¿sabe? Fue una suerte poder observar a esas criaturas con mis propios ojos.

Los rayos del sol atravesaron las nubes e iluminaron las cortinas. Justo entonces, Holmes se sintió mezquino por haber pronunciado aquel discurso en un momento tan inapropiado; la señora Munro acababa de enterrar a su hijo y lo único que él podía ofrecerle era un sermón sobre las abejas japonesas. Apesadumbrado por su incapacidad, negó con la cabeza. Y, mientras pensaba en una disculpa, la mujer dejó el vial sobre la mesa.

—No tiene sentido, no es humano —dijo con voz temblorosa y emocionada—. El modo en el que habla... No hay nada humano en ello, solo ciencia y libros, cosas metidas en botellas y cajas. ¿Qué sabe usted sobre querer a alguien?

262 Holmes se estremeció ante aquel tono hiriente y lleno de odio, ante el afilado y desdeñoso énfasis de su voz, y se obligó a calmarse antes de contestar. Entonces se dio cuenta de que tenía los bastones agarrados con tanta fuerza que sus nudillos se habían vuelto blancos.

«No tienes ni idea», pensó. Lanzó un suspiro exasperado, relajó las manos y caminó hasta la cama de Roger.

—No soy tan inflexible —dijo mientras intentaba sentarse a los pies de la cama—. Al menos, eso quiero pensar. Pero ¿cómo podría convencerla de lo contrario? ¿Y si le digo que mi pasión por las abejas no surgió de ninguna rama de la ciencia ni de las páginas de un libro? ¿Le parecería menos inhumano?

La mujer no respondió ni se movió. Seguía mirando el vial.

—Señora Munro, temo que mi avanzada edad ha causado cierta disminución de mi memoria, como usted sin duda sabe. A menudo, olvido dónde he dejado las cosas, mis puros, mis bastones, a veces mis propios zapatos, y encuentro objetos en mis bolsillos que me desconciertan. Es sorprendente y horripilante al mismo tiempo. Hay épocas, además, en las que no recuerdo por qué he ido de una habitación a otra, o en las que ni siquiera puedo desentrañar las frases que acabo de escribir. Pero otras muchas cosas quedan grabadas de un modo indeleble en mi paradójica mente. Por ejemplo, recuerdo la época en la que tenía dieciocho años con una claridad absoluta... Era un estudiante de Oxford muy alto, solitario y poco agraciado que pasaba las tardes en la compañía del catedrático que daba clase de matemáticas y lógica, un hombre remilgado, exigente y desagradable que residía en Christ Church, como yo. Es posible que usted lo conozca por el nombre de Lewis Carroll, pero para mí era el reverendo C. L. Dodgson, inventor de la matemática recreativa, de algunas paradojas y juegos de cálculo, algo que me interesaba infinitamente. Sus juegos de manos y sus trucos de papiroflexia están ahora tan vívidos en mi mente como entonces. Del mismo modo, puedo ver el poni que tenía de pequeño y a mí mismo montándolo en los páramos de Yorkshire, perdiéndome en un océano de olas cubiertas de brezo. Son muchas las escenas como estas que perduran en mi cabeza, y puedo acceder fácilmente a todas ellas. Pero no sé por qué unas permanecen y otras no.

263

»Deje que le cuente algo más de mí, porque creo que es importante. Cuando me mira, creo que ve a un hombre incapaz de sentir. De eso tengo yo más culpa que usted, querida. Usted solo me ha conocido en mis años de decadencia, enclaustrado en esta hacienda y en el colmenar. Si decido hablar, normalmente es de esas criaturas. Así que no la culpo por pensar tan mal de mí. En cualquier caso, hasta mis cuarenta y ocho años apenas me interesó la apicultura; sin embargo, a los cuarenta y nueve no podía pensar en otra cosa. ¿Cómo es posible? —Inhaló, cerró los ojos un segundo y continuó—: Verá, estaba investigando a una mujer. Era joven, extraña pero atractiva. Me sentía atraído por ella… Es algo que jamás he llegado a comprender totalmente. El tiempo que pasamos juntos fue breve, menos de una hora, en realidad, y ella no sabía nada sobre mí y yo no sabía nada sobre ella, excepto que le gustaba leer, pasear y entretenerse entre las flores, así que paseé con ella, ¿sabe? Entre las flores. Los detalles del caso no tienen importancia, más allá del hecho de que, al final, desapareció de mi vida y, por inexplicable que parezca, sentí que había perdido algo esencial que había dejado un vacío en mi interior. Y, aun así, ella empezó a aparecer en mis pensamientos, primero en un momento de lucidez que fue tan insignificante como nuestro encuentro, pero después volvió a presentarse…, y desde entonces no me ha abandonado.

Se quedó en silencio, con los ojos entornados como si estuviera conjurando el pasado.

La señora Munro lo miró con una ligera mueca.

—¿Por qué me cuenta esto? ¿Qué tiene que ver con nada?

Cuando habló, su tersa frente se llenó de arrugas; aquellas profundas líneas eran la única expresión que había en su rostro. Pero Holmes no estaba mirándola; sus ojos seguían fijos en el suelo, absortos por algo que solo él podía ver.

—No tuvo ninguna importancia —dijo mientras la señora Keller se le aparecía, extendiendo su mano enguantada a través del tiempo. Allí, en el parque de la Sociedad de Física y Botánica, había acercado sus dedos a la viborera y a la *atropa belladona*, a la cola de caballo y a la artemisa, y ahora tenía un lirio en el cuenco de su mano. Al retirar la mano, descubrió que una obrera se había posado en su guante. Pero ella no se asustó, no sacudió el guante para espantar a la criatura ni la aplastó con el puño; en lugar de eso, la examinó atentamente, con aparente reverencia y una sonrisa curiosa, mientras le susurraba palabras de afecto. La obrera, a cambio, se quedó sobre su palma (sin inquietarse ni enterrar su aguijón en su guante), como si la considerara su igual.

»Es imposible describir con precisión una comunión tan íntima, no he vuelto a ver otra igual —dijo Holmes, levantando la cabeza—. En total, el episodio duró como mucho diez segundos, estoy seguro de que no fueron más; entonces decidió liberar a la criatura y la posó sobre la misma flor de donde había salido. Aun así, este breve y sencillo intercambio entre la mujer, su mano y la criatura a la que sostenía sin desconfianza, me lanzó de cabeza a lo que se ha convertido en mi mayor afición. Como ve, no se trata de una ciencia exacta y calculada, querida, y tampoco es tan absurda como usted ha sugerido.

La señora Munro mantuvo sus ojos sobre él.

—Pero eso no puede considerarse amor, ¿no?

—No entiendo de amor —contestó con tristeza—. Nunca he dicho que lo hiciera.

Y, a pesar de quién o qué hubiera originado aquella fascinación, sabía que la búsqueda de su solitaria vida dependía por completo de los métodos científicos, que sus ideas y escritos no estaban dirigidos a los sentimientos del hombre común. Aun así, allí estaba la multitud dorada. El oro de las flores. El oro del polvo de polen. El milagro de una cultura que había mantenido su modo de vida siglo tras siglo, era tras era, eón tras eón, demostrando la pericia con la que su comunidad había superado los problemas de la existencia. La autosuficiente comunidad de la colmena, en la que ni una sola descorazonada obrera confiaba en la dispensa humana. La relación entre el hombre y las abejas solo la disfrutaban aquellos que se ocupaban de la periferia del mundo de la colmena y que salvaguardaban la evolución de su complejo reino. La paz descubierta en la armonía del murmullo de los insectos calmaba la mente y le proporcionaba seguridad ante la confusión de un planeta cam-

265

biante. Roger había experimentado y valorado el misterio, el asombro y el respeto, acentuados por el sol de la tarde que impregnaba la colmena con tonos amarillos y naranjas; no tenía ninguna duda. Más de una vez, mientras estaban juntos entre las colmenas, Holmes había reconocido la fascinación en el rostro del niño, y entonces lo había consumido una sensación que no podía expresar fácilmente.

—Algunos tal vez lo llamarían amor. —Su expresión mezcló tristeza y desaliento.

La señora Munro se dio cuenta de que Holmes estaba llorando casi imperceptiblemente. Las lágrimas habían inundado sus ojos y caían por sus mejillas hasta su barba. Sin embargo, cesaron tan rápido como habían comenzado y Holmes se enjugó la humedad de la piel con un suspiro. Al final, se oyó a sí mismo decir:

—Me gustaría que lo reconsiderara. Para mí significaría mucho que se quedara.

Pero la señora Munro se negó a hablar y siguió mirando los dibujos de la pared como si él no estuviera allí. Holmes bajó la cabeza de nuevo.

«Me lo merezco», pensó. Las lágrimas comenzaron a brotar; después se detuvieron.

—¿Lo echa de menos? —le preguntó ella de repente, rompiendo por fin su silencio.

—Por supuesto que sí —respondió enseguida.

La mujer seguía mirando los dibujos. Su mirada se detuvo en una fotografía en sepia: Roger, de pequeño, en sus brazos, mientras su joven marido posaba orgulloso a su lado.

—Le admiraba. ¿Lo sabía usted? —Holmes levantó la cabeza y asintió con alivio mientras ella se giraba para mirarlo—. Fue Roger quien me habló de las abejas del tarro. Me explicó todo lo que usted le había contado al respecto; me repetía todo lo que usted decía.

El tono sarcástico y despectivo había desaparecido.

La repentina necesidad de la señora Munro de dirigirse a él directamente, la suavidad de su melancólica voz y su mirada fija en la de Holmes hicieron que este se sintiera como si, de algún modo, lo hubiera absuelto. Y, aun así, solo pudo escuchar y asentir mientras la miraba inflexiblemente.

La mujer, sin duda angustiada, examinó el taciturno y arrugado rostro de Holmes.

—¿Qué se supone que debo hacer ahora, señor? ¿Qué soy yo sin mi niño? ¿Por qué ha tenido que morir así?

Sin embargo, Holmes no podía pensar en nada que le sirviera como respuesta. Aun así, sus ojos le imploraban como si quisieran recibir algo de valor, algo determinado y beneficioso. En aquel momento, dudó que hubiera un estado mental más despiadadamente cruel que el deseo de encontrar significado a circunstancias que carecían de una respuesta útil o definitiva. Además, sabía que no podía inventarse una mentira conveniente para aliviar su sufrimiento, como había hecho con el señor Umezaki, ni tampoco llenar los vacíos y crear una conclusión satisfactoria, como había hecho a menudo el doctor Watson al escribir sus historias. No, la verdad era demasiado evidente: Roger había muerto víctima del infortunio.

—¿Por qué tuvo que pasar, señor? Debo saber por qué...

Hablaba como tantos otros lo habían hecho antes que ella, aquellos que lo habían buscado en Londres, aquellos que, años después, habían invadido su propiedad en Sussex para pedir su ayuda y rogarle que aliviara sus problemas y que restaurara el orden de sus vidas.

«Ojalá fuera tan fácil —pensó—. Ojalá todos los problemas tuvieran solución.»

Entonces, la perplejidad que precedía a aquellos periodos en los que su mente no podía retener sus propios pensamientos proyectó su sombra sobre él, pero intentó expresarse lo mejor que pudo y dijo solemnemente:

—Parece, o mejor dicho... A veces ocurren cosas que están más allá de nuestro entendimiento, y la injusta realidad es que esos sucesos, que son tan ilógicos para nosotros y que parecen carecer de razones, son exactamente lo que son y, por desgracia, nada más. Y creo..., de verdad creo que esta es la noción más dura con la que tenemos que vivir.

La señora Munro lo miró durante un instante como si no tuviera intención de contestarle.

—Sí, lo es —le dijo finalmente con una sonrisa amarga. En el silencio que siguió, miró la mesa de estudio de nuevo (los lápices, el papel, los libros, el vial) y ordenó todo lo que había tocado. Cuando terminó, se dirigió a Holmes—. Disculpe, pero necesito dormir. Han sido unos días agotadores.

—¿Se quedará conmigo esta noche? —le preguntó Holmes, preocupado e impulsado por una sensación que le advertía que no debía quedarse sola—. La chica de Anderson se ocupa de las comidas, aunque su cocina no es demasiado apetitosa. Y estoy seguro de que hay sábanas limpias en el dormitorio de invitados.

—Estoy bien aquí, señor. Gracias.

Holmes pensó en insistir, pero la señora Munro estaba ya mirando el oscuro pasillo. Su cuerpo, decidido y encorvado; sus dilatadas pupilas, negras y rodeadas por tenues círculos azules, ignoraban ya su presencia. Como había entrado en la habitación de Roger sin hablar, Holmes suponía que saldría del mismo modo. Aun así, cuando la mujer se dirigió a la puerta, la agarró de la mano y evitó que continuara avanzando.

—Hija mía...

Ella no se apartó, y él no intentó retenerla. Sostuvo su mano y ella le agarró la suya, sin decir nada ni mirarse el uno al otro; palma contra palma, se comunicaron con la suave presión mutua de sus dedos, hasta que, tras asentir una vez, la señora Munro se soltó y cruzó el umbral. Pronto desapareció en el pasillo y Holmes tuvo que caminar solo en la oscuridad.

Después de un momento, el anciano se levantó y, sin mirar atrás, salió de la habitación de Roger. Usó sus bastones para tantear en la oscuridad del pasillo, como si fuera un ciego. A su espalda quedaba la luz de la habitación del niño; ante él estaba la penumbra de la casa y, en alguna parte, estaba la señora Munro. Cuando llegó a la puerta, buscó el pomo, lo agarró y, con cierto esfuerzo, abrió. Pero la luz del exterior lo cegó durante un instante y evitó que siguiera avanzando; y fue mientras estaba allí, con los ojos entornados, inhalando el aire saturado de lluvia, cuando recibió la llamada del santuario del colmenar, de la tranquilidad de su apiario, de la serenidad que sentía cuando se sentaba entre aquellas cuatro piedras. Inhaló con decisión antes de partir y se dirigió al sendero con los ojos aún entornados. Se detuvo por el camino para buscar un jamaicano en sus bolsillos, pero solo encontró una caja de cerillas.

«No pasa nada», pensó, y continuó caminando mientras sus zapatos chapoteaban sobre el barro y las hierbas a cada lado del camino brillaban a causa de la humedad. Cerca del colmenar, una mariposa roja revoloteó junto a él. Otra mariposa la seguía, como si estuviera persiguiéndola, y otra más. Cuando la última mariposa pasó, sus ojos examinaron el colmenar y se posaron sobre las hileras de colmenas y después en el punto entre la hierba donde se escondían las cuatro piedras. Todo estaba mojado, empapado y sometido por las gotas de lluvia.

Así que continuó hacia delante, hasta donde su propiedad se encontraba con el cielo y la escarpada tierra blanca caía perpendicularmente por debajo de la granja, los jardines de flores y la casa de la señora Munro. Sus estratos mostraban la evolución del

269

tiempo y quedaban al descubierto junto al exiguo sendero que llevaba a la playa; cada capa indicaba el irregular progreso de la historia y sus transformaciones, graduales aunque continuas, con fósiles y raíces presionadas entre ellas.

Cuando empezó a descender por el sendero, con sus piernas ansiosas por seguir adelante y las huellas de sus bastones punteando la tierra calcárea y húmeda, escuchó las olas que rompían contra la orilla, aquel rugido distante seguido de un siseo y de un breve silencio, como si fuera el dialecto de la creación antes de que la vida humana fuera concebida. La brisa de la tarde y el sonido del océano se mezclaron en consonancia mientras observaba (más allá de la costa, a kilómetros de distancia) el sol reflejándose en el agua y ondulándose entre las corrientes. El resplandor del océano se incrementaba con cada minuto que pasaba; el sol parecía surgir de sus profundidades y las olas se enroscaban en dilatados tonos naranjas y rojos.

Sin embargo, todo parecía muy lejano, abstracto y ajeno a él. Cuanto más miraba el mar y el cielo, más alejado se sentía de la humanidad. Esa era la razón, reflexionó, por la que la humanidad estaba en conflicto consigo misma; aquel desapego era el subproducto inevitable de una especie que caminaba muy por delante de sus cualidades innatas, y ese hecho lo consumía con un inmenso pesar que apenas podía contener. Aun así, las olas rompían, los acantilados se alzaban, la brisa traía consigo el aroma del agua salada y las secuelas de la tormenta atemperaban el calor del verano. Mientras bajaba el sendero, despertó en su interior el deseo de ser parte del original orden natural, de escapar de las ataduras de la gente y del absurdo clamor que era el heraldo de su egolatría. Este anhelo se incrustó en su interior, rebasando todo lo que valoraba o creía que era cierto (sus muchos escritos y teorías, sus observaciones sobre un amplio número de cosas). El cielo titubeaba mientras el sol decaía. La luna también ocupaba el cielo: allí colgada, oculta, reflejaba la luz del sol como un semicírculo transparente en el firmamento azul oscuro. Pensó brevemente en el sol y la luna, en aquella cegadora estrella y en el frío e inerte semicírculo, y se sintió satisfecho por cómo viajaba cada uno en su propia órbita, aunque ambos fueran, de algún modo, esenciales para el otro. Las palabras brotaron en su mente, aunque no recordara la fuente: «No procede que el sol alcance a la luna, ni que la noche se adelante al día».[13] Y, al final, justo como había ocurrido una y otra vez cuando caminaba por aquel serpenteante sendero, el crepúsculo llegó.

Cuando se detuvo a mitad de camino, el sol se estaba hundiendo hacia el horizonte y derramaba sus rayos sobre las pocetas y la arena, mezclando su luz con las profundas y alargadas sombras. Después de sentarse en el banco del mirador dejó sus bastones a un lado y miró la orilla, luego el océano y, a continuación, el infinito y mutable cielo. Todavía había un par de nubes de tormenta, rezagadas en la distancia, que destellaban de forma esporádica como luciérnagas. Varias gaviotas, que parecían gritarle a él, volaban alrededor unas de otras y oscilaban hábilmente con la brisa; bajo ellas, las olas anaranjadas y turbias también resplandecían. Donde el camino se torcía en dirección a la playa vio nuevos grupos de hierbas y zarzas, pero eran como proscritos expulsados de la tierra fértil de arriba. Entonces creyó oír el sonido de su propia respiración (una cadencia grave y sostenida, no muy diferente del zumbido del viento). ¿O era otra cosa, algo que provenía de un lugar cercano? Quizá, reflexionó, era el tenue murmullo de los acanti-

271

---

13. Corán, 36:40.

lados; las vibraciones de aquellas inconmensurables costuras de tierra; las piedras, las raíces y el barro anunciando su permanencia sobre el hombre, como había sido siempre a través de los siglos. Y era como si el tiempo estuviera dirigiéndose a él.

Cerró los ojos.

Relajó el cuerpo. El cansancio atravesaba sus extremidades, impidiendo que se levantara del banco.

«No te muevas —se dijo a sí mismo—, y visualiza las cosas que perduran en el tiempo. Los narcisos silvestres y los lechos de hierbas. El susurro de la brisa entre los pinos, tal como existía desde antes de tu nacimiento.»

Comenzó a notar una hormigueante sensación en el cuello, un tenue cosquilleo en su barba. Levantó una mano desde su regazo, lentamente. Los cardos se alzaron, serpenteantes. Las buddlejas púrpuras estaban en flor. Había llovido y la propiedad estaba mojada; el suelo, empapado. Al día siguiente volvería la lluvia. La tierra era más fragante tras el chaparrón. Las azaleas, los laureles y los rododendros se estremecían en la pradera. ¿Y qué es esto? Su mano atrapó la sensación; el cosquilleo pasó de su cuello a su puño. Contuvo la respiración, pero, de todos modos, abrió los ojos. Allí, en el despliegue de sus dedos, revoloteaba, con los caprichosos movimientos de una mosca común, una solitaria obrera con las corbículas llenas de polen; una rezagada de la colmena que estaba forrajeando sola.

«Qué admirable criatura», pensó, mirándola mientras danzaba sobre su palma. Entonces agitó la mano y la envió al aire, envidioso de su velocidad y de la facilidad con la que echó a volar hacia aquel mundo mutable e inconsistente.

22

Epílogo

*D*espués de todo este tiempo, me abruma una gran tristeza mientras tomo la pluma para escribir estos últimos párrafos sobre las circunstancias en las que la vida de la señora Keller fue cercenada. He intentado relatar algunos detalles de mi extraña conexión con la mujer (desde la primera vez que vi su rostro en una fotografía hasta la tarde que, por fin, me ofreció una visión fugaz de su semblante) de un modo inconexo y, ahora estoy seguro, poco fidedigno. Siempre fue mi intención detenerme ahí, en la Sociedad de Física y Botánica, y no narrar nada sobre el suceso que creó el extraño vacío en mi mente, ese que cuarenta y cinco años después todavía no ha sido apaciguado o desterrado.

Sin embargo, mi pluma se ha visto obligada, en esta oscura noche, por mi deseo de dar a conocer tanto como sea posible, no sea que mi vacilante retentiva decida, sin mi consentimiento, desterrarla pronto. Temo que sea inevitable y siento que no tengo más opción que presentar los detalles justo como ocurrieron. Según recuerdo, hubo una breve acotación en la prensa pública el viernes que siguió a su marcha del parque de la Sociedad de Física y Botánica;

apareció en una edición matinal del *Evening Standard*. Parecía, por su ubicación en el periódico, que el suceso carecía de importancia, y decía lo siguiente:

> Esta tarde, tuvo lugar un trágico accidente ferroviario en las vías cerca de la estación de St. Pancras, en el que se ha visto involucrada una locomotora y que ha tenido como resultado la muerte de una mujer. El maquinista Ian Lomax, de London & North Western Railway, se sorprendió al ver a una mujer con una sombrilla caminando hacia el ferrocarril a las dos y media. Incapaz de detener la locomotora antes de que esta la alcanzara, el maquinista intentó darle aviso utilizando el silbato, pero la mujer permaneció en las vías, sin intentar apartarse, y fue finalmente atropellada. La fuerza del impacto destrozó el cuerpo de la joven, que fue lanzado a buena distancia de las vías. El examen de las pertenencias de la desafortunada mujer la identificó como Ann Keller, de Fortis Grove. Su desconsolado esposo no ha hecho todavía ninguna declaración oficial sobre las razones por las que podría haberse acercado a los raíles, aunque la policía está realizando una investigación para intentar determinar esas posibles razones.

Estos son los únicos hechos conocidos sobre la trágica y violenta muerte de la señora Ann Keller. Aunque este relato ya es suficientemente extenso, debo prolongarlo un poco más para mencionar que (la mañana después de descubrir su muerte) me puse mi disfraz de gafas y bigote falso con manos temblorosas, y recobré la compostura mientras me dirigía, a pie, desde Baker Street hasta la casa de Fortis Grove, donde la puerta delantera se abrió, lentamente, para mí. Más allá solo pude ver el lánguido semblante de Thomas R. Keller encuadrado por la oscuridad que se cernía a su espalda. No parecía consternado ni animado por mi llegada, y mi disfraz no provocó ninguna mirada inquisitiva en él. Enseguida detecté un penetrante olor a brandi de Jerez

(La Marque Speciale, para ser preciso) que emanó de él cuando dijo con desgana:

—Por favor, entre.

Sin embargo, lo poco que deseaba compartir con aquel hombre se quedó sin decir por el momento y lo seguí en silencio a través de varias habitaciones con las cortinas cerradas, junto a una escalera, y después hasta el interior de un despacho iluminado por una única lámpara. Su resplandor alumbraba dos butacas y, entre ellas, una mesa auxiliar con dos botellas del mismo licor que yo había olido en su aliento.

Y aquí es cuando extraño a John más que nunca. Con detalles inteligentes y grandes hipérboles podía convertir una historia mundana en una de interés, que es como se demuestra el verdadero talento de un escritor. A pesar de que estoy escribiendo mi propia historia, no tengo la habilidad real de pintar con trazos tan generosos como refinados. Sin embargo, haré todo lo que pueda por dibujar un retrato tan vívido como sea posible de la palidez y el pesar que habían caído sobre mi cliente. Porque, cuando me senté a su lado y le expresé mis más profundas condolencias, no dijo casi nada en respuesta, sino que se mantuvo inmóvil, con su mentón sin afeitar sobre su pecho, sumido en el más profundo estupor. Su mirada, inanimada y vacía, estaba fija en el suelo; con una mano se aferraba al brazo de la butaca y con la otra asía con fuerza el cuello de una botella de brandi, aunque en su debilitado estado era incapaz de levantar la botella para llevarla desde la mesa auxiliar hasta su boca.

El señor Keller no se comportaba como yo imaginaba que haría; no parecía sentirse culpable por su muerte y, cuando absolví a su esposa de cualquier acto inmoral, mis palabras sonaron vacías e insignificantes. ¿Qué importaba ya que no estuviera asistiendo en secreto a clases de armónica, o que la señora Schirmer hubiera sido injustamente juzgada, o que su esposa hubiera sido, en casi todo, sincera

275

con él? Aun así, le hice saber la poca información que ella le había ocultado y le hablé del pequeño jardín secreto de Portman, de los libros que tomaba prestados de las estanterías, de las clases de música que tenían lugar mientras ella leía. Le mencioné la puerta trasera que la conducía al callejón tras la tienda. Le conté sus erráticos paseos (por senderos, por estrechas avenidas, junto a las vías del tren) y cómo conseguía orientarse hasta llegar a la Sociedad de Física y Botánica. Aun así, no había necesidad de sacar a colación a Stefan Peterson, ni de señalar que la esposa de mi cliente había pasado el final de la tarde en compañía de alguien cuyas intenciones no eran precisamente nobles.

—Pero no lo comprendo —dijo él, agitándose en su butaca y mirándome con tristeza—. ¿Por qué lo hizo, señor Holmes? No lo entiendo.

Yo me había hecho esa misma pregunta repetidamente y había sido incapaz de encontrar una respuesta fácil. Le di una cariñosa palmada en la pierna. Después miré sus ojos inyectados en sangre, que, como si mi mirada los dañara, se clavaron de nuevo en el suelo.

—No podría decirlo con exactitud. Realmente no podría.

Era posible que existieran varias explicaciones, pero yo las había puesto a prueba en mi mente una a una sin dar con nada convincente. Una explicación posible era que el dolor por la pérdida de sus hijos nonatos hubiera sido una carga demasiado pesada para ella. Otra era que el supuesto poder de las notas de la armónica de cristal hubiera ejercido algún control sobre su frágil psique, o que se hubiera vuelto loca por las injusticias de la vida, o que tuviera alguna enfermedad desconocida que le hubiera provocado la locura. No pude encontrar ninguna otra solución que fuera adecuada, así que aquellas se convirtieron en las explicaciones que pasé horas repasando y evaluando sin llegar a una conclusión satisfactoria.

Durante un tiempo, decidí que la locura era la explica-

276

ción más plausible. La febril y obsesiva afición por la armónica de cristal sugería un trastorno de naturaleza psiconeurótica. El hecho de que en el pasado se encerrara en el ático durante horas y de que creara música para invocar a sus hijos reforzaba la idea de la locura. Por otra parte, la mujer que leía literatura romántica en bancos del parque y que mostraba una gran empatía por las flores y las criaturas de los jardines parecía en paz consigo misma y con el mundo que la rodeaba. No era imposible, sin embargo, que alguien perturbado mentalmente mostrara comportamientos contradictorios. Aun así, no había evidenciado señal alguna de locura. De hecho, no había nada en ella que diera a entender que era una mujer capaz de caminar imprudentemente hacia un tren en movimiento; porque, si ese hubiera sido el caso, ¿por qué había mostrado tal pasión por todo lo que vivía, florecía y crecía en primavera? Una vez más, no conseguí llegar a una conclusión que diera sentido a los hechos.

Quedaba, sin embargo, una última teoría que parecía bastante plausible. El saturnismo era, en aquella época, un mal bastante frecuente, ya que el plomo se encontraba en los cubiertos y utensilios de cocina, en las velas, en las cañerías del agua, en las ventanas, en la pintura y en los vasos de estaño. También podía encontrarse plomo, sin duda, en las copas de cristal de la armónica y en la pintura que se aplicaba a cada cuenco para diferenciar las notas. He sospechado siempre que este envenenamiento crónico fue la causa de la enfermedad, sordera y muerte de Beethoven, porque también él había dedicado horas al dominio de los cristales de la armónica. Por tanto, la teoría era bastante sólida, tan sólida que estaba decidido a demostrar su validez. Pero pronto quedó claro que la señora Keller no mostraba ninguno de los síntomas del saturnismo agudo o crónico: no se tambaleaba al caminar, ni tenía ataques, ni cólicos, ni se había reducido su capacidad intelectual. Y aunque habría podido envenenarse sin llegar a tocar una armónica, sabía que el mal que había experimentado previamente había sido aliviado por el instrumento, y no agravado por este. Además, sus manos descartaron esa sospecha inicial; no tenían las manchas ni la decoloración azulada que debía haber mostrado cerca de la punta de los dedos.

No, había concluido al final, ella no había perdido la cabeza ni había estado enferma o desesperada hasta ese punto de locura. La joven, por razones desconocidas, se había extraído a sí misma de la ecuación humana y, sencillamente, había dejado de existir. Era posible que hubiera hecho justo lo contrario de sobrevivir. E incluso ahora me pregunto si la creación es demasiado hermosa y demasiado horrible a la vez para un puñado de almas perceptivas, y si la comprensión de esta dualidad opuesta puede ofrecerles más opción que marcharse por voluntad propia. Más allá, no puedo dar otra explicación que pueda acercarse más a la verdad. Aun así, nunca he encontrado una conclusión que me proporcione algo de paz.

278

Estaba terminando este análisis sobre su esposa cuando el señor Keller se inclinó hacia delante en la butaca. Su mano se deslizó, mustia, por la botella, hasta descansar palma arriba en una esquina de la mesa auxiliar. Pero su rostro sombrío y ojeroso se había apaciguado por fin y una suave respiración elevaba su pecho. Demasiado dolor y muy poco sueño, estaba seguro. Demasiado brandi. Así que me quedé un rato y me serví una copa de La Marque Speciale, y después otra, y solo me levanté para irme cuando el licor sonrojó mis mejillas y embotó la melancolía que había saturado mi ser. Pronto cruzaría las habitaciones de la casa buscando la luz del sol que se veía ligeramente bajo los bordes de aquellas cortinas cerradas, aunque no hasta que saqué la fotografía de la señora Keller de un bolsillo de mi gabán y, con cierta desgana, la coloqué en la palma de la mano extendida de mi cliente. Después de eso, salí sin mirar atrás, atravesando el espacio entre la oscuridad y la luz tan rápidamente como me fue posible, y me lancé a una tarde que persiste en mi memoria tan brillante, azul y despejada como lo fue aquel día tan lejano.

Sin embargo, aún no deseaba volver a Baker Street. En lugar de eso, aquella soleada tarde de primavera me dirigí a Montague Street y saboreé la experiencia de pasear por las calles que la señora Keller había conocido tan bien. Y durante todo el camino imaginé que me estaría esperando cuando entrara en el jardín de Portman. Poco después, tras atravesar la tienda vacía y recorrer los sombríos pasillos hasta la parte de atrás, llegué al centro del jardín donde estaba el pequeño banco rodeado por el seto de boj. Me detuve a admirar las vistas y examiné los lechos de plantas perennes y las rosas a lo largo del perímetro. Corría una ligera brisa y, cuando miré más allá del seto, vi las dedaleras, los geranios y los lirios balanceándose. Me senté en el banco y esperé a que la armónica comenzara a sonar. Había llevado conmigo varios de los cigarrillos Bradley de John y, tras sacar uno de mi chaleco, comencé a fumar mientras escuchaba la música. Y fue mientras estaba allí, mirando el seto y disfrutando de las esencias del jardín que se mezclaban agradablemente con el aroma del tabaco, cuando una tangible sensación de añoranza y desolación comenzó a agitarse en mi interior.

La brisa empezó a soplar con más fuerza, pero solo durante un momento. El seto se estremeció incontrolablemente; las perennes oscilaron de un lado a otro. La brisa amainó y, en el silencio que siguió, me di cuenta de que aquella música no era para el disfrute de la gente como yo. Qué pena que aquel atractivo instrumento, cuyos compases eran tan dominantes, tan emblemáticos, no consiguiera seducirme como antes. ¿Cómo podría volver a ser lo mismo? Ella se había quitado la vida, se había ido. ¿Y qué importaba si, al final, todo se perdía o desaparecía, o si no existía ninguna razón, patrón o lógica definitiva para todo lo que se hacía en la Tierra? Porque ella no estaba allí, y aun así, yo permanecía. Nunca había sentido un vacío tan incomprensible en mi interior. En aquel momento, mientras mi cuerpo se levantaba del banco, comencé a comprender lo solo que estaba en el mundo. Así que mientras el crepúsculo se acercaba rápidamente, no me llevé nada más del jardín que aquel vacío imposible, aquella ausencia interior que tenía el peso de otra persona, un hueco que tenía la forma de la singular y extraña mujer que ni una sola vez contempló mi verdadero ser.

Agradecimientos

*G*racias, por su apoyo, información, consejo, amistad e inspiración, a: Ai, John Barlow, Coates Bateman, Richard E. Bonney, Bradam, Mike y Sarah Brewer, Francine Brody, Joel Burns, Anne Carey, Anthony Bregman y Ted Hope, Neko Case, Peter I. Chang, los *Christian* (Charise, Craig, Cameron, Caitlin), John Convertino, mi padre, Charles Cullin, Elise D'Hane, John Dower, Carol Edwards, Demetrios Efstratiou, Todd Field, Mary Gaitskill, el doctor Randy Garland, Howe y Sofie Gelb (), Terry William, Jemma Gómez, el colectivo del *Abuelito*, Tony Grisoni, Tom Harmsen, la familia Haruta (cuya ayuda para la realización de este libro siempre será muy apreciada), la encantadora Kristin Hersh, Tony Hillerman, Robyn Hitchcock, Sue Hubbell, Michele Hutchison, Reiko Caigo, Patti Keating, Steve y Jesiah King, Roberto Koshikawa, Ocean Lam, Tom Lavoie, Patty LeMay y Paul Niehaus, Russell Leong, Werner Melzer, John Nichols, Kenzaburo Oe, Hikaru Okuizumi, Dave Oliphant, los *Parras* (Chay, Mark, Callen), Hill Patterson, Chad y Jodi Piper, Kathy Pories, Andy Quan, Michael Richardson, Charlotte Roybal, Saito Sanki, Daniel Schacter, Marty y Judy Shepard, Peter Steinberg, Nan Talese, Kurt Wagner y Mary Mancini, Billy Wilder y I. A. L. Diamond, Lulu Wu y William Wilde Zeitler.

Un saludo especial para William S. Baring-Gould y su excelente *Sherlock Holmes of Baker Street* (Bramhall House, 1962), uno de mis libros favoritos desde mi niñez y que ha resultado de un valor incalculable a la hora de escribir esta novela. La mención de Mycroft a «su viejo amigo Winston» ha sido tomada directamente de esa edición.

Este libro utiliza el tipo Aldus, que toma su nombre
del vanguardista impresor del Renacimiento
italiano Aldus Manutius. Hermann Zapf
diseñó el tipo Aldus para la imprenta
Stempel, en 1954, como una réplica
más ligera y elegante del
popular tipo
Palatino

* * *

* *

*

Mr. Holmes
se acabó de imprimir
un día de invierno de 2015,
en los talleres gráficos de Liberdúplex, s.l.u.
Crta. BV-2249, km 7,4, Pol. Ind. Torrentfondo
Sant Llorenç d'Hortons (Barcelona)

* * *

* *

*

11/16 ① 3/16